Dunkelkammer

Frank Wallerts erster Fall

Krimi

Kurt Jahn-Nottebohm

Lektorat und Korrektorat:
Christine Klingbeil und Ulrike Nottebohm
Umschlaggestaltung: Ulrike Nottebohm

ISBN: 978-3-7396-6604-4

BookRix
www.bookrix.de

Dunkelkammer

Samstag 30. März 2002

Steffie hatte Ferien. Sie saß in ihrem Zimmer am Schreibtisch. Es war Ostersamstag und sie beendete eben ihren Eintrag in ihr Tagebuch. Die Dreizehnjährige blätterte zurück, um die letzten vier Seiten, die sie heute hinzugefügt hatte, noch einmal zu lesen.

Das Tagebuchschreiben hatte sie vor etwa einem Jahr begonnen. Eine Freundin hatte ihr erzählt, dass sie ein Tagebuch führte. Auf dem Weg von der Schule nach Hause kaufte sich Steffie damals eine schwarze Kladde mit roten Ecken und entschloss sich spontan, ab sofort Tagebuch zu führen. Sie schrieb alles hinein, was sie bewegte. Mittlerweile lagen drei vollgeschriebene Kladden im linken Schließfach ihres Schreibtisches. Die Vierte, die auch schon zur Hälfte gefüllt war, nahm Steffie jetzt von der Schreibtischplatte. Sie rollte mit ihrem Stuhl ein wenig nach hinten, lehnte sich zurück, legte ihre Beine auf den Schreibtisch und begann zu lesen.

Ihre Eltern hatten von Steffies Tagebuchschreiben – wie von so manchen anderen Dingen – keine Ahnung. Sie waren nur sehr selten zu Hause. Oft gingen sie aus dem Haus, wenn sie noch gar nicht aufgestanden war, und kamen irgendwann am Abend wieder zurück. Steffies Vater war in einem großen Unternehmen beschäftigt, bei dem in den letzten Jahren mehrere Tausend Mitarbeiter entlassen worden waren. Er hatte sich seitdem stark verändert. Während es früher zum täglichen Ritual gehörte, dass Steffie mit ihren Eltern morgens frühstückte und abends eine warme Mahlzeit zubereitet wurde, die man dann auch gemeinsam einnahm, wirkte ihr Vater heute rastlos und verbrachte die meiste Zeit, in der er zu Hause war, in seinem Arbeitszimmer. Steffies Mutter hatte sich vor drei Jahren entschlossen, wieder in ihrem ursprünglichen Beruf zu arbeiten. Sie meinte, es müsse sein, denn wenn ihr Mann eines Tages seinen Arbeitsplatz verlieren würde, gäbe es wenigstens noch jemanden, der für das Einkommen der Familie sorgen könnte. So arbeiteten die beiden sehr viel – immer in der Angst, die Nächsten zu sein, die entlassen werden. Ihr Vater war im Augenblick auf einem Weiterbildungs-Seminar in Koblenz. Ihre Mutter hatte eigentlich heute frei, war aber mit einer Kollegin auf eine Messe in Düsseldorf gefahren.

Es war zwanzig vor elf, als Steffie die Kladde schloss und recht zufrieden in das kleine Schrankfach im Schreibtisch legte. Sie griff tief in ihre rechte Jeanstasche und förderte einen kleinen Schlüssel zutage, mit dem sie die Tür abschloss, bevor sie ihn wieder in ihrer Jeanstasche verschwinden ließ. *So, und jetzt?*, dachte sie. Sie stand von ihrem Stuhl auf und räkelte sich. Für heute Nachmittag hatte sie sich mit Sabrina und Trixi im Forum verabredet. Vielleicht würden sie ins Kino gehen. Eigentlich könnte sie ja schon mal hingehen. Im Forum war immer was los. Vielleicht würde sie ja auch ein paar Leute aus ihrer Schule treffen. *Notfalls setze ich mich ins Eiscafé und guck mir die Leute an.* Sie nahm die Jacke von der Garderobe und verließ die menschenleere Wohnung.

Mittwoch 3. April 2002

Es war der Beginn eines jener Tage, an dem junge Frauen vor Schaufensterscheiben den Sitz ihrer Jeans kritisch beäugten oder in Autorückspiegeln ihr Make-up überprüften. Bei Zufriedenheit mit dem Gesehenen testeten sie ihre Wirkung lächelnd an den jungen Männern, die ihnen begegneten. Auch diesen reichte zum ersten Mal in diesem Jahr ein T-Shirt, denn es war warm geworden. In der Luft lag – sogar in dieser Ruhrgebietsstadt – eine leicht erotische Stimmung. Der Winter war lang und wirklich kalt gewesen und auch in diesen Breiten hatte es reichlich Schnee gegeben. In der letzten Woche noch waren die Temperaturen nachts weit unter den Gefrierpunkt gesunken, aber heute, am 3. April, atmete das Ruhrgebiet auf. Die Sonne war wohl der Meinung, etwas nachholen zu müssen und so schien sie von einem strahlend blauen Himmel auf Menschen herab, die die Erinnerungen an die dunkle Jahreszeit hinter sich ließen. In ihnen wuchs offensichtlich eine angenehme Ahnung von dem heran, was Frühling und Sommer bedeuteten.

Sie stand auf dem Balkon ihrer Drei-Zimmer-Wohnung in Saarn und schaute einer Hummel zu, die scheinbar noch schlaftrunken zwischen den ersten Tulpen und Narzissen hin- und herschaukelte. Obwohl sie gut fünf Meter entfernt war, konnte sie das Brummen des Insekts deutlich hören. Außerdem war der kleine Garten gefüllt von Vogelgezwitscher und erstem Grün, das wohl sehnsüchtig auf diesen Tag gewartet hatte, denn man konnte fast dabei zusehen, wie es mehr und mehr wurde: am Apfelbaum wurden erste Blattansätze sichtbar, auch der Rasen, der nicht wirklich diese Bezeichnung verdiente, hatte eine sattere Farbe als noch vor einigen Tagen.

Hinter ihr schellte das Telefon. Sollte sie hineingehen und abheben? Noch hatte sie keine Lust dazu, denn sie war vor etwa einer Stunde erst aufgestanden. Es war neun Uhr und nichts trieb sie zu irgendeiner Form von Eile. Sie hatte seit vorgestern eine Woche Urlaub. Außerdem war der Anrufbeantworter eingeschaltet. Jörg lag noch im Bett, würde aber jeden Augenblick aufstehen und sich um das gemeinsame Frühstück kümmern. Das Telefon war nun still, aber ohne dass sich der Anrufbeantworter bemerkbar gemacht hätte. Hatte sie ihn doch nicht eingeschaltet? Sie wollte sich gerade umdrehen, um das zu überprüfen, als sie aus dem Inneren der Wohnung ein Geräusch hörte. Lächelnd hielt sie inne und erwartete, dass Jörg zu ihr treten und ihr mit einem Kuss in den Nacken einen guten Morgen wünschen würde.

Das Messer durchschnitt ihre Kehle um 9 Uhr und 4 Minuten. In ihrem Gesicht machte sich Verblüffung breit. Als sich der Arm, der um ihre linke Taille gelegt war, zurückzog, griff sie mit beiden Händen an ihren Hals, aus dem das Blut sprudelte. Sie beugte sich nach vorne und sackte gleichzeitig in sich zusammen. Ihr Oberkörper drehte sich über die Balkonbrüstung und sie fiel. Sie starb zwischen den ersten Krokussen des Jahres um 9 Uhr und 5 Minuten.

Donnerstag 4. April 2002

An diesem Donnerstag hatte er nicht die geringste Lust auf sein Büro im Präsidium. Trotzdem lenkte er seinen Wagen auf den Dienstparkplatz auf der Von-Bock-Straße. Er zog den Zündschlüssel ab, nahm seine Jacke vom Beifahrersitz und stieg aus. Er griff in die rechte Tasche und förderte eine angebrochene Schachtel Zigaretten zu Tage, die er mit einer raschen Bewegung in den Wagen warf. Schließlich hatte er gestern, an seinem ersten freien Tag seit sieben Wochen, mit dem Rauchen aufgehört. Frank schlug die Wagentür zu und registrierte beim Umdrehen, dass das Seitenfenster noch geöffnet war. Also öffnete er die Tür wieder, schloss das Fenster und schlug die Tür erneut zu. Er betrat das Gebäude und ihm kam in den Sinn, einfach umzukehren und aus diesem Tag den zweiten freien Tag seit sieben Wochen zu machen. Die Stufen nahm er im Laufschritt. Vor seinem Büro zögerte er kurz, öffnete die Tür aber dann mit Schwung. Die Tür traf die Kaffeetasse in der Hand von Malte und ihr Inhalt verteilte sich relativ gleichmäßig über sein Hemd, das über dem Bauch etwas spannte. Sein Partner schaute ihn erst entgeistert an. Dann vermischten sich Begrüßung und Beschimpfung.

»Guten Morgen, du Idiot! Kannst du nicht deinen Dienst anfangen wie jeder andere hier, schlecht gelaunt und langsam? Was ist in dich gefahren?«

Malte hatte die Tasse auf dem Schreibtisch abgestellt und nestelte an den Knöpfen seines Hemdes herum, während er eilig Franks Büro verließ und den Gang entlang lief. Frank warf seine Jacke über die Lehne des Besucherstuhls und setzte sich an seinen Schreibtisch. Einen Tag war er nicht im Büro gewesen und trotzdem stapelten sich fünf Aktenordner und ein paar Schriftstücke auf der Arbeitsfläche. Er legte alles zur Seite und griff nach dem Telefon mit der Idee im Kopf, bei Ina anzurufen und ihr einen guten Morgen zu wünschen. Gestern hatten beide den Tag miteinander verbracht und es hatte gut getan zu merken, dass sein Job die Beziehung wohl nicht erstickt hat. Obwohl Ina und er zusammenwohnten, hatten sie nicht immer die Zeit füreinander, die eine Lebensgemeinschaft dieser Art seiner Meinung nach benötigte. Sie arbeitete als Diplompädagogin in einer städtischen Einrichtung des Jugendamtes und musste – wie er – arbeiten, wenn es etwas zu tun gab und das war praktisch ständig der Fall, denn wie bei der Polizei war auch die Arbeit beim Jugendamt zum großen Teil deshalb so zeitintensiv, weil in diesen Bereichen so wenig Leute eingestellt wurden und sich so jede Menge Arbeit auf die Schultern von Wenigen verteilte. Auf den gestrigen gemeinsamen freien Tag hatten sie lange hingearbeitet. Es war gar nicht so einfach gewesen. Zuerst sollte es nämlich der kommende Freitag sein. Dann hätte die Chance bestanden, dass beide eventuell bereits nach Dienstende am heutigen Donnerstag in ein verlängertes Wochenende fahren konnten. Aber Malte hatte schon einen Urlaubsantrag für Freitag eingereicht und ihn genehmigt bekommen und so war Frank auf den Mittwoch ausgewichen. Es war gut so. Ina und Frank hatten den Tag genossen. Sie waren nach einem ausgiebigen Frühstück im Bett, bei dem sie auch voneinander genascht hatten, auf ihre Räder gestiegen und an der Ruhr entlang bis nach Kettwig gefahren. Das Wetter war herrlich gewesen und am Abend, als sie im Biergarten des Lokals im Ringlokschuppen saßen, spürten beide leichten Sonnenbrand im Gesicht. In der Nacht waren sie sich nah wie lange nicht mehr, und als Frank morgens aufwachte, lag Ina mit ihrem Kopf auf seiner Brust. Es war ihm schwergefallen aufzustehen.

Er hatte gerade die ersten beiden Ziffern ihrer Telefonnummer eingetippt, als die Tür geöffnet wurde und Malte eintrat. Er trug nun ein hellblaues Hemd mit Stehkragen, das ihn irgendwie gesünder und auch wieder freundlicher aussehen ließ. Frank legte auf. Wortlos nahm Malte seine

Tasse von der Schreibtischecke, die Glaskanne der Kaffeemaschine vom Sideboard gegenüber und schenkte sich einen neuen Kaffee ein. Er goss ein wenig Milch nach und rührte um. Dabei schaute er Frank an, grinste und sagte:

»Scheinst ja gestern eine Menge Elan getankt zu haben.«

»Wieso versteckst du dich auch hinter der Tür?«, entgegnete er und grinste zurück.

»War's schön gestern?«

»Und wie. Ich habe mich echt losreißen müssen heute Morgen.«

»Wie geht's Ina?«

»Gut. Manchmal wundert mich das bei dem Stress, den sie mit ihrer Arbeit hat. Irgendwie scheinen heute alle Kids am Rad zu drehen.«

»Das haben unsere Eltern damals von uns auch gesagt.«

»Das war anders«, erwiderte Frank. »Die Kids heute scheinen irgendwie anders zu sein, alleine, trübsinnig ...«

Malte setzte sich in den Besucherstuhl, aber nicht ohne Franks Jacke aufzunehmen und sie auf kürzestem Weg auf das Sideboard zu befördern.

»Ich glaube, dass das Problem bei den Eltern liegt. Mein Kurzer macht noch einen recht normalen Eindruck. Der ist ja auch erst zwölf.«

»Das sind auch die meisten Kinder, die Ina zu betreuen hat. Die sind alle höchstens vierzehn.«

Frank griff in seine Schublade und holte eine Packung Zigaretten hervor. Er legte sie vor sich auf den Schreibtisch. Dann stand er auf und nahm sich auch einen Kaffee.

»Wie war's bei euch gestern?«, fragte er Malte.

»Ruhig. Habe ein paar Schreibtischarbeiten erledigt. Ich habe dir das übrigens alles hingelegt zum Gegenlesen und Abzeichnen. Am Nachmittag haben wir dann noch die Kollegen von der Drogenfahndung unterstützt. Die haben jemanden kassiert und brauchten Fahrer.«

Frank schüttelte den Kopf, als er sich wieder setzte. Er nahm eine Zigarette aus der Packung und steckte sie sich zwischen die Lippen.

»Jetzt ist es schon so weit, dass unser Kommissariat Fahrer für die Drogenfahnder spielt.«

»Wir waren sowieso nur zu dritt gestern. Gaby und Reinhard hatten auch frei und Rolf hat sich krankgemeldet. Gestern hätten Mörder sozusagen freie Bahn gehabt.«

Frank schaute auf die Uhr. Es war mittlerweile fünf vor halb zehn. »Mit wem dürfen wir denn heute rechnen?«, fragte er mit süffisantem Unterton.

»Heute müssten eigentlich alle da sein.«

»Gut. Dann lass uns rüber gehen.«

Frank griff zu seiner Jacke und warf die Zigarette wieder auf den Schreibtisch. Zusammen gingen Frank und Malte in Richtung Konferenzraum, in dem für halb zehn eine Dienstbesprechung angesetzt war.

*

Niemand öffnete. Wahrscheinlich war sie bei Herrn Klettner. Claudia hatte ja Urlaub. Die Frau stand bereits vor der Wohnungstür und kramte in ihrer Tasche nach dem Schlüssel. Sie führte ihn ins Schloss, drehte ihn und öffnete die Tür. Am Ende des Flures sah sie sich in einem großen Spiegel selbst eintreten. Sie drehte sich nach links, um die Tür zu schließen. Dabei fiel ihr Blick durch die offen stehende Schlafzimmertür. Gleichzeitig klappte die Tür ins Schloss und sie ließ Schlüssel und Tasche fallen.

»Nein!«, presste sie hervor.

Beide Hände fuhren vor ihren Mund. Das Bett war blutgetränkt und auf ihm lag – blutüberströmt – Jörg Klettner. Seine Augen waren geöffnet, aber ihr war sofort klar, dass er nicht wach, sondern tot war.

»Claudia«, flüsterte sie, obwohl es eigentlich ein Schrei werden sollte. Sie lief los und ihr Flüstern steigerte sich zu einem gellenden Schrei: »Claudia!«

Das Badezimmer – leer. Das Arbeitszimmer ebenso. Zurück – ein Blick in die Küche – leer. Das Wohnzimmer – zum Telefon! Sie riss den Hörer von der Gabel und erblickte die offen stehende Balkontür. Mit zitternden Fingern versuchte sie, die Nummerntasten zu treffen – und hielt entsetzt inne. Auf der Balkonbrüstung sah sie dunkle Flecken. Sie legte wieder auf und betrat den Balkon. Es waren viele Flecken – dunkelrot, fast schwarz: Blut. Sie schaute sich um. Vor ihr lag einer von Claudias Badeschlappen auf dem Boden. Sie beugte sich über die Brüstung und blickte nach unten. Wieder schlug sie die Hände vor den Mund. Etwa drei Meter unter ihr lag Claudia in einem Beet. Sie taumelte zurück und musste sich an der Balkontür Halt verschaffen. Die Tränen liefen ihr über das entsetze Gesicht. Wie in Zeitlupe ging sie zum Telefon und wählte die Nummer der Polizei.

*

Der Gang vor dem Konferenzraum füllte sich, als hätten alle hinter ihren Türen auf der Lauer gelegen, um zu sehen, wann Frank und Malte sich dem Raum nähern würden. Frank öffnete die Tür, und während sich ein achtstimmiges Begrüßungsgemurmel erhob, betraten sie nacheinander den Raum, der schon so häufig Ort manch einer fruchtbaren Auseinandersetzung, aber auch polemischer Ausbrüche war, wenn niemand mehr wegen hoffnungsloser Übermüdung klar denken konnte. Außer Frank und Malte trugen die sechs Kolleginnen und Kollegen T-Shirts und Jeans: die Uniform, die sich nur durch das Firmenschild der Jeans und den Aufdruck auf den T-Shirts unterschied. Durch ein kleines Lächeln, das er mit Malte austauschte, zeigte Frank seine

Zufriedenheit mit diesem optischen Eindruck. Alle wirkten aufgeräumt und frisch. Bis sie ihre Plätze eingenommen hatten, waren helle Stimmen, Gelächter und Geplapper die vorherrschenden Geräusche. Frank blieb stehen.

»Guten Morgen. Schön, euch so fröhlich zu sehen.«

»Ist das denn nicht ein toller Tag?«, erwiderte Maren. Sie war mit ihren 25 Jahren die Jüngste im Team.

»Bis jetzt ja«, gab Frank zurück. »Wollen wir hoffen, dass es so bleibt. Wir wollen unsere Energie nicht nutzlos verpuffen lassen und möglichst schnell an die Arbeit gehen.« Er öffnete einen bereitliegenden Hefter, blätterte kurz in den Unterlagen und fuhr fort. »Reinhard, du denkst bitte daran, um 11:15 Uhr beim Gericht in Duisburg zu sein. Du bist Zeuge im Prozess gegen Ibrahim Celik wegen der Kirmessache vom letzten Jahr.«

»Schon klar!«, sagte Reinhard.

Frank sah mit Freude, dass Reinhard schon wieder voll konzentriert bei der Sache war. Wenn es hart auf hart kam, war er der Kollege, auf den er sich hinsichtlich Sachlichkeit und Logik voll verlassen konnte. Häufig hatten sie sich in scheinbar verfahrenen Situationen in Franks Büro zurückgezogen. In diesen Gesprächen hatte Reinhard immer den roten Faden in der Hand behalten. Gemeinsam hatten sie ihn weiter gesponnen, bis sich ein neuer Ansatzpunkt für ihre Arbeit ergab. Frank wollte auf Reinhard nicht mehr verzichten, auch wenn es anfangs zwischen beiden etwas schwierig war. Gerade wollte Frank Gaby ansprechen, als die Tür aufflog und ein Uniformierter in den Raum stürmte.

»Doppelmord in Saarn. Gerade gemeldet. Langenfeldstraße 14. Ihr müsst los. Die Spurensicherung ist schon unterwegs.«

So schnell, wie er erschienen war, war der Beamte auch wieder verschwunden. Die Tür fiel von alleine ins Schloss.

»Siehst du?«, bemerkte Frank mit einem Seitenblick auf Maren. Er schaute auf die Uhr. Es war 9:43 Uhr.

»Maren und Malte, ihr kommt mit. Die anderen wissen, was sie zu tun haben. Bleibt in der Nähe eines Telefons.«

Maren und Malte rauschten davon und Frank eilte zu seinem Büro, wo er den Hefter auf seinen Schreibtisch warf und schnell nach seiner Jacke griff. Auf dem Parkplatz trafen sie sich wieder. Auch Malte und Maren hatten sich ihre Jacken geholt, Malte eine dunkelblaue Nappa-Lederjacke und Maren eine Jeansjacke, die eher weiß als blau war. Sie sprangen in Franks Wagen. Er fuhr los und Malte setzte das magnetische Blaulicht auf das Wagendach. Frank schaltete das Martinshorn dazu und mit durchdrehenden Reifen verließen sie den Parkplatz. Ihre Stimmung hatte sich grundlegend verändert. Sowohl Frank als auch Malte waren ernst und still. Bei einem Blick in den Rückspiegel sah Frank, dass Marens Fröhlichkeit aus ihrem Gesicht gewichen war und einer nervösen Blässe Platz gemacht hatte. Maren war erst seit drei Monaten bei ihnen. Es war ihr erster Einsatz bei einem Mord – und dann gleich ein Doppelmord! Frank hatte vor Wochen mit ihr geredet und ihr mitgeteilt, dass er sie beim nächsten Einsatz dabeihaben wollte. Was sie erwartete, wussten Frank und Malte genau. Sie selbst hatte nur eine Ahnung. Frank wusste aus Erfahrung, dass Ahnung und Realität nicht im Entferntesten zusammenpassten. Es würde schrecklich für Maren werden.

*

Frank musste scharf bremsen, denn als sie in die Langenfeldstraße einbogen, lief ein Junge – das Skateboard unter dem Arm – quer über die Straße und rannte dem Menschenauflauf entgegen, der sich vor dem Haus, in dem die Opfer gefunden worden waren, gebildet hatte. Er gab wieder Gas für die restlichen hundert Meter und stellte den Wagen hinter einem Streifenwagen ab. Malte sprang vom Beifahrersitz und lief dem Skateboard-Jungen entgegen, aber Frank rief ihm nach:

»Lass ihn, Malte. Wir haben Wichtigeres zu tun. Er hat's ja überlebt.«

Malte besann sich und kehrte um. Dann liefen sie nebeneinander über die Steinplatten des kleinen Vorgartens. Dem Beamten an der Haustür zeigten sie – wie dem ersten Posten am Absperrband auch – ihre Ausweise. Danach drehte sich Frank zu Maren um und fasste sie mit beiden Händen an den Schultern.

»Maren,« sagte er, »du wirst jetzt mit uns da hineingehen. Wir wissen alle drei nicht, was passiert ist. Glaub also nicht, dass es uns anders geht als dir. Du wirst dir mit uns die Opfer ansehen und natürlich die Wohnung. Danach müssen wir wohl Zeuginnen oder Zeugen befragen. Schaffst du das?«

»Wieso denn nicht?«, fragte Maren ein wenig schnippisch.

Offensichtlich hatte sie sich auf der Fahrt hierhin, während der kein Wort zwischen den Dreien gewechselt worden war, innerlich auf das eingestellt, was ihr jetzt bevorstand, denn ihr Blick war offen und auch die Farbe war in ihr Gesicht zurückgekehrt. Frank nickte und sie betraten ein Treppenhaus, das relativ dunkel war und die Kälte des Winters gespeichert hatte. Frank zog sich seine Jacke über. Die Flurtreppe lag links. Rechts neben ihr stand ein Beamter, der einen Gang versperrte, an dessen Ende Sonnenlicht durch eine offen stehende Tür fiel. Sie führte zu einem Garten.

»Wo?«, fragte Frank den Beamten und hielt ihm seinen Ausweis unter die Nase.

»Geradeaus im Garten und oben im ersten Stock«, erwiderte der Polizist und stand fast stramm bei seiner Antwort.

»Gut, dann lassen Sie uns mal durch.«

Frank unterstrich diese Äußerung mit einem auffordernden Rotieren seiner rechten Hand. Der Uniformierte machte sofort Platz, jedoch nicht ohne Frank ein »Jawohl, Herr Hauptkommissar!« entgegenzuschleudern.

»Und bleiben Sie locker!«, bemerkte Frank noch, als sie sich an ihm vorbei drückten. Endlich kam keine weitere Reaktion mehr von dem Polizisten, außer einem unsicheren Lächeln. Frank konnte diese Leute nicht leiden, die wohl der Meinung waren, ihre Leistung würde von ihren Vorgesetzten an ihrem pseudomiltitärischen Gehabe gemessen. Aber der Beamte war noch jung. Er würde das noch lernen.

Das Bild, das sich den Beamten bot, als sie den Garten betraten, war makaber. Dr. Jüssen, der Mediziner, hockte vor einem Beet mit Frühlingsblumen links von der Tür, durch die sie gerade getreten waren, und hob mit gummibehandschuhten, spitzen Fingern den linken Schoß eines weißen Morgenmantels so hoch, dass die Scham der inmitten dieses Beetes liegenden Frau dem Sonnenlicht und den Blicken aller Umstehenden ausgesetzt war.

»Auf den ersten Blick: keine Vergewaltigung«, bemerkte der Arzt trocken und bedeckte die Blöße der Leiche wieder.

Die Frau lag auf dem Rücken und trug nur den weißen Morgenmantel, der allerdings im oberen Drittel schwarz von getrocknetem Blut war. In ihrem Hals klaffte eine etwa 10-12 cm lange Schnittwunde – so tief, dass die zerschnittene Luftröhre deutlich zu sehen war. Die helle Wunde bildete zu der in trockenem Blut erstarrten Umgebung – auch das Blumenbeet in der Nähe der Leiche war blutgetränkt – einen fast unwirklichen Kontrast. Ein Nicht-Mediziner konnte auf Anhieb erkennen, dass in dem Körper nicht ein Tropfen Blut geblieben war. Die Haut des Opfers schien fast transparent zu sein.

»Wahrscheinlich nicht mehr als vierundzwanzig Stunden«, war die nächste knappe und wie unbeteiligt wirkende Äußerung des Arztes, die er allerdings jetzt schon mit einem Seitenblick auf Frank machte.

Frank sah, wie Maren sich von seiner rechten Seite löste und um die Beine der Frau herumging, wobei sie die Leiche immer im Blick behielt.

»Das Verbluten geht bei dieser Tötungsart recht schnell. Der Tatort ist das hier allerdings nicht.«

Sein Blick wandte sich nach oben zu einem Balkon, der etwa drei Meter über ihnen in den Garten ragte. Mit einer Kopfbewegung in seine Richtung fuhr Dr. Jüssen fort: »Der Balkon ist voller Blutspritzer. Ich denke, das ist da oben passiert. Danach hat sie der Täter entweder hinuntergestoßen, oder sie ist runtergefallen. Wir müssen das Blut aber noch vergleichen. Alles ist bis jetzt nur ein erster Eindruck und Vermutung.«

»Klar«, sagte Frank. »Uns wurde ein Doppelmord angekündigt.«

»Jaja«, unterbrach ihn der Arzt. »Du kommst schon auf deine Kosten. Sei mal nicht so ungeduldig. Oben im ersten Stock. Im Schlafzimmer. Da hat's einen jungen Mann erwischt. Ich hab ihn auch nur kurz aus der Ferne gesehen.«

Frank deutete Malte an, dass er hier bleiben solle. Er selbst und Maren machten sich auf den Weg in die Wohnung, in deren Schlafzimmer sie das zweite Grauen des Vormittags erwartete. Auf dem Schild neben der Türglocke stand »Claudia Hülst« und vor der Tür ein Beamter, der die beiden sofort durchließ.

»Erste Tür links«, wies er ihnen den Weg.

Frank dankte ihm und rief in die Wohnung hinein: »Darf ich ins Schlafzimmer?«.

In der Tür erschien eine schwarzhaarige Frau.

»Aber natürlich, welches Schlafzimmer solltest du nicht betreten dürfen?«, scherzte sie.

Frank begrüßte sie mit einem flüchtigen Kuss auf die Wange und den Worten: »Hallo, Sabine.«

Sabine war seit Jahren eine ihm liebe Kollegin bei der Spurensicherung. Beinahe hätten die beiden sogar einmal etwas miteinander angefangen, aber das war zwei Jahre her und damals war aus dem Nichts heraus plötzlich Ina aufgetaucht. Sabine schien das bis heute leid zu tun, aber das Verhältnis zu Frank und Ina war gleichermaßen gut und zu einer echten Freundschaft geworden. Auch privat unternahmen die drei vieles miteinander.

»Schade um ihn«, sagte Sabine, als sie mit Maren und Frank das Schlafzimmer betrat. »Er war ein wirklich hübscher Kerl. Laut Ausweis heißt er übrigens Jörg Klettner.«

Auf der rechten Hälfte des französischen Bettes lag ein Mann, der offensichtlich genau so ausgeblutet war wie die Frau, die sie vorher im Garten gesehen hatten. Auch ihm war die Kehle durchschnitten worden, außerdem wies der Körper einen Einstich im Unterleib auf. Der Mann lag mit weit aufgerissenen Augen im Bett und hielt mit der linken Hand ein Stück der Bettdecke fest umklammert.

»Himmel!« stieß Maren hervor. »Was ist hier passiert?«

»Seid ihr hier fertig?«, fragte Frank.

»Ja, aber der Mediziner muss noch ran.«

»Und – habt ihr was Brauchbares?«

»Kann ich jetzt noch nicht sagen«, erwiderte Sabine. »Ein paar Fingerabdrücke und Fasern vom Teppichboden. Aber ob davon was zum Täter gehört, ist noch nicht raus.«

»Wer hat die beiden gefunden?«

»Eine Frau Beck. Sie putzte regelmäßig hier und half der Frau etwas im Haushalt. Sie ist ziemlich fertig und wartet drüben im Arbeitszimmer. Da darfst du übrigens auch schon hin. Meine Jungs sind noch mit dem Badezimmer, der Küche und dem Wohnzimmer samt Balkon beschäftigt.«

Obwohl die Wohnung nur drei Zimmer hatte, war sie sehr groß. Frank schätzte sie auf etwa 90 m^2. Von der Eingangstür ausgehend erstreckte sich ein etwa zehn Meter langer Flur bis zu einer Wand, die vollständig von einem Spiegel verdeckt wurde. Rechts neben der Schlafzimmertür war eine Garderobe mit diversen Mänteln und Jacken. Gegenüber befand sich das Wohnzimmer, in dem die Spurensicherung beschäftigt war.

Beim Blick durch die Tür sah Frank eine doppelflügelige Balkontür, deren rechter Flügel geöffnet war.

»Komm mit«, sagte Frank knapp zu Maren, die sich auch hier wacker hielt, was Frank anerkennend zur Kenntnis nahm.

Hintereinander gingen sie den Flur entlang, schauten beim Gehen nach links in ein durchschnittlich großes Badezimmer, nach rechts in eine riesige Küche mit rundem Esstisch. Am Ende des Ganges lag auf der linken Seite das Arbeitszimmer, das von zwei Computern mit riesigen Monitoren beherrscht wurde. Links vom Eingang ragte ein Bücherregal bis zur Decke, das mit Ordnern, einigen Büchern, aber überwiegend mit Datenträgern der verschiedensten Art bestückt war. In einem der beiden großen Schreibtischsessel saß eine etwa fünfzigjährige Frau mit verweinten Augen, aus denen immer noch der Schreck über das sprach, was sie gesehen hatten.

»Frau Beck?«, fragte Frank und streckte seine Hand aus.

»Ja«, schluchzte die Frau sofort los. »Ist das nicht grässlich? Eine so liebe Frau. Wer hat das getan?«

»Frau Beck, mein Name ist Frank Wallert. Ich bin Beamter bei der Kriminalpolizei. Das ist meine Kollegin Maren Dieckmann. Wir wissen, dass das Ganze sehr schwer für Sie ist. Trotzdem müssen wir Ihnen jetzt schon ein paar Fragen stellen. Schaffen Sie das?«

Während Frank sprach, hatte Maren ein Paket Taschentücher aus ihrer Hosentasche gezogen und hielt es der Frau hin. Dankbar nahm sie es entgegen. Das zu einem kleinen Knubbel zusammengepresste Taschentuch, das bisher ihre Tränen aufgenommen hatte, warf sie in einen Papierkorb unter dem Computertisch.

»Natürlich schaffe ich das«, kam ihre etwas verzögerte Antwort.

»Wollen Sie anfangen?«

Dann erfuhren die beiden Kriminalbeamten, wie Frau Beck die beiden Toten gefunden hatte, als sie heute die Wohnung betrat. Sie putzte jeden Donnerstag bei der jungen Frau. Manchmal erledigte sie auch Einkäufe, kochte, wusch und bügelte. Sie kannte Claudia Hülst seit etwa zehn Jahren, seit der Zeit, in der Frau Beck für ihre Eltern putzte. Die Eltern Hülst waren vor drei Jahren nach Duisburg umgezogen und Claudia hatte die Wohnung damals übernommen. Herr Klettner war seit etwa einem Jahr mit Claudia zusammen. Sie waren Kollegen. Jörg Klettner hatte sich im November des letzten Jahres selbstständig gemacht. Beide arbeiteten im »Publishing«-Bereich, sie stellten am Computer Plakate, Faltblätter, Programmhefte, Kataloge und anderes her.

»Frau Beck«, unterbrach Frank die Frau, die gerade ansetzen wollte, von Claudias Kindheit zu erzählen, »ich danke Ihnen. Das soll für's Erste reichen. Sie haben uns sehr geholfen. Bitte geben Sie meiner Kollegin noch Ihre Adresse. Gehen Sie dann nach Hause und versuchen Sie, sich von dem Schock zu erholen. Halten Sie sich aber bereit. Möglicherweise müssen wir Ihnen später noch ein paar Fragen stellen.« Zu Maren gewandt ergänzte er: »Ich schaue mich mal im Haus und bei den Nachbarn um.«

An der Wohnzimmertür traf Frank wieder auf Sabine, die eben einen Badeschlappen in einer Plastiktüte verstaute. Im Schlafzimmer hatten längst Dr. Jüssen und einer seiner Helfer ihre Arbeit aufgenommen.

*

Als Frank gerade vor der gegenüberliegenden Wohnungstür stand, kam Malte die Treppe herauf.

»Willst du sie nochmal sehen?«, fragte er. »Sie wollen sie jetzt wegbringen.« Aber Frank schüttelte den Kopf.

»Du kannst mit mir Klinken putzen«, erwiderte er.

»Ihr könnt sie wegbringen!«, rief Malte nach unten und fuhr fort: »Das können wir uns schenken. Das Haus ist leer.«

»Wie bitte?«, fragte Frank verblüfft zurück.

»Diese Wohnung steht seit drei Wochen leer.« Dabei zeigte Malte auf die Wohnungstür, vor der die beiden gerade standen. »Die zwei Wohnungen oben sind zur Zeit nicht bewohnt. Herr Baltes liegt im Krankenhaus und Sabrina und Helge Förster sind in Urlaub. Sie kommen morgen zurück. Die Arztpraxis im Erdgeschoss macht Ferien bis zum nächsten Montag.«

»Woher, zum Teufel, weißt du das?«

Franks Erstaunen war riesengroß.

»Nachdem du mich mit den Leichenfledderern alleingelassen hast, habe ich eine nette Bekanntschaft gemacht. Eine Dame aus dem Haus nebenan hat sich unser Treiben im Garten über eine Hecke hinweg angesehen. Von ihr weiß ich das.«

»Das will ich selbst sehen!«

Frank drückte auf die Klingel, die keinen Laut von sich gab. Er klopfte, aber erwartungsgemäß rührte sich nichts hinter der Tür. Immer zwei Stufen gleichzeitig nehmend hetzte er die Treppe hinauf. Oben drückte er auf beide Klingelknöpfe, aber auch hier war das nicht von Erfolg gekrönt. Als er wieder nach unten kam, grinste Malte ihm entgegen.

»Sie ist schon sehr glaubwürdig gewesen.«

»Hat sie sonst etwas gesehen oder gehört?«, fragte Frank etwas ungeduldig.

»Das kannst du sie selbst fragen. Ich habe sie reingeschickt und angekündigt, dass wir sie gleich besuchen kommen.«

Frank und Malte mussten den Flur freimachen, denn jetzt wurden Jörg Klettners sterbliche Überreste abtransportiert. Kaum waren die Träger mit dem Zinksarg die Treppe hinunter, als Maren mit Frau Beck durch den Flur auf sie zukam.

»Geht es?«, erkundigte sich Frank.

»Ja, danke«, antwortete die Frau. »Ich gehe jetzt nach Hause.«

»Soll ich Sie fahren?«, fragte Frank voller Mitgefühl die kleine Frau, die in den letzten 90 Minuten um Jahre gealtert war.

»Nein, danke. Es sind nur ein paar Schritte. Suchen und finden Sie das Schwein, das dies getan hat!«, gab sie bestimmter zurück, als Frank es ihr zugetraut hatte.

»Das werden wir, Frau Beck. Bestimmt, das werden wir!«

Die Frau verabschiedete sich mit einem kurzen Nicken und schlich die Treppe hinunter. Als Nächste trat Sabine auf den Flur.

»Wir sind gleich fertig da drin«, informierte sie Frank. »Noch ungefähr zehn Minuten. Wir machen dann zu und fahren zurück. Einiges muss ins Labor, aber einen vorläufigen Bericht kannst du heute Nachmittag kriegen.«

»Okay. Wir gehen dann mal zu der gut informierten Nachbarin, Maren. Wie heißt sie, Malte?«

»Darf ich nicht mitkommen?«, bettelte Malte. Fast hätte er vor Frank Männchen gemacht. »Ich habe schon mit ihr gesprochen.«

»Na gut, komm mit, aber dann musst du zurück ins Präsidium«, wandte sich Frank an Maren. »Wie geht es dir?«

Ihm war aufgefallen, dass Maren wieder blass geworden war.

»Es geht«, antwortete sie und fügte hinzu: »Das sah alles schon ziemlich schlimm aus.«

»Ich weiß«, tröstete Frank. »Lass es sacken. Fahr du bitte zurück ins Präsidium und suche nach Verwandten von den beiden.«

»Die Adresse von den Eltern der Frau habe ich ...«

Maren schaute ihm jetzt direkt ins Gesicht und wurde schlagartig weiß wie eine Wand. Gleichzeitig schluckte sie und flüsterte: »Nein, lass mich ihnen bitte nicht Bescheid sagen müssen.«

Frank erschrak.

»Aber nein! Wo denkst du hin, Maren? Du sollst nur herausfinden, wo welche Verwandten von den beiden leben. Lisa soll dir dabei helfen.«

Er rief den Beamten, der unten im Gang zum Garten gestanden hatte.

»Sorgen Sie dafür, dass die Kollegin zum Präsidium gebracht wird«, forderte er ihn knapp auf, und bevor der sowas wie »Zu Befehl!« brüllen konnte, schob Frank hinterher: »Und bleiben Sie locker!«

*

Steffie war glücklich. Endlich Sonne! Und es war warm. Sie war vor etwa einer halben Stunde aufgestanden, hatte schnell ein Glas Orangensaft getrunken und war unter die Dusche gegangen. Jetzt stand sie, in ein Badetuch gehüllt, vor ihrem Schrank und überlegte, was sie anziehen sollte. Ihre Eltern waren schon vor Stunden zur Arbeit gegangen. Ausnahmsweise hatte ihre Mutter, bevor sie ging, den Kopf in Steffies Zimmer gesteckt und ihr »Hallo« gesagt.

Sie fragte, was Steffie heute vorhatte.

»Weiß ich noch nicht«, murmelte Steffie, die zufällig wach geworden war, als ihre Mutter die Tür geöffnet hatte.

»Vielleicht können wir heute Abend was zusammen machen?«

»Vielleicht«, erwiderte Steffie.

»Gehen wir essen?«

»Mmmh.«

»Ich komme gegen sechs zurück.«

»Mmmh.«

»Sei bitte dann zu Hause!«

»Mmmmh!«

Frau Wibert lachte. »Schlaf jetzt weiter.«

Steffie antwortete nicht mehr. Sie drehte sich um und hörte gerade noch, wie ihre Mutter die Wohnungstür schloss.

Sie griff in den Schrank und holte sich ihre weiße Jeans heraus, die sie vom Bügel nahm und auf das Bett legte. Anschließend nahm sie mit der einen Hand einen Slip und mit der anderen ein rotes Top aus dem Fach. Steffie liebte das Top, denn es endete knapp über dem Hosenbund und ließ ihren Bauchnabel sehen. Sie ging zurück ins Badezimmer und begann, sich die Haare zu föhnen. Ihre dunkelblonden Haare waren halblang, und es dauerte eine Weile, bis sie einigermaßen trocken waren. Sie schaltete den Föhn aus und legte ihn zurück. Dabei fiel ihr Blick auf den Lippenstift ihrer Mutter. Sie schraubte das silberne Ding auf. Karminrot. Ihre Mutter mochte es eigentlich nicht, wenn Steffie ihre Lippen schminkte – nicht, weil es ihr Lippenstift war. Sie meinte einfach, Steffie sei noch zu jung dafür. Das sah sie ganz anders, und es kam nicht selten vor, dass sie heimlich Lippenstift auftrug und ihn wieder abwischte, bevor sie nach Hause kam. Sabrina und Trixi sagten jedenfalls immer, das stehe ihr gut. Steffie setzte den Stift an ihre Lippen und fuhr mit seinem Ende in gekonntem Bogen erst über ihre Oberlippe, dann über die Unterlippe. Sie presste die Lippen aufeinander und öffnete sie gleich wieder. Sie betrachtete sich im Spiegel und gefiel sich. Sie hob die Arme und posierte wie eine Balletttänzerin. Mit leicht geöffnetem Mund und einem Augenzwinkern sah sie ihr Spiegelbild an. Dann ließ sie das Badetuch fallen und hüpfte in ihr Zimmer zurück. Sie zog den Slip an, schlüpfte in ihre weißen Jeans und streifte das Top über. Sie holte Geld und Schlüssel aus der blauen Jeans und ließ sie danach achtlos zu Boden fallen.

»Klasse!«, sagte sie zu der Steffie, die ihr aus einem Spiegel an der Schranktür zuwinkte. Sie verließ die Wohnung.

Als sie auf die Straße trat, wunderte sich Steffie über die Kraft, die die Sonne bereits hatte.

*

Frank und Malte verließen das Haus. In der Langenfeldstraße 16 klingelten sie bei Frau Siebert. Der Türöffner wurde sofort betätigt, so als hätte jemand nur darauf gewartet, dass es schellt. Die beiden Beamten traten ein. Die Nachbarin stand im Hausflur und erwartete die beiden. Frank sah eine etwa 1,70 m große Frau in den Dreißigern, die er als ausgesprochen hübsch bezeichnen würde. Ein – wenn überhaupt – unauffällig geschminktes Gesicht schaute ihn freundlich und offen an.

»Sie sind die beiden Polizisten. Guten Tag, mein Name ist Martina Siebert«, sagte sie und streckte Frank ihre Hand entgegen.

»Guten Tag, Frau Siebert«, erwiderte er.

»Kommen Sie bitte herein. Ich bin gerade in der Küche beschäftigt.«

Sie betraten eine helle Wohnung, die vom Grundriss her stark an die von Claudia Hülst erinnerte. Martina Siebert schloss die Eingangstür und eilte den beiden in die Küche voraus. In der Küche rauschte die Dunstabzugshaube und führte den Dampf aus drei Kochtöpfen ins Freie. Trotzdem roch es angenehm nach Essensvorbereitungen.

»Setzen Sie sich doch bitte«, forderte sie Frank und Malte auf und wies mit dem Kopf auf den runden Esstisch, der für drei Personen gedeckt war.

Malte setzte sich sofort. Sie bemerkte Franks Zögern, lächelte ihn an und sagte: »Meine Eltern kommen in etwa einer Stunde. Setzen Sie sich ruhig.«

Also nahm auch Frank Platz und sofort fiel ihm auf, dass er mittlerweile hungrig geworden war. Martina Siebert setze sich zu ihnen.

»Schrecklich das Ganze, nicht wahr?«, begann sie.

»Ja«, antwortete Frank. »Mein Kollege sagte mir, Sie seien bereit, uns ein paar Fragen zu beantworten.«

»Sicher, aber ich glaube nicht, dass ich Ihnen sehr viel weiter helfen kann. Ich bin mit den Försters, Sabrina und Helge, befreundet. Frau Hülst und ich haben uns gegrüßt, das war aber schon alles.«

»Herrn Klettner kannten Sie nicht?«

»Doch, schon«, räumte sie ein, »aber kennen ist wohl zuviel gesagt. Ich habe ihn öfter hier gesehen und wusste, dass er zu Frau Hülst gehört. Er machte einen netten Eindruck. Er war ein hübscher Mann.« Fast meinte Frank, ein Schmunzeln in ihrem Gesicht zu erkennen.

»Sie leben alleine hier?«, fragte er ohne Umschweife.

»Ja, seit etwa einem halben Jahr. Davor hat mein Freund mit hier gewohnt. Aber das ist vorbei.«

»Können Sie sich irgendeinen Reim auf das Geschehen in Frau Hülsts Wohnung machen?«

»Nein, überhaupt nicht. Am Dienstag habe ich Frau Hülst noch kurz auf der Straße getroffen. Sie erzählte mir, dass sie jetzt Urlaub habe und sich auf die freien Tage freute. Abends sah ich Herrn Klettner kommen, so gegen sechs. Er kam mit dem Wagen, der aber nicht mehr da ist.«

»Was für ein Wagen war das?«, hakte Malte nach.

»Keine Ahnung. Auf dem Gebiet kenne ich mich nicht aus. Es schien aber ein edleres Gefährt zu sein.«

»Danach haben Sie nichts mehr von beiden gesehen oder gehört?«

»Nein. Ich bin am späten Dienstagabend weggegangen und erst am Mittwochabend wiedergekommen.«

Nach kurzem Zögern schob sie hinterher: »Ich war bei einer Freundin in Duisburg, die Schwierigkeiten hatte.«

»Seit wann steht das Haus nebenan leer?«, wollte Frank jetzt wissen.

»Eigentlich seit letzten Donnerstag. Das war der letzte Arbeitstag für Dr. Rescher, den Internisten. Dann hat die Praxis Ferien gemacht. Herr Baltes liegt seit fünf Wochen im Krankenhaus. Sabrina und Helge sind seit Beginn der Osterferien in Österreich zum Skifahren. Frau Van Dresen hat am Samstag letztlich ihre Wohnung geräumt. Es stand aber sowieso nicht mehr viel drin. Sie wohnt schon seit fast vier Wochen nicht mehr hier. Ihr Mann ist im Dezember bei einem Autounfall ums Leben gekommen. Deshalb hat sie ihre Wohnung an einen Lehrer hier aus Mülheim verkauft, der am kommenden Wochenende einzieht.«

»Sie wissen gut Bescheid«, bemerkte Frank.

»Mag sein. Das ist allerdings nicht Ausdruck ungezügelter nachbarschaftlicher Neugierde, wenn Sie das glauben sollten«, gab sie ein wenig schnippisch zurück. »Wir sind hier eine Käufergemeinschaft von Eigentumswohnungen. Da ist es ganz gut, den Kontakt zu pflegen und Bescheid zu wissen.«

»Natürlich«, erwiderte Frank entschuldigend. Er stand auf. »Das soll es für's Erste gewesen sein. Danke, Frau Siebert. Wenn Ihnen noch etwas einfällt, wäre es nett, wenn Sie mich benachrichtigen würden. Fragen Sie nach Hauptkommissar Wallert.«

Frau Siebert verabschiedete die beiden freundlich an der Eingangstür und die Beamten traten auf die Straße, die immer noch sonnenüberflutet war. Nichts außer dem nachlässig geparkten Wagen deutete mehr auf ihren unerfreulichen Einsatz hin. Sie stiegen ein und fuhren wortlos zum Präsidium.

*

Frank öffnete das Fenster seines Büros. So schön das Wetter heute auch gewesen sein mag: im Büro hing noch der Geruch des Winters und die Möglichkeit, den Raum zu durchlüften, musste er nutzen. Schon während der Rückfahrt von der

Langenfeldstraße zum Präsidium hatte sich der Himmel zugezogen und es sah nach Regen aus. Malte stand plötzlich hinter ihm. Frank drehte sich um.

»Wie geht's jetzt weiter?«

»Das müssen wir gleich besprechen, wenn die Anderen wieder da sind. Sollen wir erstmal was essen?« Malte verzog das Gesicht und zeigte Frank auf diese Weise, dass ihm nicht nach Essen zumute war. »Na gut«, griff Frank erneut Maltes Frage auf. »Wir haben zwei Menschen, die nacheinander im wahrsten Sinne des Wortes abgeschlachtet wurden. Wir haben praktisch nichts, was auf den oder die Täter hinweist, jedenfalls keine offensichtlichen Spuren. Die Tür ist nicht aufgebrochen worden, kein Fenster ist kaputt, keine Fußabdrücke im Beet – nichts! Was fällt dir dazu ein?«

»Wir müssen uns die Wohnung gegenüber ansehen.«

»Du hast recht. Das werden wir schnellstmöglich tun. Nimm mit diesem Lehrer Kontakt auf und kläre das mit ihm.«

Malte verließ das Zimmer. Frank wandte sich wieder dem geöffneten Fenster zu und schaute hinaus. Nichts deutete mehr auf den strahlenden Sonnenschein hin, mit dem der Tag begonnen hatte. Die Autos fuhren mittlerweile schon mit Licht. Teilweise heftige Böen schüttelten die Bäume, deren zartes Grün ihnen hilflos ausgesetzt war. Wie immer nach einem solchen Einsatz fühlte sich Frank miserabel. Die ganze Kälte, mit der er es im Laufe der Jahre gelernt hatte, die Bilder von Tatorten in sich aufzunehmen, bröckelte von ihm ab. Er sah die junge Frau vor sich in dem Beet liegen und dachte sofort an Ina. Möglicherweise hatten Claudia Hülst und Jörg Klettner in ihrer letzten Nacht nichts anderes getan als Ina und er. Nur waren sie danach auf schreckliche Weise gestorben und er musste ihren Tod aufklären. Frank griff zum Telefon. Ina meldete sich schon nach dem zweiten Klingeln.

»Na, hast du Langeweile?«, fragte sie. Sie hatte wohl auf dem Display des Telefons erkannt, dass er der Anrufer war.

»Kann man nicht sagen«, erwiderte er. »Komme gerade von einem hässlichen Einsatz zurück. Doppelmord in Saarn. Ziemlich übel das Ganze.«

»Komm her, ich tröste dich.«

Inas Lächeln konnte man durchs Telefon hören.

»Ich freue mich auf dich.«

»Ich mich auch auf dich. Ich habe aber erstmal zwei Gespräche zu erledigen. Hausbesuche.«

»Okay«, schloss er. »Vielleicht können wir dann essen gehen. Zum Griechen vielleicht?«

»Gerne. War's schlimm?«

»Ja, aber ich muss jetzt wieder ran. Wollte nur mal deine Stimme hören. Bis dann.« Sie gab ihm einen Kuss durchs Telefon und er tat das Gleiche, bevor er auflegte.

Mittlerweile waren alle aus ihrer Mittagspause zurückgekehrt. Um 14 Uhr traf man sich wieder im Konferenzraum. Frank teilte für den Fall Hülst/Klettner sich selbst, Malte, Reinhard und Maren als Ermittlungsgruppe ein. Gaby, Lisa und Bernd sollten im Präsidium präsent sein, Schreibkram erledigen und andere, noch anfallende Sachen bearbeiten. Rolf fungierte, da er immer noch nicht hundertprozentig fit war, als »Aktenführer« beider Gruppen. Er sollte notwendige Lauf- und Recherche-Arbeiten erledigen, telefonisch für beide Gruppen erreichbar sein und einen Computer in der Nähe haben, von wo aus er sich in die verschiedenen Netze einloggen konnte.

Das Kommissariat hatte mit Gewalttaten aller Art zu tun. Zurzeit arbeitete man an sage und schreibe acht weiteren Fällen, von denen man einen wohl unaufgeklärt zu den Akten legen musste. Eine Leiche wurde im Februar im Wasser des Ruhrhafens gefunden, deren Identität bis heute nicht geklärt werden konnte. Dr. Jüssen hatte keine Anzeichen für Fremdeinwirkung gefunden, sodass man davon ausging, dass es sich um einen Obdachlosen oder Berber handelte, der von niemandem vermisst wurde. Vor zwei Wochen hatte man zum letzten Mittel gegriffen und ein Porträtfoto des Toten auch in den überregionalen Zeitungen veröffentlicht – ohne Ergebnis. Andere Fälle waren abgeschlossen und mussten nur noch aktenmäßig erledigt werden.

Zwei Fälle standen kurz vor der Aufklärung: eine Schießerei in der Teestube auf der Eppinghofer Straße und eine Vergewaltigung auf dem MüGa-Gelände, der eine Zweiundzwanzigjährige zum Opfer gefallen war.

Frank übertrug Bernd die Leitung für die Besprechung mit seiner Gruppe, während er Maren, Malte und Reinhard in sein Büro bestellte. Maren hatte die Adressen der Eltern Klettner herausbekommen.

»Das ist das Erste, was wir gleich tun«, warf er in die Runde. »Maren und ich fahren nach Duisburg und ihr beide zu den Eltern Klettner.«

»Haben wir eigentlich schon sowas wie eine Arbeitshypothese?«, fragte Malte.

Frank sah ihn an. Er wusste, dass Malte das heute Vormittag Gesehene nicht kalt gelassen hatte – wie Maren und ihn selbst auch. Er kannte Malte schon lange und er wusste, dass Malte möglichst schnell zumindest den Ansatz einer Erklärung für das Geschehene haben musste.

»Auf den ersten Blick scheint nichts gestohlen worden zu sein. Ein einfacher Einbruch war es wohl nicht. Wir werden abwarten müssen, was die nächsten Befragungen ergeben. Lasst uns nicht spekulieren. Wir müssen nach Möglichkeit heute die Eltern kurz sprechen und dann zu den Firmen. Maren und ich übernehmen COMPUB, Reinhard und Malte fahren zu Klettners Firmenräumen. Ihr werdet wohl bei den Eltern rauskriegen, wo das ist. Morgen nehmen wir uns die Wohnung gegenüber der Hülst vor. – Auf geht's! Wir treffen uns hier wieder um fünf.«

*

»Hi!«

Trixi kam auf Steffie zugestürmt, die in der oberen Etage des Forums bereits wartete. Sabrina hielt sich ein wenig zurück, aber auch ihr konnte man ansehen, dass sie sich freute, ihre Freundin wiederzusehen.

»Hi!«, erwiderte Steffie. Sie stand auf, um die beiden Mädchen, mit denen sie schon seit der Kindergartenzeit befreundet war, angemessen mit einem Kuss auf die Wangen zu begrüßen.

»Wow! Du siehst toll aus!«, bewunderte Trixi Steffie.

»Geiles Wetter heute!«, begeisterte sich Sabrina. Steffie nickte.

»Was stellen wir an?«

Trixi zuckte mit den Schultern und auch Sabrina fiel nicht auf Anhieb etwas ein. Sie musste wohl wieder die Initiative übernehmen.

»Okay! Lasst uns zur Schloßstraße gehen. Da spielt ein junger Typ Gitarre, der ist unheimlich süß. Außerdem habe ich vorhin Fabian dort gesehen. Der ist mit ein paar Kumpels da.«

Keines der Mädchen protestierte.

»Also los!«, lachte Steffie, drehte sich um und rempelte aus Versehen einen älteren Mann an.

»Entschuldigung!«, strahlte sie ihn an.

»Ist schon gut!«, gab er lächelnd zurück.

Steffie freute sich auf die Schloßstraße.

*

Er schlug kräftig zu. Das Mädchen schrie auf und fiel nach hinten aufs Bett. Er beugte sich über sie.

»He, Kleine …! He, das wollte ich nicht. Warum musst du mich auch so sauer machen?«

Das Mädchen öffnete die Augen und sah ihn an.

»Na, siehst du!«, lachte er erleichtert. »War doch nicht so schlimm! Was soll das denn? Ist doch nichts Schlimmes. Ich wette, das tust du jeden Abend in deinem Bett. Niemand wird davon erfahren.«

Das Mädchen drehte den Kopf zur Seite. Er nahm ihre Hand und küsste sie auf jeden Finger. Sie trug noch ihren Slip und ihr T-Shirt.

»Fünfzig Euro, Süße!«

Er stand auf und lief zu einem Schränkchen im Zimmer. Aus einer Schublade holte er einen Geldschein, lief wieder zum Bett und hielt ihn ihr vors Gesicht.

»Stell dir vor: fünfzig Euro! Das sind fünf Monate Taschengeld! Oder wieviel bekommst du?«

Das Mädchen antwortete nicht. Sie dachte daran, dass ihre Oma ihr vor zwei Wochen noch hundert Euro zum dreizehnten Geburtstag geschenkt hatte. Sie richtete sich auf und streifte ihren Slip ab. Der Mann lachte auf und lief zur Kamera.

*

Maren und Frank waren auf dem Rückweg zum Präsidium. Frank spürte, wie Maren ihn von der Seite ansah. Er drehte sich zu ihr.

»Darf ich was fragen, oder möchtest du schweigen?«

»Frag ruhig«, antwortete er und wandte sich wieder dem Verkehr auf der Duisburger Straße zu, der im Augenblick vor einer roten Ampel ins Stocken geraten war.

»Das hast du doch bestimmt schon öfter gemacht – ich meine: mit Angehörigen gesprochen, die gerade jemanden durch eine Gewalttat verloren haben.«

»Ja«, erwiderte er. »Warum fragst du?«

»Kann man sich an sowas gewöhnen? Kann das Routine werden?«

»Ich glaube nicht. Man kann so eine Art entwickeln, mit der man den Abstand hält. Aber das ist nur äußerlich. Ich habe jedes Mal feuchte Hände, wenn ich das tun muss.«

Maren sagte nichts mehr. Der dichte Feierabendverkehr war wieder in Fluss gekommen und schob sich der nächsten Ampel entgegen. Er nahm wahr, dass Maren ein Taschentuch aus ihrer Jeansjacke zog. Sie mussten wieder anhalten. Er drehte sich zu ihr hin und sah, dass sie weinte. Ohne nachzudenken nahm er ihre Hand.

»Maren, wenn das jemals zur Routine werden sollte, würde ich aufhören. Du brauchst dich gegenüber niemandem von uns zu schämen. Wir können froh sein, dass wir in dieser Umgebung von Gewalt nicht abstumpfen. Aber wir müssen uns auch schützen. Es ist unser Job!«

»Ich weiß«, sagte sie und steckte ihr Taschentuch in die Hosentasche. »Und ich schäme mich auch nicht.«

Den restlichen Weg in die Von-Bock-Straße legten sie schweigend zurück.

Als sie in Franks Büro saßen, griff Frank doch zur Zigarettenschachtel. Gerade hatte er sich eine angezündet, als Malte und Reinhard ins Zimmer kamen.

»Können wir schon anfangen?«, kam Frank direkt zur Sache. Irgendwie hatte ihn die Situation mit Maren eben im Auto merkwürdig angerührt. Er schaute in die Runde und erntete dreifaches Nicken. »Maren, fängst du an?«

Er drückte seine Zigarette aus und lehnte sich zurück. In ihrem Blick meinte er, leichtes Erstaunen zu lesen. Wenn es so war, dann war es nur ein flüchtiger Eindruck. Maren setzte sich aufrecht hin und sprach mit sicherer Stimme zu Reinhard und Malte.

»Die Eltern Hülst konnten uns nicht viel erzählen. Die waren natürlich erstmal völlig fertig. Sie haben am Dienstag mit ihrer Tochter telefoniert. Dabei erfuhren sie, dass Claudia im August zu Jörg Klettners Firma wechseln wollte.«

»Ach nee …«, unterbrach Malte. »Das ist aber ein Zufall!«

»Ja, schon«, reagierte Maren. »COMPUB wusste aber davon. Das war alles in trockenen Tüchern. Claudia Hülst hat das mit ihren Chefs besprochen und zum 1. April gekündigt. Es war wohl so, dass Jörg Klettner sie unbedingt haben wollte – in seiner Firma, meine ich.«

»Anders ja wohl auch«, feixte Reinhard.

»Was ist mit euch?«, forderte Frank nun Malte auf.

»Wenig. Bei den Eltern haben wir nur die Mutter angetroffen. Ihr Mann ist zur Zeit in Kur in Bad Wildungen. Wir haben Frau Klettners Schwester – eine Frau Döring – angerufen, die sich um ihre Schwester kümmert. Die neuen Firmenräume von Jörg Klettner sind übrigens in der Leineweberstraße. Da wird renoviert und man findet höchstens Farbeimer, Tapetenrollen und ähnliche Sachen.«

»Aber irgendwo muss der doch seine Sachen haben!«, warf Frank ein. »Mit irgendwas muss der die Räume doch einrichten.«

Er sah Malte an. Der zuckte mit den Schultern. Frank warf den Kugelschreiber, mit dem er sich während der Erzählungen von Maren und Malte Notizen gemacht hatte, auf seinen Schreibtisch, hielt den Zettel hoch und allen Dreien entgegen.

»Das ist das Ergebnis eines verfluchten Nachmittags!«, rief er. »Scheiße!«

Die Tür öffnete sich und Rolf – offenbar beeindruckt von dem Vokabular, das durch die Tür nach draußen gedrungen war – lugte vorsichtig in den Raum.

»Entschuldigt. Draußen wartet eine Frau Van Dresen. Sie möchte mit dir sprechen, Frank.«

Frank Wallert blickte wie Hilfe suchend gen Himmel.

»Wer ist das? Was will sie?«, raunzte er Rolf unbeabsichtigt heftig an. In diesem Augenblick merkte er, dass er ein wenig aus dem Takt geraten war. Sofort entschuldigte er sich bei Rolf. »Sie soll reinkommen.«

Maren stand auf und wollte den Raum verlassen, aber Frank hielt sie zurück.

»Nein, Maren, bleib!« Mit einem Blick Richtung Malte und Reinhard fuhr er fort: »Ihr könnt Feierabend machen. Morgen um acht an gleicher Stelle.«

Auch bei diesen Worten musste Frank sich eingestehen, dass er zu barsch gewesen war. Etwas ärgerte und verunsicherte ihn zugleich. Malte und Reinhard gingen, und in den Raum trat eine Erscheinung. Frau Van Dresen war etwa einsachtzig groß und hatte beeindruckend dichtes, leicht gewelltes, schlohweißes Haar. Sie trug einen beigen Hosenanzug. Ihren Hals schmückte eine Kette, Modeschmuck wahrscheinlich. Sie blickte mit sehr dunklen, lebendigen Augen erst auf Maren, dann auf Frank und dieser konnte sie altersmäßig nicht einschätzen. Klar war sie nicht mehr jung, aber ihre Haltung und ihre Figur konnten manch Vierzigjährige vor Neid erblassen lassen. Sie reichte Frank ihre Hand und stellte sich mit einer unglaublich frischen, aber tiefen Stimme vor.

»Van Dresen mein Name. Sie sind Herr Wallert?«

»Ja«, erwiderte Frank. »Das ist meine Kollegin Frau Dieckmann. Würden Sie uns sagen, was Sie zu uns führt?«

Er deutete auf den freien Stuhl, auf dem eben noch Malte gesessen hatte. Frau Van Dresen nahm Platz und begann.

»Ich bin die Vorbesitzerin der freien Wohnung in der Langenfeldstraße 14. Eigentlich bin ich nur gekommen, weil ich noch einmal in die Wohnung musste und festgestellt habe, dass das ganze Haus versiegelt ist. Ihr Kollege hat mir schon erzählt, was passiert ist. Das tut mir natürlich leid. Ich muss aber trotzdem nochmal hinein.«

Aus freundlichen Augen blickte sie von Frank zu Maren und wieder zurück. Franks Anfall von schlechter Laune war verflogen. Er lehnte sich in seinem Stuhl zurück.

»Frau Van Dresen, wenn Ihnen mein Kollege schon erklärt hat, was passiert ist, dann wissen Sie, dass das nicht geht. Wir müssen morgen noch einmal mit der Spurensicherung in das Haus, vor allem in Ihre ehemalige Wohnung. Deshalb können wir unmöglich vorher jemanden hineinlassen, der dann womöglich unbeabsichtigt Spuren verwischt.«

»Aber morgen geht es dann?«, ließ die Dame nicht locker.

»Morgen geht es dann.«

»Was müssen Sie denn Wichtiges aus der Wohnung holen?«, erkundigte sich Maren.

»Ich muss noch den Stromzähler ablesen und will das Wasser abdrehen. Die Wohnung soll zwar am Wochenende schon wieder bezogen werden, aber ich bin da lieber vorsichtig.«

»Da haben Sie sicher recht«, bestätigte Maren. »Kannten Sie denn Frau Hülst?«

»Natürlich! Wie man seine direkte Nachbarin halt kennt. Ich finde es furchtbar, was da passiert ist.«

Frank bemerkte, dass ihr funkelnder Blick erlosch. Traurig schaute sie auf den Fußboden.

»Frau Hülst und ich duzten uns. Claudia und ich besuchten uns oft, allerdings seltener, seit sie mit Herrn Klettner zusammen war. Mir gefiel der junge Mann nicht so recht.«

»Nanu!«, warf Maren ein. »Da sind sie aber die Erste. Sonst sind alle, mit denen wir bis jetzt gesprochen haben, ganz angetan gewesen von diesem hübschen Mann.«

»Ja, das stimmt wohl.« Jetzt kehrte das Glänzen in Frau Van Dresens Blick zurück und fast schelmisch sah sie Maren an.«Hübsch war er. Aber mir hat er trotzdem nicht gefallen.«

»Warum nicht?«

»Ach, das ist nur ein Gefühl gewesen. Hat man ja manchmal, dass der Sympathie-Funke nicht sofort überspringt. An meinem Geburtstag waren die beiden zum Kaffeetrinken drüben bei mir. Meine Tochter und meine Enkelin waren auch da. Und obwohl Claudia direkt neben ihm saß, hat der meine Enkelin immer so angeschaut.«

Frank stutzte.

»Wie meinen Sie das?«

»Nun, ich weiß nicht, wie ich das erklären soll. Es ist eben nur so ein Gefühl. Aber der hat meine Enkelin so angesehen, wie man eine Vierzehnjährige nicht ansehen sollte.«

Frank sah Maren fragend und erstaunt an.

»Frau Van Dresen, ich danke Ihnen für das Gespräch. Sie können sicher sein, wenn wir morgen mit der Wohnung fertig sind, werden wir Sie verständigen.«

Er erhob sich, ebenso wie seine Besucherin. Maren stand zögernd ebenfalls auf.

»Sie haben Ihre Wohnung verkauft?«, fragte Maren.

»Ja, die ist mir zu groß geworden. Seit Horst – das war mein Mann – tot ist, ist sie mir einfach zu groß.«

Frank nickte.

»Der Käufer ist aus Mülheim?«

»Ja, er ist Lehrer. Wenn Sie wollen, gebe ich Ihnen seine Telefonnummer. Er wohnt auf der Sandstraße.«

»Das wäre nett.«

Frank schob ihr einen Zettel und einen Bleistift zu und sie notierte Adresse und Telefonnummer, die sie offensichtlich im Kopf hatte. Gott, lass mich so fit sein, wenn ich so alt bin, dachte er. Maren, Frank und Frau Van Dresen verabschiedeten sich. Als die Frau aus der Tür und diese geschlossen war, schaute Frank auf die Uhr. Es war kurz nach sechs. Er schaute Maren an.

»Scheint so, als würden wir ein gutes Team!«, lobte er. »Lass uns jetzt auch Feierabend machen.«

»Kannst du jetzt abschalten?«, fragte sie.

»Nicht sofort. Wenn ich nach Hause komme, werde ich mit Ina essen gehen und dann sollte mir das schon gelingen.«

»Natürlich«, war Marens kurze Antwort. Sie sagte »Tschüss!« und war durch die Tür verschwunden. Erstaunt schaute er die Tür an und machte sich auf den Weg.

*

Es war Viertel nach sechs. Steffie saß im Wohnzimmer und blätterte gelangweilt in der Fernsehzeitung. Natürlich war sie wieder allein in der Wohnung. Ihre Eltern waren noch nicht da. Hatte ihre Mutter heute Morgen vielleicht gar nicht »sechs« gesagt? Hatte sie sie im Halbschlaf falsch verstanden? Steffie zuckte mit den Schultern, warf die Zeitung auf den gläsernen Couchtisch und stand auf. Ziellos ging sie durch die Wohnung und musste plötzlich lachen.

Der Nachmittag mit Fabian und den Jungs war super gewesen! Erst hatte er sich ja ein bisschen blöd angestellt, so getan, als sehe er Steffie und die beiden anderen Mädchen nicht. Schließlich hatte sie ihren Freundinnen aber ein Eis ausgegeben und in unmittelbarer Nähe der Jungs mit Trixi und Sabrina rumgealbert. Dann waren Fabian und ein anderer Junge, den sie nicht kannte, zu ihnen gekommen und sie hatten sich über die Osterferien unterhalten, die bald zu Ende waren. Fabian war mit seinen Eltern auf Mallorca gewesen und hatte allerlei total abgedrehte Sachen zu erzählen. Sie hatten sich halbtot gelacht. Gegen halb sechs ging Steffie dann nach Hause, obwohl sie gerne noch bei Fabian geblieben wäre.

Steffie trat gegen den Zeitschriftenständer, aus dem prompt eine Zeitschrift fiel. Es war halb sieben und ihre Mutter war weder aufgetaucht, noch hatte sie angerufen. Auch auf dem Anrufbeantworter war keine Nachricht für sie. Typisch, dachte Steffie und hob die Zeitschrift auf. Vom Titelblatt der Modezeitschrift lachte ihr Heidi Klum entgegen. Ist die schön, dachte Steffie. Sie blätterte die Zeitschrift auf und ließ sich langsam auf einem Stuhl am Esstisch nieder. Auf zwei Seiten posierte Heidi Klum in Badeanzügen und Bikinis. Steffie bewunderte Models. Und Heidi Klum konnte sie besonders gut leiden. In einigen Talkshows hatte sie sie gehört und gesehen. Ihr gefiel, dass diese Frau so natürlich wirkte, als seien die Fotos Schnappschüsse, die zufällig entstanden waren. Und sie war hübsch – unglaublich hübsch. Steffie meinte sogar, dass sie Heidi Klum ziemlich ähnlich sah. Sie schlug die Zeitschrift zu und schaute auf die Uhr. Fünf vor sieben! Mit einem Ruck stand sie auf und steckte Heidi Klum wieder in den Zeitschriftenständer. Sie ging zum Sofa und ließ sich darauf fallen. Sie streckte die Beine aus, lehnte ihren Kopf gegen die Rückenlehne und schloss die Augen. Sie hatte Hunger.

*

Als Frank die Tür aufschloss, sah er an der Garderobe, dass Ina schon da war. Sie konnte sich nicht weit von ihrer roten Jacke entfernt aufhalten und die hing schon über seinem Wintermantel. Er legte die Wagenschlüssel auf die Ablage unter der Garderobe und hängte seine Jacke auf. Auf dem Weg ins Wohnzimmer fand er weitere Spuren. Socken, Pullover, T-Shirt lagen auf dem Boden verstreut, als hätte sich Ina auf dem direkten Weg zur Dusche ihrer Sachen entledigt, was sie wohl auch tatsächlich getan hatte. Vor der Tür zum Badezimmer lagen ihre Jeans. Grinsend tat er das Gleiche. Seine Socken legte er zu ihren, das Hemd fiel auf den Boden, die Hose auf ihre Jeans. Leise öffnete er die Badezimmertür, durch die er schon das Rauschen der Dusche hörte. Durch die Duschwand sah er sie. Mit dem Gesicht Richtung Duschstrahl gestreckt stand sie da und wusch eben ihre kurzen Haare. Er entledigte sich noch seines Slips, öffnete die Duschkabine und fuhr mit dem Mittelfinger seiner rechten Hand von ihrem Nacken ausgehend die Rückenlinie entlang. Sie zuckte kurz und drehte sich dann, immer noch ihr Haar shampoonierend, zu ihm um.

»Herzlich willkommen!«, lachte sie.

Er stieg zu ihr unter die Dusche und zog sie an sich. Er reagierte körperlich sofort.

»Ohoo!«, entfuhr es ihr und sie öffnete die Augen. Nach einem langen, innigen Kuss drehte sie sich langsam um, wobei sie ihre Hände über seine Hüften fahren ließ. Auffordernd rieb sie ihr Hinterteil gegen seinen Unterleib.

*

Frank erwachte gegen drei. Ihm war kalt und er merkte, dass Ina wieder die ganze Decke in Beschlag genommen hatte. Sanft küsste er sie in den Nacken und stand auf. Er nahm einen frischen Slip aus dem Schrank, streifte ihn über und zog auch seinen Morgenmantel an, der am Kleiderschrank hing. Plötzlich waren seine Gedanken wieder beim vorangegangenen Tag. Er ging in die Küche, schaltete das Licht ein, öffnete den Kühlschrank und entnahm ihm eine Flasche KöPi. Er setzte sich an den Küchentisch und trank einen Schluck.

Was, zum Teufel, hatte Frau Van Dresen gemeint mit ihrer Bemerkung über Jörg Klettner? Vierzehnjährige können durchaus ein netter Anblick sein. Wie darf man vierzehnjährige Mädchen ansehen? Offenbar vermutete Frau Van Dresen etwas hinter dieser Art des »Ansehens«, wie es Jörg Klettner ihrer Enkelin gegenüber getan hatte. Immerhin schien es ihr wichtig gewesen zu sein, noch zu bemerken, dass Claudia direkt danebengesessen hatte.

Ina kam in die Küche. Auch sie hatte sich ihren Morgenmantel angezogen und blinzelte ihm verschlafen entgegen.

»Was fällt dir ein, mich einfach im Bett erfrieren zu lassen?«, murrte sie.

Sie kam auf den Küchentisch zu, nahm die Bierflasche und gönnte sich auch einen Schluck. Dann setzte sie sich Frank gegenüber an den Tisch und schaute ihn aus erstaunlich wachen Augen an.

»Wie darf man eine Vierzehnjährige ansehen?«, fragte er unvermittelt.

»Wie meinst du das?«

»Wie ich es gesagt habe: Wie darf man eine Vierzehnjährige ansehen? Eine Zeugin sagte mir heute, dass jemand ihre Enkelin beim Geburtstags-Kaffeetrinken angesehen habe, wie man eine Vierzehnjährige nicht ansieht.«

»Also, Frank, so naiv kannst du doch nicht sein. Ich betreue zur Zeit eine Zwölfjährige. Das Mädchen sieht aus wie sechzehn. Seit dem letzten Jahr geht das Mädchen durch die Hölle. Ihr Vater hatte plötzlich angefangen, beim Gutenachtkuss seine Zunge einzusetzen. Dann hat er sie ab und zu, angeblich aus Versehen und unbeabsichtigt, berührt: mal an den Brüsten, dann am Po. Eines Nachts wurde sie wach und merkte, dass ihr Nachthemd nach oben geschoben war. Ihr Vater stand vor ihrem Bett und holte sich einen runter.«

»So ein Schwein!«, entfuhr es Frank verächtlich.

»Ja, aber dieses Schwein ist ihr Vater, den sie liebt. Und ich sage dir: Wenn du das Mädchen sehen würdest, sie ist nett und süß. Ich glaube, sowas würde man landläufig als ›Lolita‹ bezeichnen. Sie ist zwölf, aber ich wette, dass jeder Mann sie ansieht, wie ›Mann‹ eine Zwölfjährige nicht ansehen sollte.«

Er trank noch einen Schluck aus der Bierflasche.

»Lass uns wieder schlafen gehen«, sagte er und stand auf. Die leere Flasche stellte er in den Korb neben dem Kühlschrank.

Als er vor dem Einschlafen zum letzten Mal auf den Wecker schaute, war es Viertel nach vier.

Freitag 5. April 2002

Irgendetwas störte ihn. Er wälzte sich auf die rechte Seite. Da war es wieder. Ein durchdringendes Geräusch. Wie durch einen Nebel hindurch erkannte er das Läuten des Telefons. Jetzt war er schlagartig wach und schaute automatisch auf den Wecker. Es war fünf. Er warf die Decke von sich und sprang auf. Das Telefon stand im Flur, jedenfalls die Basisstation. Vom Handgerät fehlte mal wieder jede Spur. Letztlich spürte er es in der Küche auf.

»Frank Wallert«, meldete er sich.

»Herr Wallert, hier ist Frings von der Wache.«

»Herr Frings, was gibt's?«

»Ich dachte mir, ich sollte Sie anrufen. Die Langenfeldstraße 14 brennt.«

»Was?«, entfuhr es Frank.

»Ja, Sie hatten doch gestern dort einen Einsatz wegen der Morde. Und da dachte ich …«

»Da haben Sie richtig gedacht«, unterbrach Frank ihn. »Sagen Sie den Kollegen, ich komme.«

Er schaltete das Gerät aus und steckte es auf die Station. Innerhalb weniger Augenblicke war er angezogen. Er warf schnell ein Pfefferminzbonbon ein. Ina hatte nichts von alledem mitbekommen.

Um Viertel nach fünf stieg er ins Auto und fuhr in die Langenfeldstraße. Als er in die Straße einbog, musste er sofort halten. Feuerwehrwagen versperrten die Weiterfahrt. Die morgendliche Dunkelheit war zerrissen von zuckenden Blaulichtern und Flammenschein. Er nahm Dutzende von verschlafenen und in Morgenmäntel gehüllte Anwohner wahr. Aus dem Haus, in dem Claudia Hülst und Jörg Klettner gestorben waren, schlugen Flammen. Das Dach war nicht mehr da. Rufe von Feuerwehrleuten schallten durch die Gegend und ein unfassbarer Gestank lag in der Luft. Er zückte seinen Ausweis und lief auf jemanden in Uniform zu, der aussah, als hätte er etwas zu sagen.

»Guten Morgen, Wallert von der Kripo. Was ist hier passiert?«

»Wonach sieht das denn aus, Sie Witzbold?«, fuhr der Uniformierte Frank an. »Nach einer Grillfete?« Er hatte nur flüchtig auf den Ausweis geblickt.

»Geht's auch etwas freundlicher?«

Der Uniformierte ließ Frank stehen und bewegte sich auf ein Löschfahrzeug zu. Frank machte drei schnelle Schritte und baute sich vor dem Mann auf.

»Passen Sie mal auf!«, zischte er ihn an. »Sie werden mir jetzt auf der Stelle meine Frage beantworten. Wir haben gestern hier zwei Leichen gefunden. Mordopfer. Das Haus war versiegelt und stand leer. Was also – zum Teufel – ist hier passiert?«

Die letzten Worte schleuderte Frank förmlich ins Gesicht des Feuerwehrmannes.

»Sagen Sie das doch gleich«, entgegnete dieser schon etwas kleinlauter. »Mein Name ist übrigens Schreiber.« Er reichte Frank die Hand.«Ich kann Ihnen aber noch nicht viel sagen. Wir haben um 4:30 Uhr den Notruf erhalten und waren gegen zwanzig vor fünf hier. Der Mann da drüben hat angerufen.«

Er wies Frank mit einer Kopfbewegung die Richtung, wo der Mann stand.

»Das Feuer hat sich unglaublich schnell ausgebreitet und rasant gewütet. Vor etwa zehn Minuten ist das Dach schon eingestürzt. Ein normales Feuer scheint das nicht zu sein.«

»Sie meinen, das war Brandstiftung?«

»Das vermute ich. Genau sagen können wir das erst morgen. In den nächsten Stunden kann da sowieso noch niemand rein. Wir werden nach dem Löschen eine Wache hierlassen und das Ganze morgen untersuchen.«

»Ist jemand von uns hier?«, fragte Frank nach.

»Von der Kripo, meinen Sie? Ja. Kurz bevor Sie gekommen sind, war ein Herr Frenzen hier. Der ist aber wieder gefahren, weil es für ihn hier nichts zu tun gab. Ansonsten sind nur Ihre grünen Kollegen hier, die die Absperrung organisiert haben.«

Erst jetzt nahm Frank die vier Kollegen wahr, die die neugierigen Anwohner auf Distanz hielten. Frank bedankte sich bei Herrn Schreiber. Er ging auf den Mann zu, den Schreiber ihm als den Anrufer gezeigt hatte. Wieder zückte Frank seinen Ausweis.

»Guten Morgen«, sprach Frank ihn an. »Mein Name ist Wallert. Ich bin bei der Kripo.«

»Das sehe ich. Ich heiße Mark Fisk. Hier ist ja was los in den letzten Tagen.«

Die Augen des Mannes waren immer noch auf das Feuer gerichtet. Er hatte Frank bisher mit keinem Blick gewürdigt.

»Das ist sicher sehr spannend für Sie.«

»Das können Sie laut sagen. Sowas sieht man ja sonst nur im Fernsehen.«

Frank stellte sich jetzt so vor ihn, dass Fisk gar nicht anders konnte, als ihn anzusehen. »Sie haben das Feuer gemeldet?«

»Ja. Ich habe plötzlich so komisches Licht in meinem Wohnzimmer gehabt. Als ich aus dem Fenster gesehen habe, sah ich das Feuer.«

Sein Blick richtete sich jetzt wieder an Frank vorbei auf das brennende Haus.

»Herr Fisk, wäre es möglich, dass Sie mir zwei, drei Fragen konzentriert beantworten? Sie dürfen gleich wieder ungestört weiter gucken.«

Wie ertappt wandte sich der Mann Frank wieder zu. »Ja, sicher.«

»Wann genau haben Sie das Feuer bemerkt?«

»Das muss so gegen fünf vor halb fünf gewesen sein. Im Fernsehen war gerade Werbepause.«

»Fernsehen …? Um halb fünf …?«

»Ja, sicher.« Fisk grinste breit und deutete mit seinen Händen an, welche Art von Sendung er meinte.

»Haben Sie denn beim Blick aus dem Fenster noch etwas gesehen?«, lenkte Frank Fisks Gedanken wieder zurück aufs Wesentliche.

»Nein. Was sollte das gewesen sein?«

»Was weiß ich? Irgendjemand der auf der Straße steht, jemand der wegläuft, jemand mit einem Benzinkanister in der Hand …«, gab er Fisk die Denkrichtung vor.

»Ach so, nein.« Fisk schien nachzudenken. »Nee«, schob er noch einmal nach.

Frank merkte, dass die Konzentration Fisks schon wieder nachließ.

»Okay«, sagte er. »Fürs Erste danke ich Ihnen. Wenn Ihnen doch noch was einfallen sollte, …«

»Dann melde ich mich bei Ihnen«, beendete Fisk Franks Satz. Mechanisch nahm er Franks Karte entgegen, die dieser ihm reichte.

»Viel Spaß noch!«, verabschiedete sich Frank.

»Danke«, kam es zurück, ohne dass Fisk die Ironie in Franks Abschiedsgruß aufgefallen zu sein schien.

»Wichser!«, flüsterte Frank vor sich hin. Er ging zu seinem Wagen, stieg ein und fuhr zurück in seine Wohnung in der Goethestraße.

*

Während eines kurzen Frühstücks gönnte sich Frank einen ausgiebigen Blick in die Zeitung. Ina schlief noch und hatte offensichtlich weder seine Abwesenheit noch seine Rückkehr bemerkt. Er hatte sich wieder eine Zigarette angezündet und rauchte sie ohne schlechtes Gewissen. Seit er »aufgehört« hatte – das war vorgestern – war dies seine zweite Zigarette und nach weiteren hatte es ihn nicht gelüstet. Der Lokalteil der WAZ brachte ein paar Zeilen über den Doppelmord, mehr noch nicht. Die Namen der Opfer wurden nicht genannt. Es handelte sich um eine Meldung, nicht mehr und nicht weniger, und man schloss diese ab mit dem Versprechen – oder der »Drohung« – die Leser auf dem Laufenden zu halten. Er konnte sich gut vorstellen, wie die Artikel aussehen würden, wenn die Sache nicht in absehbarer Zeit auf eine Lösung zusteuerte und die Ermittler weiter eingestehen mussten, dass sie nicht den geringsten Anhaltspunkt hatten. Der Brand heute Nacht warf ein neues Licht auf das Ganze. Er war natürlich in der Zeitung noch nicht erwähnt. Jemand musste ganz offensichtlich ein – wie auch immer geartetes – Interesse daran gehabt haben, den Tatort und eventuelle Spuren zu vernichten. Da konnte es sich ja logischerweise nur um den oder die Täter handeln. Die wenigsten Menschen wussten, dass Brand-Experten der Feuerwehr und Polizei durchaus mit modernsten Hilfsmitteln ausgestattet waren, die es ihnen ermöglichten, selbst in der scheinbar trostlosesten Brandruine noch Spuren zu sichten und ein Feuer so genau zu rekonstruieren, dass sie nachher besser wussten, wo es seinen Anfang genommen hatte als der Täter.

Es gab wohl ein Dutzend Dinge, die heute getan werden mussten. Sabine hatte sicher schon ihren vorläufigen Bericht der Spurensicherung bei Rolf abgeliefert. Die Ruine musste aufgesucht werden. Sie mussten wissen, was da heute Nacht geschehen war. Sie mussten herausbekommen, wo Jörg Klettner seine Firmeneinrichtung eingelagert hatte und diese zumindest mal in Augenschein nehmen. Man musste noch einmal mit Frau Van Dresen reden und mit dem Lehrer, der ihr die Wohnung abgekauft hatte. Er hatte sein Geld in den Sand gesetzt. War der Kaufvertrag jetzt eigentlich noch gültig?, kam es Frank in den Kopf. Der Wagen von Jörg Klettner war immer noch verschwunden. Er musste gefunden werden. Immer noch konnte er sich nicht von Frau Van Dresens Bemerkung über Jörg Klettner lösen. Irgendwie ahnte er, dass mehr dahinter steckte, als er zum jetzigen Zeitpunkt ermessen konnte. Er schaute auf die Uhr. Es war Viertel nach sieben. Ein Blick auf das Außen-Thermometer verriet ihm, dass es sehr frisch war. Er griff sich seine Jacke und die Wagenschlüssel und machte sich auf den Weg ins Präsidium.

*

In seinem Büro setzte er die Kaffeemaschine in Betrieb. Dabei fiel ihm ein, dass Malte heute einen Urlaubstag genommen hatte – vorausgesetzt heute war Freitag. Ein Blick auf den Kalender bestätigte diese Vermutung. Gerade hatte er sich eine Tasse Kaffee eingegossen, als die Tür zu seinem Büro aufging und Malte hereinkam.

»Nanu!«, entfuhr es Frank.

»Ja, ich wünsche dir auch einen guten Morgen!«, erwiderte Malte lächelnd.

»Hast du nicht heute frei?«

»Eigentlich schon. Aber das kann warten. Ich kann mir vorstellen, dass ihr zumindest heute Vormittag jeden Mann brauchen könnt.«

Frank konnte kaum verbergen, wie er sich darüber freute, dass Malte wider Erwarten aufgetaucht war. Er war unglaublich froh darüber, ihn zum jetzigen Zeitpunkt in diesem Fall an seiner Seite zu wissen. Er griff die Kaffeekanne und schenkte Malte ein, der seine Tasse – als sei sie festgewachsen – in der rechten Hand hielt.

»Pass auf!«, grinste Malte ihn an. »Ich habe kein Ersatzhemd mehr hier. Ich wollte heute eigentlich waschen.«

»Du bist ein Held.«

»Ich weiß.«

Die Tür öffnete sich wieder und Maren trat ein.

»Guten Morgen. Kann ich auch einen Kaffee haben?«

Sie stand vor Frank und schwenkte auffordernd ihren Kaffeebecher. Als er auch ihr eingoss, trafen sich ihre Blicke und Frank stutzte, weil ihm auffiel, wie er sich darüber freute, sie zu sehen. Er stellte die Kanne zurück, verdrängte seine merkwürdigen Gedanken und fragte:

»Habt ihr von dem Feuer gehört?«

Malte nickte.

»Ich war sogar da.«

»Welches Feuer?«, fragte Maren erstaunt.

»Die Langenfeldstraße 14 ist heute Morgen abgefackelt worden«, erklärte Malte.

»Ist nicht wahr!«, entfuhr es ihr. Sie hatte gerade von ihrem Kaffee trinken wollen, doch da sie nach Maltes Äußerung zusammengefahren war, schwappte nun der Kafffee auf ihre Jacke.

»Scheiße!«, rief sie, stellte ihre Tasse ab und zog die Jacke aus.

Mit einem Taschentuch und Wasser, das sie der Waschzelle im Büro entnahm, begann sie an dem Fleck herumzureiben. Frank und Malte mussten lachen.

»Macht ihr euch nur lustig über mich!«, rief Maren. »Erzählt mir lieber von dem Feuer.«

Abwechselnd berichteten Malte und Frank. Auch den unsäglichen Herrn Schreiber ließen sie nicht aus. Maren war mit ihren Säuberungsversuchen fertig. Sie ging an Frank vorbei und hängte die Jacke über die Heizung. Frank verfolgte sie mit seinem Blick und sah, als sie sich bückte, ein kleines Tattoo auf dem Stück nackter Haut, das sich zwischen ihrem T-Shirt und ihren Jeans zeigte. Sie stand auf, drehte sich um und ging ihn anlächelnd wieder an ihm vorbei. *Meine Güte*, dachte Frank. *Ich glaube, ich spinne. In den Augen kann man ertrinken.*

»Es ist acht«, sagte er. »Lasst uns rübergehen.«

*

Im Besprechungsraum waren alle versammelt. Nach einer kurzen Begrüßung teilte Frank mit, was sich heute Nacht ereignet hatte. Die Aufteilung der Gruppen beließ er so, wie sie am Vortag gewesen war. Allerdings bat er Rolf, mit den Unterlagen zu dem Fall in sein Büro zu kommen. Nach kurzer Zeit hatten sie die Aufgaben verteilt. Maren und Frank würden zur Brandstelle fahren. Reinhard und Malte sollten noch einmal Frau Klettner aufsuchen und nach dem Verbleib des Firmeneigentums ihres Sohnes fragen. Anschließend sollten sie es sich nach Möglichkeit ansehen. Rolf hatte tatsächlich den vorläufigen Bericht der Spurensicherung bei seinen Unterlagen, der aber wenig ergiebig war. Einzig die Metallspuren in den Wunden der Opfer könnten, nach einer eingehenderen Untersuchung, deren Ergebnis für heute Nachmittag erwartet wurde, Aufschluss über die Tatwaffe geben. In der gesamten Wohnung konnte nicht eine einzige Spur gesichert werden, die auf den oder die Täter hinwies. Gestern Nachmittag hatte sich der Lehrer telefonisch gemeldet, der die Wohnung gegenüber der Hülst-Wohnung gekauft hatte. Frau Van Dresen hatte ihm mitgeteilt, was Claudia Hülst und ihrem Freund widerfahren war und Rolf hatte vorausschauend für heute Nachmittag einen Termin vereinbart. Maren und Frank würden den Lehrer – Herrn Wiechert – um 15:30 Uhr aufsuchen. Die vier Beamten machten sich, aufgeteilt in zwei Paare, auf den Weg.

*

Er saß am Computer. Ein Lächeln hing auf seinen Lippen. Was er auf dem Monitor sah, erregte ihn. Dieses kleine Biest hatte er also doch rumgekriegt. Erst hatte sie sich geziert, aber seine »Überredungskünste« hatten schließlich gesiegt. Die

Kleine war wirklich süß, und was sie auf dem Bett vor laufender Kamera dann schließlich gezaubert hatte, war schon erste Sahne. Das würde ihm Tausende einbringen. Er schaute sich das Rohmaterial noch einmal an und überlegte währenddessen, wie er schneiden sollte. Immerhin hatte er fünfzehn Minuten. Schneiden würde er am liebsten überhaupt nicht, denn jede Sequenz war sehenswert. Aber das Datenpaket wäre für den Download einfach zu groß. Fünf Minuten maximal waren drin. Gerade sah er sich im Bild auftauchen. Das musste auf jeden Fall rausgeschnitten werden, denn das war tabu. Allenfalls durften Hände mit im Bild sein, aber keine erkennbaren Personen. Trotzdem musste er eingreifen. Die Kleine hatte wieder zu weinen begonnen. Ihr Gesicht war zu dem Zeitpunkt nicht interessant gewesen, aber sie hatte die Hände zurückgezogen und vor ihr Gesicht gelegt. Ihr Körper zuckte, aber nicht vor Lust, sondern vom Schluchzen. Er hatte sich neben sie aufs Bett gesetzt und beruhigend auf sie eingeredet. Um sie in Stimmung zu halten, hatte seine rechte Hand ein wenig nachgeholfen. Diese Szene sah er gerade auf dem Bildschirm. Er sah, wie das Mädchen zusammenzuckte, die Beine zusammenpresste und ihm mit der Hand ins Gesicht schlug. *Diese kleine Schlampe*, lächelte er in sich hinein. Er beobachtete, wie er zurückschlug – einmal, zweimal. Das Mädchen sprang auf. Er griff zu und erwischte das T-Shirt, das sofort zerriss. Sie wurde zurück aufs Bett geschleudert, blieb liegen und schaute mit leerem Blick zur Decke. Er stand langsam auf und verschwand aus dem Bild. Nach ein paar Sekunden fuhr sie fort, mechanisch zwar, aber sie machte weiter. *Alles klar*, dachte er, stoppte den Player und begann mit dem Schnitt.

*

In der Langenfeldstraße angekommen, bemerkte Frank den immer noch beißenden Geruch vom Brand der letzten Nacht.

Er schloss den Wagen ab und ging mit Maren auf die Brandstelle zu. Am Straßenrand standen ein Feuerwehrwagen, ein Polizeifahrzeug und der dunkle Kombi von der Spurensicherung. Einige Schaulustige standen schon wieder – oder immer noch – hinter dem Absperrband und verfolgten sie mit ihren Blicken. Das Haus war nur noch eine Ruine. Trümmer bedeckten das, was gestern noch ein recht ansehnlicher Vorgarten war. Eine Eingangstür gab es nicht mehr. So betraten sie das Gebäude durch ein schwarzes Loch, das in das Innere führte. Von oben hörten sie Stimmen und Geräusche.

»Hallo!«, rief Frank. »Können wir raufkommen?«

»Aber sicher!«, lautete die Antwort.

Sabine nahm beide in dem von Ruß geschwärzten Flur in Empfang. Sie drückte Frank einen Kuss auf die Wange und beachtete Maren so gut wie gar nicht.

»Wie es aussieht, begegnen wir uns ja mittlerweile täglich. Vielleicht wird es doch noch was mit uns«, scherzte Sabine und bemerkte nicht, wie Maren die Augen verdrehte.

»Hast du dein Make-up gewechselt?«, gab Frank zurück, denn Sabines Gesicht wies einige schwarze Streifen auf, die sie sich sicher zugezogen hatte, als sie sich mit ihren rußigen Gummihandschuhen die Haare aus dem Gesicht gewischt hat.

»Nun, ich dachte, so gefalle ich dir vielleicht besser.«

Maren wurde langsam ungeduldig. Sie erschrak ein wenig über sich selbst, als sie dazwischenfuhr: »Können wir vielleicht mal zur Sache kommen?«

Sabine drehte ihren Kopf zu ihr und schaute sie an, als nehme sie Maren erst jetzt wahr. »Aber Kleine«, sprach sie sie an. »Komm mal wieder auf den Teppich!«

»Mein Name ist Dieckmann«, entgegnete Maren kühl. »Wir haben es recht eilig. Und ich habe keine Lust, hier zu stehen und mir euer Gesülze anzuhören.«

»Ich fasse es nicht!«, sagte Sabine, jetzt wieder zu Frank gewandt. Sie schüttelte den Kopf.

Frank schaute Maren recht überrascht an.

»Wir sind hier eigentlich fertig«, sagte Sabine und ging mit den beiden in die offen stehende Wohnung, die gegenüber der Hülst-Wohnung lag. »Der Brand ist definitiv gelegt worden. An zwei Stellen. Jemand hat Benzin in dieser Wohnung veschüttet. Auch im Treppenhaus ist von oben bis unten Benzin verschüttet worden, wobei eine große Menge an der Tür der Hülst-Wohnung verwendet wurde. In der leeren Wohnung haben wir Reste einer Luftmatratze und ein elektronisches Teil gefunden, das möglicherweise von einem Handy stammt. Alles ist aber so verbrannt und eingeschmolzen, dass man nichts damit anfangen kann. Identifizierung also ausgeschlossen. Trotzdem glaube ich, dass in dieser leeren Wohnung jemand gewohnt hat.«

»Das wird ja immer verrückter«, kommentierte Frank diese neuen Informationen.

»Naja«, fuhr Sabine fort, »unser Elektroniker meint, es sei die Platine eines Handys gewesen.«

»Vielleicht haben wir ja mal ein wenig Glück«, bemerkte Maren.

»Schön wär's«, erwiderte Frank. »Was ist mit der Hülst-Wohnung?«

»Sie ist ausgebrannt wie der Rest des Hauses. Nichts ist übrig.«

»Also war das eine sehr effektive Spurenvernichtung«, stellte Maren fest.

»Das kann man wohl sagen«, bestätigte Sabine und bedachte Maren jetzt mit einem wesentlich freundlicheren Blick.

»Dann können wir ja wieder gehen«, warf Frank ein und Sabine nickte.

»Wir sind hier fertig und werden auch gleich aufbrechen.«

Sabine und Frank umarmten sich, dann gab Sabine Maren die Hand.

»Tschüss, Frau Dieckmann«, verabschiedete sie sich lächelnd.

»Maren reicht auch«, erwiderte Maren augenzwinkernd.

Auf dem Weg zum Wagen schwiegen beide, aber ein Lächeln konnte Frank nicht unterdrücken.

*

Maren und Frank waren ins Präsidium zurückgefahren und saßen in Franks Büro, als ein Anruf einging. Jörg Klettners Wagen war gefunden worden. Der dunkelgrüne BMW stand auf dem Metro-Parkplatz, unverschlossen, aber gänzlich unversehrt. Zum zweiten Mal begegneten Maren und Frank heute schon Sabine, die sich aber ihre normalerweise zu erwartenden Bemerkungen verkniff. Die Beamten der Spurensicherung hatten den Wagen vollständig durchsucht und – bis auf ein paar Musik-CDs, eine Schachtel Hustenbonbons und ein Paket Taschentücher – nichts gefunden, schon gar nichts, was so hätte gedeutet werden können, als dass es in Zusammenhang mit dem Mord an Claudia Hülst oder Jörg Klettner stand. Das Innere des Wagens war nahezu erschreckend sauber, was übrigens auch für den Kofferraum galt. Wieder fuhren Maren und Frank zum Präsidium zurück. Franks Stimmung war gedrückt und auch Maren sprach nicht.

»Wir kommen einfach nicht vom Fleck. Das macht mich fertig. Da draußen rennt jemand rum, der zwei Menschen schlachtet und ein Haus abfackelt, und alles, was wir haben, ist ein Stückchen Handy-Platine, mit dem wir auch nichts anfangen können.«

Maren reagierte nicht auf Franks Ausbruch. Sie fuhren schweigend Richtung Von-Bock-Straße. Als sie auf den Parkplatz hinter dem Präsidium einbiegen wollten, kam ihnen ein Streifenwagen entgegen. Frank bremste scharf und der Streifenwagen jagte mit Blaulicht und Sirene weiter. Noch eine ganze Weile saßen Maren und Frank im Büro und sprachen kein Wort. Schließlich begann Maren.

»Wenn wir mal zusammenfassen: Claudia Hülst und Jörg Klettner werden ermordet. Es werden keine Spuren gefunden. Trotzdem fackelt jemand das Haus ab, weil er wohl meint, dass Spuren vernichtet werden müssen.«

»Vielleicht hat das damit ja auch gar nichts zu tun«, warf Frank ein. »Vielleicht will unser sauberer Lehrer ja nur schnell zu Geld kommen.«

»Das glaubst du doch selbst nicht. Der hat die Wohnung gerade gekauft und kippt dann Benzin ausgerechnet vor die Wohnungstür von Claudia Hülst, um das Haus niederzubrennen?«, entgegnete Maren und tippte sich gedankenverloren mit dem Zeigefinger vor die Schläfe.

»Nein«, fuhr sie fort. »Wenn du mich fragst, stimmt mit diesem Klettner etwas nicht. Der war zu sauber – nahezu steril. In seinem Wagen ist nichts zu finden, seine neuen Räume stehen leer und werden renoviert. Nichts ist da von ihm, als hätte er vor seinem Tod gar nicht existiert.«

»Das ist wirklich merkwürdig«, sagte Frank. »Vielleicht bringen Reinhard und Malte was Neues mit.«

Maren stand auf.

»Ich komme gleich wieder«, sagte sie und ließ Frank alleine im Büro zurück.

Frank griff zu seiner Zigarettenschachtel. Maren hatte sicher recht. Was war Jörg Klettner für ein Mann gewesen? Vielleicht war er wirklich der Schlüssel zu der ganzen Sache? Nur Frau Van Dresen hatte sich bisher kritisch zu ihm geäußert. Ansonsten erschien Jörg Klettner als »Saubermann« – attraktiv, beliebt und erfolgreich. Maren kam zurück. Sie stellte sich vor das Fenster.

»Ich muss immer an Frau Van Dresen denken. Sie war bis jetzt die Einzige, der Klettner unsympathisch war. Was hältst du davon?«

»Keine Ahnung«, antwortete Frank. »Ich habe gerade das Gleiche gedacht, aber was heißt das schon? Einer älteren Frau gefällt nicht, wie ein junger Mann ihre Enkelin ansieht! Was soll man damit anfangen?«

Maren drehte sich um. Sie reckte ihre Arme nach oben und gähnte. Dabei rutschte ihr T-Shirt so weit nach oben, dass es einen Blick auf ihren Bauchnabel zuließ. Maren fing Franks Blick auf. Sofort nahm sie die Arme wieder herunter und murmelte: »Männer!«

Es klopfte an der Tür, und unmittelbar nach Franks Reaktion trat Rolf ein.

»Malte hat gerade angerufen«, begann er. »Klettner hatte seine nagelneue Büro-Ausstattung in einer Halle im Ruhr-Hafen zwischengelagert. Edle Sachen, aber für uns uninteressant. Das meiste ist noch eingepackt. Die Computerausrüstung ist bombastisch, aber eben nagelneu – noch nicht mal das Betriebssystem ist installiert.«

Frank schlug die Hände vors Gesicht.

»Es ist nicht zu fassen!«, rief er aus. »Wir haben nichts, buchstäblich nichts. Wir stochern herum und fischen im Trüben! Kann uns denn nicht mal irgendetwas vor die Füße fallen? Man weiß ja überhaupt nicht, wo man ansetzen soll!«

Rolf zuckte mit den Schultern, machte aber einen mitfühlenden Eindruck.

»Kommen Malte und Reinhard jetzt zurück?«, erkundigte sich Frank.

»Sie sprechen nochmal kurz mit Mutter Klettner. Vielleicht hat sie ja im Stress noch etwas vergessen. Danach kommen sie.«

Nach einer kurzen Pause sprach Rolf weiter.

»Die nächste Neuigkeit wird dich auch nicht freuen.«

Frank setzte sich und schaute Rolf voller Erwartung an.

»Muss ich jetzt einen Euro in irgendeinen Schlitz werfen, oder redest du von alleine weiter?«

»Sabines Leute haben die Metallspuren in den Wunden der Opfer untersucht. Sie stammen von der gleichen Waffe«, berichtete Rolf. »Die Hülst hatte einen Messerblock in ihrer Küche, in dem ein Messer fehlte. Es handelt sich dabei um hochwertige Messer mit Teflonbeschichtung. Das fehlende Messer ist zugleich das größte. Passenderweise ein Fleischermesser mit 20,5 cm langer Klinge von der Spitze bis zum Schaft. Sabine hält das fehlende Messer für die Tatwaffe.«

»Na toll«, war Franks resignierte Antwort.

»Das war's«, murmelte Rolf, bevor er das Büro verließ.

Frank schaute Maren an, die zusammengesunken auf dem Stuhl ihm gegenübersaß.

»Was geht dir durch den Kopf?«, fragte er sie.

Maren stand auf und stellte sich direkt vor den Schreibtisch. Von oben schaute sie auf ihn herab. *Süß,* dachte er.

»Wir knabbern alle an der gleichen Sache. Niemandem geht es anders als dir. Warum behandelst du Rolf so herablassend?«, fuhr sie ihn an.

»Tue ich das?«, gab er erstaunt zurück.

»Ja, das tust du!«

»Das tut mir leid. Das ist mir nicht bewusst.«

Er hatte das Gefühl, jetzt auch aufstehen zu müssen, denn unter Marens Blick wurde ihm mulmig. Er erhob sich und schaute nun seinerseits auf sie herab. Das streitlustige Glitzern in ihren Augen erlosch und wich etwas anderem, das er nicht einordnen konnte. Leichte Verlegenheit machte sich in ihm breit, als er merkte, dass sie sich – für seinen Geschmack – viel zu lang in die Augen geschaut hatten. Er wandte sich ab.

»Ich muss mich sammeln«, sagte er. »Ich fahre jetzt nach Hause und mache Mittagspause. Und du?«

»Du kannst mich vielleicht bei mir absetzen?«, fragte sie.

Er nahm seine Jacke und öffnete die Bürotür.

»Komm!«, sagte er.

*

Martina Siebert hatte eingekauft. Nach ihrem Großeinkauf bei »Real« war sie noch auf die Duisburger Straße nach Speldorf gefahren, um bei ihrem Stamm-Bäcker Brot zu besorgen. Nun fuhr sie auf der Weseler Straße Richtung Konrad-Adenauer-Brücke und war in Gedanken. Sie hatte in der letzten Nacht kein Auge zugetan und nahm sich vor, nachdem sie die Lebensmittel verstaut hatte, ein Bad zu nehmen und sich etwas hinzulegen.

Gerade passierte sie die Anlage am Raffelberg, als sie im Rückspiegel einen Wagen registrierte, der schnell auffuhr. Für die Tageszeit herrschte ungewöhnlich wenig Verkehr auf der Strecke. *Spinner,* dachte sie. Der Wagen bremste kurz ab, kam dann aber doch näher. Deutlich konnte sie den bärtigen Fahrer sehen. Sie bekam von hinten einen Stoß und ihr fuhr der Schreck in die Glieder.

»Was soll das?«, schrie sie.

Schon kam der nächste Stoß, viel gewaltiger als der erste. In ihrer Panik nahm sie den Fuß vom Gas. Ihr Wagen wirbelte herum und schoss quer über die Fahrbahn. Schnell kam der Baum näher. Die Wahrnehmung mischte sich in das Knirschen von Blech und das Splittern von Glas. Dann wurde es Nacht um sie herum.

*

Frank lag auf seinem Bett. In seinem Kopf jagten sich immer noch die Gedanken. Was war nur los mit ihm? Er erkannte sich selbst kaum wieder. Eigentlich war diese frühe Mittagspause eine Flucht gewesen, eine Flucht vor seiner Resignation im Fall Hülst/Klettner und vor Maren. Was da im Büro zwischen den beiden abgelaufen war, hatte ihn völlig verunsichert. Noch nie hatte er erlebt, dass ihn während einer intakten Beziehung eine andere Frau derartig aus dem Gleichgewicht gebracht hatte. Und all das geschah von ganz alleine, ohne dass einer von beiden offensiv geworden wäre. Im Wagen hatten beide geschwiegen, aber es war eine merkwürdige Stimmung zwischen ihnen. Als sie vor ihrer Haustür ausstieg, fragte sie nur: »14 Uhr?«, und er antwortete: »Ja«. Mehr war nicht gelaufen, aber er wäre gerne mit ihr hineingegangen und er hatte das Gefühl, sie hätte nichts dagegen gehabt.

Er verscheuchte diese Gedanken und wandte sich dem anderen Problem zu. Sie hatten wirklich nicht die geringste Spur. Der einzige sichere Anhaltspunkt war das Messer, mit dem die beiden getötet wurden – aber das war verschwunden. Es war ein Messer aus der Küche von Claudia Hülst und man konnte nicht damit rechnen, dass es plötzlich auftauchte, übersät mit den Fingerabdrücken des Täters. Sollte Maren recht haben und der Schlüssel zu diesem Fall bei Jörg Klettner liegen? Marens Gefühl bei der Sache konnte er nachvollziehen. Praktisch gab es nur Klettners Leiche und sein untadeliges Image, das sich aus den Befragungen mehrerer Kollegen und Bekannten sowie der Eltern ergab. Einzig und allein Frau Van Dresen hatte sich negativ über Jörg Klettner geäußert, aber war das Grund genug, ihn als Mittelpunkt des Geschehens anzusehen? Vielleicht handelte es sich ja auch um etwas ganz anderes? Eifersucht? Vielleicht hat ein Rivale – oder eine Rivalin – einfach durchgedreht? Vielleicht lag der Schlüssel doch auf der beruflichen Ebene? Konkurrenzkampf? Sicher, die Konkurrenz am Markt war hart, gerade in diesem Bereich, aber war sie so hart, dass man sich durch das Abschlachten der Gegner unliebsamer Konkurrenz entledigte? Bei der Mafia vielleicht, aber doch nicht in Mülheim an der Ruhr! Die Mafia! Es war bestimmt die Mafia! Entnervt, aber trotzdem grinsend, erhob er sich vom Bett. Es war schon Viertel nach eins. Irgendetwas musste er heute dem Team präsentieren, und wenn es nur eine vorläufige Hypothese war, mit der man weiter arbeiten konnte. Sollte sie sich als falsch herausstellen, müsste man halt eine Neue aufstellen und so weiter, und so weiter …! Dass sie letztlich erfolgreich sein würden, daran zweifelte Frank nicht. Völlig abwegig erschien es ihm anzunehmen, dass der Doppelmord an Claudia Hülst und Jörg Klettner unaufgeklärt bleiben könnte. Geduld war gefragt – und Glück – und vielleicht etwas Intuition. Sie sollten ein wenig mehr über Jörg Klettner herausfinden.

*

Er betrat um Viertel vor zwei sein Büro. Frank stellte die Wasserflasche, die er von zu Hause mitgebracht hatte, auf seinen Schreibtisch. Dann ging die Tür auf und Malte trat ein.

»Alles klar?«, fragte er Frank.

»Wie man's nimmt«, antwortete dieser. »Das ist schon eine riesengroße Scheiße, diese Geschichte, und ich muss gestehen, ich habe keinen Schimmer, wie es weitergehen soll.«

»Da geht es uns, glaube ich, allen gleich«, entgegnete Malte und schob die Frage nach: »Gibt's keinen Kaffee?«

»Vergiss den Kaffee!«, raunzte Frank ihn an. »Dieses Gesöff wird dich eines Tages umbringen. Bestenfalls werden sich dann einige Kaffee-Firmen auf deinem Grabstein verewigen. Trink Wasser – steht auf dem Schreibtisch!«

»Was ist denn mit dir los? Du willst doch nicht allen Ernstes Malte Frenzen zum Wassertrinker machen?«, gab Malte erstaunt zurück.

»Mach, was du willst! Da steht die Kanne, da die Kaffeemaschine. Wo du Wasser und Kaffeepulver findest, weißt du.«

Mit einem immer noch erstaunten Seitenblick griff sich Malte die Kanne und begann Kaffee zu kochen.

»Was stimmt mit dir nicht?«, fragte er plötzlich.

Dieser alte Sausack, dachte Frank. *Muss er jetzt damit anfangen?* »Ach, es nervt mich, dass wir uns immer hier treffen, Kaffee saufen bis zum Umfallen, und wenn wir uns wieder hier sehen, sind wir noch keinen Schritt weiter«, versuchte Frank den Weg zurück auf scheinbar sicheres Geläuf.

»Am Kaffee wird das doch wohl kaum liegen«, meinte Malte. »Kann es sein, dass dir noch eine andere Laus über die Leber gelaufen ist?«

Gerade wollte Frank zu einer Antwort ansetzen, als sich die Tür öffnete und Reinhard, Rolf und Maren eintraten. So murmelte Frank nur ein »Möglich«. Sein Blick suchte Marens Blick und fand ihn auf Anhieb. Sie schlug aber sofort die Augen nieder und vermied es ihn anzusehen. *Verdammt*, schoss es Frank durch den Kopf. *Wie soll das enden?*

»Setzt euch!«, sagte er und fuhr gleich fort: »Ich habe langsam die Schnauze voll von der ganzen Sache. Das geht nicht gegen euch, aber ich habe das Gefühl, dass wir so nicht weiter kommen. Wir haben zwei Leichen und ein abgefackeltes Haus, einen Gummifetzen von einer Luft-matratze und eine zusammengeschmolzene Handy-Platine. Das Wochenende steht vor der Tür und ich habe nicht die Absicht, erst am Montag die Fäden wieder aufzunehmen. Übrigens kann man noch nicht einmal davon reden, dass wir überhaupt irgendwelche Fäden in der Hand hätten!«

»Gut gesprochen, oh weiser Häuptling Flinke Zunge!«, unterbrach ihn Malte, der mittlerweile seine gefüllte Kaffeetasse in der Hand hielt. »Nur, was willst du uns damit sagen?«

»Das weiß ich selbst nicht so genau«, gab Frank etwas kleinlaut zu.

Jetzt mischte sich Maren ein.

»Vielleicht sollten wir neu mischen und nochmal COMPUB und die Klettner-Mutter aufsuchen!«

»Was meinst du mit ›neu mischen‹?«, erkundigte sich Reinhard.

»Maren meint, wir sollten die Teams neu mischen. Und ich finde, das ist eine gute Idee. Maren meint …«

»Du brauchst hier niemandem zu sagen, was ich meine! Ich kann sehr gut für mich selbst sprechen!« Sowohl in Marens Blick als auch in ihrer Stimme war eindeutig Zorn auszumachen. Die anderen wechselten stumm Blicke.

»Sprich!«, sagte er nur und Maren sprach.

»Seit heute Vormittag glaube ich, dass wir bei der Person Jörg Klettner nachbohren müssen. Der Typ ist mir zu makellos, zu sauber. Das ist nur ein Gefühl, aber …«

»Das Gefühl habe ich auch!«, warf Reinhard dazwischen. »Über den müssten wir doch noch mehr rauskriegen können. Vielleicht haben wir ja mal ein bisschen Glück.«

»Genau!« Maren wurde jetzt richtig eifrig. »Deshalb möchte ich gerne mit Reinhard nochmal zu der Mutter.«

Sie sah Frank selbstbewusst, fast triumphierend an.

»In Ordnung«, zuckte er mit den Schultern. »Es kann nicht schaden. Ich werde mit Malte nochmal zu der Firma fahren. Wir treffen uns hier wieder in zwei Stunden.«

Frank stand auf. Keiner der anderen hatte noch etwas gesagt. Maren und Reinhard verließen das Büro. Ein kurzer Blick in Richtung Malte bestätigte Frank, dass er nun ein echtes Problem hatte.

»Pass mal auf, mein Freund«, begann Malte, kaum dass sie im Wagen saßen. »Ich weiß nicht, was los ist, aber irgendwie scheint die Stimmung ein wenig gelitten zu haben. Dass es an dem traurigen Tod unserer beiden Hübschen liegt, kann ich mir nicht vorstellen, und wenn man dich und Maren bloß sieht – nicht mal beobachtet – weiß man, was die Stunde geschlagen hat!«

»Es ist nichts passiert, Malte!«, ging Frank auf Maltes Rede ein. »Sie tut nichts, ich tue nichts, aber irgendwie spielt sich trotzdem was zwischen uns ab!«

»Verkneif es dir, wenn ich das so sagen darf, und wenn du sowas überhaupt hören willst. Es zieht euch jetzt schon beide runter, und wir andere haben's auszubaden!«

Das Gespräch war beendet. So war Malte. Er spürte etwas, kommentierte es unmissverständlich und – fertig. Was sollte man noch groß darüber diskutieren? Malte war seit zehn Jahren verheiratet, damals war sein Sohn zwei Jahre alt. Mit ihm und Bea klappte es auf jeden Fall. Frank musste an Ina denken. Es gab einfach nichts, was zwischen ihnen nicht funktionierte. Klar, stritten sie sich manchmal ein wenig – es ging dann meistens um Alltagsdinge, wenn er etwas Falsches eingekauft hatte oder sie es nicht geschafft hatte zu kochen, obwohl sie dran war. Manchmal diskutierten sie auch heftig über ihre Jobs. Sie warf ihm vor, alles so schwarz zu sehen, er hielt ihr entgegen, zu blauäugig zu sein, dass sie einfach nicht sehen wollte, dass mindestens fünfzig Prozent der Kids, die sie betreute, früher oder später seine »Kundschaft« würden. Aber ansonsten? Sie freuten sich aufeinander, wenn sie sich trafen. Der Sex klappte. Warum beeindruckte ihn Maren so sehr? Seine Gedanken wurden unterbrochen. Sein Handy sonderte eine merkwürdige Version von »We will rock you« ab – er wurde gerufen. Frank wühlte in seiner Jacke, wo er den Ursprung des Gedudels vermutete, und wurde rasch fündig.

»Ja?«, meldete er sich.

»Hallo, mein süßer Detektiv, was machst du gerade?«

Es war Ina. Frank hatte schlagartig ein schlechtes Gewissen, worüber er sich sofort ärgerte.

»Ich sitze mit Malte im Wagen und bin auf dem Weg zu einer Befragung. Was ist los?«, kam es etwas unwirsch über seine Lippen.

»Aber hallo!«, entgegnete Ina. »Etwas angefressen, wie?«

Er ruderte zurück. »Entschuldige. Ich bin etwas genervt. Wir kommen nicht voran, egal wo wir ansetzen.«

Ina säuselte zurück.

»Vielleicht habe ich ja was für euch.«

»Was sollte das denn sein?«

Ina wurde sachlich.

»Kennst du eine Martina Siebert?«

Frank nickte, bevor ihm bewusst wurde, dass Ina ihn ja gar nicht sehen konnte.

»Ja«, sagte er. »Warum?«

»Eine Kollegin von mir ist mit ihr befreundet. Sie ist fix und fertig und hat mir vorhin erzählt, dass Frau Siebert einen schweren Unfall hatte. Als sie erwähnte, wo diese Martina Siebert wohnt, dachte ich mir, ich sollte dir das erzählen.«

»Sie wohnt auf der Langenfeldstraße«, dämmerte es Frank langsam.

»Genau«, bestätigte Ina. »Sie war Nachbarin von Frau Hülst.«

Plötzlich saß Frank kerzengerade im Auto.

»War?«, fragte er nach.

»Naja, Claudia ist doch ermordet worden, oder nicht?«

»Ja, natürlich.«

»Also, natürlich finde ich das nicht.«

Frank verdrehte die Augen.

»Egal«, schob Ina hinterher. »Denise, meine Kollegin, war vorhin bei ihr im Krankenhaus. Frau Siebert hat einige Knochenbrüche und ist felsenfest davon überzeugt, dass der Unfall ein Anschlag gewesen ist.«

»Wie bitte?«

Frank konnte kaum glauben, was er da soeben hörte. Er griff nach Maltes rechtem Arm und bedeutete ihm anzuhalten. Malte fuhr sofort rechts ran.

»Ja, du hast richtig gehört. Martina Siebert hat Denise erzählt, sie sei absichtlich von der Straße gedrängt worden.«

»Mensch, ich könnte dich küssen!«, entfuhr es Frank.

Kichernd gab Ina zurück: »Dazu wirst du ja wohl noch Gelegenheit haben.«

»Wo liegt Frau Siebert?«

»Im Katholischen.«

»Danke. Wir fahren jetzt hin. Bis nachher!«

»Ich freu mich auf dich. Treffen wir uns wieder unter der Dusche?«, neckte sie.

Frank hatte es plötzlich eilig.

»Mal sehen«, sagte er und drückte die Taste mit dem roten Telefonhörer. Malte schaute ihn fragend an, aber nachdem Frank ihm erklärt hatte, was geschehen war, entwickelte er eine beeindruckende Schnelligkeit.

*

Das Mädchen mochte vielleicht dreizehn Jahre alt sein. Sie stand mit zwei Schulfreundinnen an der Theke des Eisverkäufers und alberte mit ihnen herum. Er musterte sie sehr aufmerksam. Es war an diesem Freitagnachmittag wieder warm geworden; das Thermometer kratzte die 20°-Grenze. Das Mädchen trug Jeans und ein bauchfreies Top. Ihre Brüste waren erstaunlich entwickelt. Er legte drei Euro auf den Tisch und trank seinen Cappuccino aus. Als die drei Mädchen mit ihrem Eis auf der Hand losliefen, stand er auf und folgte ihnen. Am Anfang der Schloßstraße angelangt, trennten sich die Drei, und das Mädchen, das er im Blick hatte, ging auf den Eingang des Forums zu. Er war jetzt dicht hinter ihr. Das Mädchen blieb vor einem Schaufenster stehen und betrachtete Modeschmuck. Er trat neben sie.

»Na, suchst du dir gerade was aus?«, fragte er beiläufig.

Das Mädchen musterte ihn von der Seite und stopfte dabei den Rest der Eiswaffel in den Mund.

»Das geht Sie gar nichts an!«, gab sie zickig zurück.

»Stimmt«, erwiderte er. »Du gehst mit meiner Tochter in eine Klasse, stimmt's?«

»Wer ist ihre Tochter?«, fragte sie nach.

»Die Alex – du bist doch die Sabrina, oder?«

»Nee, bin ich nicht. Und wenn sie Alex Weingerber meinen – die geht in die Parallelklasse.«

»Du siehst Sabrina aber unheimlich ähnlich«, schob er nach. Inzwischen hatten sich das Mädchen und er wieder in Bewegung gesetzt und fuhren mit der Rolltreppe nach oben.

»Hast du Lust auf eine Cola?«, fragte er.

Immer noch schaute sie ein wenig misstrauisch.

»Warum nicht?«

Er steuerte auf das Eis-Café neben Schaulandt zu. Beide setzten sich.

»Kennst du meine Tochter denn?«, nahm er den Faden wieder auf.

»Die Alex? – Ja, die ist ganz in Ordnung.«

»Danke«, sagte er mit einer leichten Kopfverbeugung und setzte das süßeste Lächeln auf, zu dem er fähig war. Er hatte keine Tochter, und wenn er eine hätte, würde er sie niemals Alex nennen. Für ihn war das ein Jungenname. Er verstand nicht, was in solchen Eltern vorging, die ihren Kindern solche Namen gaben. So wurden – nach seiner festen Überzeugung – schwule Knaben oder lesbische Mädchen erzeugt.

Der Kellner kam. Er bestellte einen Kaffee und eine Cola. Dann zog er seine Zigaretten aus der Hemdtasche und steckte sich eine an.

»Oh!«, sagte er, als tue ihm sein Missgeschick leid. »Möchtest du auch eine?«

»Ich?«, prustete das Mädchen los. »Ich rauche nicht.«

Er steckte die Zigaretten wieder ein.

»Das ist gut so«, antwortete er. »Meine Alex hat leider damit angefangen.«

»Und? Machen Sie ihr deswegen Ärger?«

»Das kann ich ja schlecht, ich rauche ja selbst. Ich habe ihr nur gesagt, dass sie nicht den gleichen Quatsch machen soll wie ich. Würden deine Eltern denn Ärger machen?«

Das Mädchen schaute ihn jetzt offen an.

»Weiß ich nicht. Die sind den ganzen Tag weg, müssen arbeiten. Ich glaube, die würden das gar nicht merken.«

»Wie heißt du eigentlich?«, fragte er.

»Stephanie – aber Sie können Steffie sagen, das tun alle.«

Der Kellner kam und brachte die bestellten Getränke.

Eine Stunde später saß Steffie in seiner Küche. Vor dem Mädchen auf dem Tisch lag ein Fünfzig-Euro-Schein.

*

Frank und Malte betraten das Krankenzimmer. Martina Siebert schaute ihnen entgegen und brachte sogar ein Lächeln zustande. Sie war nur auf Grund dieses Lächelns wiederzuerkennen, denn sie trug einen Kopfverband und ihr Gesicht wies zahlreiche blaue und rote Flecken auf. Ihr rechter Arm und ihr rechtes Bein waren eingegipst. Frank grüßte und war zuerst an ihrem Bett. »Was machen Sie für Sachen?«, fragte er und diese platte Formulierung tat ihm im gleichen Augenblick leid. Das Lächeln verschwand aus ihren Augen.

»Ich war nur einkaufen«, flüsterte sie, »und dann kam dieser Idiot angerast.«

»Wir haben davon gehört, Frau Siebert. Wir wollen Ihnen auch nicht lange auf die Nerven gehen. Aber glauben Sie wirklich, dass das ein Anschlag auf Sie war?«

»Da bin ich ganz sicher!«, nickte sie, was ihr aber offensichtlich Schmerzen bereitete. »Der hat mich von hinten gerammt und von der Straße geschoben – mit voller Absicht.«

»Haben Sie den Polizisten, die den Unfall aufgenommen haben, davon etwas gesagt?«, erkundigte sich Malte.

»Nein, das ging nicht. Ich war bewusstlos. Aber wie ich hörte, wollen die noch vorbeikommen.«

»Können Sie uns denn schon mal was sagen? Wir müssten sonst mindestens bis Montag warten, bis wir das Protokoll auf den Tisch kriegen«, flehte Frank.

»Nicht viel. Es war ein grüner Geländewagen, wissen Sie? So einer mit Gestänge vorne, bestens geeignet, um Autos von der Straße zu schieben. Mehr konnte ich nicht erkennen. Halt, doch: es saß nur eine Person drin, ein Mann mit Vollbart.«

Sie hörte auf zu reden. Als sie auch noch die Augen schloss, fasste Frank kurz ihre linke Hand, erhob sich und bedeutete Malte, dass sie jetzt gehen würden. Martina Siebert schien eingeschlafen zu sein. Auf dem Weg nach draußen raunte Malte: »Ein Kennzeichen wär nicht schlecht!«

Es war jetzt zwanzig nach drei und Frank schlug sich vor die Stirn. »Wiechert!«, platzte es aus ihm heraus.

Malte schaute ihn mitleidig an.

»Mensch, wir haben jetzt einen Termin bei dem Lehrer, Wiechert – der mit der Wohnung!«

»Du hast vielleicht einen Termin – ich nicht! Ich habe Urlaub, weißt du noch? Ich war für drei mit meinem Sohn verabredet und komme schon zu spät«, wandte Malte ein.

»Ja, richtig«, nickte Frank. »Fahr nach Hause. Ich denke, mit diesem Lehrer kann ich auch alleine sprechen. Fährst du denn nochmal zum Präsidium?«

»Warum?«, wollte Malte wissen.

»Vielleicht könntest du noch eben die Fahndung nach dem Geländewagen in die Wege leiten?«

»Okay«, sagte Malte nach kurzem Zögern. »Fahr du los. Ich laufe das Stück.«

Frank hob die Hand zum Dank.

»Wir sehen uns. Schönes Wochenende.««

»Gleichfalls. Und sieh zu, dass du deinen Kopf klar bekommst!«, erwiderte Malte.

Dann stieg Frank in den Wagen und fuhr Richtung Sandstraße.

*

Felix Wiechert war ein netter Kerl. Frank hatte sofort das Gefühl, dass es sich bei ihm um eine Art Lehrer handelte, die man nur selten findet, aber allen Kindern wünscht. Sie waren ungefähr in einem Alter und das Gespräch mit ihm, das etwas mehr als eine Stunde gedauert hatte, war so interessant, dass ihm erst während seines Verlaufs aufgefallen war, dass beide zum »Du« übergegangen waren.

Felix Wiechert hatte – wie alle bisher – keinen blassen Schimmer, was in der Langenfeldstraße passiert sein könnte. Dass seine kürzlich erstandene Wohnung abgebrannt war, hatte ihn schon schockiert. Da der Vermieter seiner »alten Wohnung« aber noch keinen Nachmieter gefunden hatte, konnte er den Mietvertrag erneuern. Nach einem ersten Kontakt mit der Versicherung, die er von Frau van Dresen einfach übernommen hatte, war er auch optimistisch, den Kaufpreis erstattet zu bekommen. Felix Wiechert war zuletzt am Freitag letzter Woche mit Frau Van Dresen in der Wohnung. Sie habe ihre Sachen herausgeholt und er ihr ein wenig dabei geholfen. Außerdem habe er die Wohnung vermessen, weil er streichen und neuen Teppichboden legen wolle. Dabei sei ihm absolut nichts Ungewöhnliches aufgefallen. Nein, heute Nacht sei er nicht in der Wohnung gewesen, äußerte er von sich aus und musste dabei lachen.

Um zwanzig vor fünf hatte sich Frank verabschiedet. Als er ins Auto stieg, hatte er wieder eine Hoffnung begraben. Es war aber nicht wirklich zu erwarten gewesen, dass dieser Lehrer den entscheidenden Tipp geben konnte.

*

Als er im Präsidium ankam, waren die Flure schon ziemlich leer – es war schließlich Freitagnachmittag. Er betrat sein Büro, in dem schon Maren und Reinhard saßen. Letzterer schaute ihm ein wenig angefressen entgegen.

»Wenn du schon sagst, dass wir uns hier wieder in zwei Stunden treffen, dann solltest du wenigstens das Funkgerät mitnehmen, wenn du mit deinem Privatwagen unterwegs bist!«, wies er Frank zurecht.

Maren schaute gedankenverloren aus dem Fenster, an dem sie stand, und reagierte überhaupt nicht auf sein Erscheinen.

»Tut mir leid«, antwortete Frank knapp. »Aber es hat sich etwas getan, was uns vielleicht weiterbringt.«

Jetzt drehte sich Maren zu ihm um und auch Reinhard verlor seinen säuerlichen Gesichtsausdruck. Frank steckte sich eine Zigarette an und erzählte. Die beiden hörten aufmerksam zu, und als er fertig war, sprang Reinhard auf, machte die »Becker-Faust« und rief: »Das ist es! Wir müssen den Wagen finden. Das wird ja nicht unmöglich sein!«

»Jaja«, beruhigte Frank ihn. »Malte hat die Fahndung schon eingeleitet.«

»Dann können wir ja jetzt erstmal Feierabend machen, oder?«, war jetzt auch Maren zu vernehmen.

»Genau das tun wir. Ab ins Wochenende! Lasst bitte eure Handys an – vielleicht müssen wir zwischendurch ran.«

»Klar«, sagte Reinhard und machte Anstalten zu gehen. Dann zögerte er. Fast verlegen schaute er zwischen Maren und Frank hin und her. »Tschüss!«, sagte er und verließ das Büro.

Sofort überkam Frank ein schlechtes Gefühl. Maren kam auf ihn zu und machte den Anfang.

»Ich möchte mal mit dir reden.«

»Muss das jetzt sein?«, fragte er. Er bemühte sich, freundlich zu bleiben und sie seine Angst vor dem, was er zu hören erwartete, nicht spüren zu lassen. Offensichtlich gelang ihm das.

»Frank«, sagte sie und schaute ihm aus höchstens einem halben Meter Entfernung in die Augen. »So können wir nicht weiterarbeiten!«

»Bitte«, bettelte er förmlich, »lass uns ins Wochenende gehen! Ich muss nachdenken! Ich kann jetzt nicht so ein Gespräch führen!«

»Okay!«, erwiderte sie und er sah, wie sich ihr Blick verfinsterte. Sie wandte sich ab, griff ihre Jacke und war grußlos zur Tür hinaus, bevor er noch etwas sagen konnte.

*

Steffie lag auf ihrem Bett und hielt den Geldschein gegen das Licht. Fünfzig Euro! Wann hatte sie jemals so viel Geld auf einmal in der Hand gehalten? Was da heute Nachmittag abgelaufen war, war schon cool! Erst hatte der Typ von ihr Fotos in der Küche gemacht. Ganz normal, mal mit Colaglas am Küchentisch, mal an der Spüle stehend. Dann hatte er sie eingeladen, mit ihm die Fotos zu entwickeln, damit sie sie sofort sehen könne. Sie war mit ihm in der Dunkelkammer und er hatte ihr erklärt, wie man Filme entwickelt und Abzüge macht. Sie fand die Fotos richtig gut! Dann erzählte er ihr, dass er auch eine Videokamera hat. Er hatte sie im Schlafzimmer auf einem Stativ stehen. Er fragte sie, ob sie sich mal auf Video sehen wollte. Sie hatte nichts dagegen gehabt, sich auf das Bett gesetzt und er war hinter die Kamera gegangen. Der Typ war echt cool. Er behandelte sie nicht wie ein Kind, sondern hatte sich ganz ernst mit ihr unterhalten. Er hatte ihr gesagt, dass er manchmal Aufnahmen von hübschen Mädchen machte, damit sie später, wenn sie sich als Model bewarben, etwas vorzuweisen hatten. Dann forderte er sie auf, mal etwas zu tun. Wenn sie so sitzen bliebe, könne er genauso gut Fotos machen. Was sollte sie tun? Sie hatte sich aufs Bett gelegt und begonnen, wie ein Model zu posieren. Er hatte gelacht und fand das gut. Sie fand sich auch gut und er trieb sie an. Irgendwann zog sie ihre Jeans aus, dann ihren Slip. Sie hatte sich noch nie so gefühlt. Ihre Hände waren über ihren Körper gefahren und sie hatte sich gestreichelt. Das alles war ihr überhaupt nicht peinlich gewesen. Sie hörte die Wohnungstür schlagen und steckte den Geldschein schnell in ihre Hosentasche. Sie sprang vom Bett auf und lief ins Wohnzimmer. Ihr Vater.

»Na, Kleines?«, sagte er. »Alles klar?«

»Klar«, antwortete sie und dachte an Robert. Nächste Woche sollte sie wiederkommen. Dann würde sie sich wieder fünfzig Euro verdienen.

Ihr Vater schaute sie an.

»Hast du einen neuen Ohrring?«, fragte er und Steffie antwortete:

»Den hat mir eine Freundin geliehen, die Alex.«

Ihr Vater nickte, nahm seine Tasche und verschwand in seinem Arbeitszimmer.

*

Als Frank die Wohnung betrat, hörte er fröhliches Pfeifen aus der Küche. Er warf die Schlüssel auf die Ablage und hängte seine Jacke auf. In der Küche war der Tisch gedeckt und Ina stand am Herd. Er umschlang mit den Armen ihre Taille und küsste sie aufs linke Ohr. Sofort hörte sie auf zu pfeifen und suchte mit ihren Lippen seinen Mund, was einen intensiven Kuss zur Folge hatte. Schließlich machte sie sich frei.

»Jetzt ist es aber gut, sonst können wir das Ganze hier vergessen.« Dabei deutete sie auf den gedeckten Tisch, mit dem sie sich sehr viel Mühe gegeben hatte. Blumen und zwei Kerzenhalter gaben dem Arrangement eine festliche Note.

»Du hast noch Zeit zu duschen. Du kannst es gebrauchen. Irgendwie riechst du nach Rauch«, fügte sie hinzu.

»Okay«, erwiderte er. »Was gibt's denn?«

»Das wirst du schon sehen«, war die erschöpfende Auskunft auf seine Frage.

Jedenfalls roch es köstlich. Er nahm noch eine geöffnete Flasche Rotwein wahr und Fladenbrot, das bereits aufgeschnitten in dem Brotkorb auf dem Esstisch lag. Er lächelte, küsste Ina noch einmal in den Nacken und ging zur Dusche. Als sie schließlich am Tisch saßen, genossen beide das Essen. Ina hatte Putenschnitzel mit einer Masse aus Schafskäse, Tomatenmark und Oliven bestrichen, sie zu Rouladen aufgerollt und das Ganze nach dem Braten mit Rotwein abgelöscht. Anschließend hatte sie noch Yoghurt in die Soße gerührt. Dazu gab es einen trockenen Rotwein und das Fladenbrot.

»Das war Spitze!«, lobte er, als er genug hatte. Auch Ina war fertig und lächelte ihn an. Sie prosteten sich zu und tranken von ihrem Wein. Nun griff er zu den Zigaretten.

»Gibst du mir auch eine?«, fragte sie und er registrierte, dass sie überhaupt nicht ansprach, dass er seinen Vorsatz, mit dem Rauchen aufzuhören, so schnell wieder begraben hatte.

»Wir fahnden nach dem Wagen«, sagte er.

»Also stimmt es?«, fragte sie erstaunt nach.

»Frau Siebert ist überzeugt davon. Es war ein grüner Geländewagen mit einem bärtigen Fahrer, der sie von der Straße gerammt hat. Das sagt sie und wir haben keinen Grund, das anzuzweifeln.«

»Die Sache scheint sich ja zu etwas Größerem auszuwachsen.«

»Ja«, bestätigte Frank. »Erst die beiden Toten, dann wird das Haus, also der Tatort, durch Brandstiftung zerstört, und jetzt wird auch noch ein Anschlag auf eine Zeugin verübt.«

»Das Haus ist abgebrannt worden?« Ina war verblüfft.

»Heute Nacht. Du hast nicht gemerkt, dass ich weg war?«

»Nein«, lachte sie. »Das wird daran gelegen haben, dass ich zu der Zeit gerade mit Brad Pitt essen war.«

»Ach so«, gab er sich scheinbar zufrieden und beruhigt. »Wir haben immer noch keine Ahnung, wie das alles zusammenhängt.«

»Naja, irgendwie muss doch diese Zeugin, Frau Siebert, etwas wissen, oder? Warum sollte sonst jemand ein Interesse daran haben, sie aus dem Weg zu räumen?«

»Schon, aber möglicherweise ist ihr gar nicht bewusst, was sie weiß oder gesehen oder gehört hat. Wir müssen warten, bis sie fit genug ist, uns ein paar Fragen zu beantworten. Das Wichtigste ist jetzt erst mal, den Wagen zu finden. Was war bei dir?«, versuchte er, das Thema zu wechseln.

»Heute war nicht viel los«, berichtete Ina. »Ich hatte um 9:30 Uhr ein Gespräch an der Gesamtschule Nord wegen einer Schülerin, deren Eltern einen Antrag auf ›Hilfe zur Erziehung‹ gestellt haben. Anschließend war ich noch im Amt und habe meinen Schreibtisch aufgeräumt. Dann habe ich Feierabend gemacht und eingekauft. Was fangen wir mit dem angebrochenen Abend an?« Damit war der Gedankenaustausch über den vergangenen Arbeitstag beendet.

»Bitte nichts Großes«, meinte Frank ihre Unternehmungslust bremsen zu müssen. »Ich habe heute Nacht kaum geschlafen und bin richtig platt.«

»In Ordnung«, erwiderte sie und schien dabei gar nicht enttäuscht. »Du findest mich im Wohnzimmer, wenn du mich suchst.« Damit stand sie auf und ließ ihn mit der aufzuräumenden Küche allein.

*

Der Freitagabend verlief ruhig. Nachdem er die Küche in Ordnung gebracht hatte, war er zu Ina ins Wohnzimmer gegangen. Dort hatten sie die Flasche Wein geleert und in ihren jeweiligen Büchern gelesen. Frank genoss die Ruhe und er war froh über die harmonische Stimmung an diesem Abend. Zwischendurch ertappte er sich einmal dabei, dass er an Maren dachte. Was mochte sie jetzt wohl tun? Bei einem Seitenblick auf Ina, die mit untergeschlagenen Beinen neben ihm auf dem Sofa saß und las, verspürte er wieder ein schlechtes Gewissen. Er wischte dieses Gefühl beiseite, denn: Was war schon geschehen?

Als er am Samstagmorgen gegen halb neun aufstand, glaubte er, seinen Augen nicht zu trauen. Straßen und Bürgersteige waren in eine dünne Schneedecke gehüllt und das Thermometer zeigte null Grad. Gestern Nachmittag waren es noch frühlingshafte zwanzig Grad. Er zog seinen Wintermantel an, der noch an der Garderobe hing – es war ja erst Anfang April – und fuhr zur Bäckerei Ötter, wo abwechselnd er oder Ina die Samstagsbrötchen kauften. Anschließend gab es ein phantastisches Frühstück, an dessen Ende das ausführliche Lesen der Zeitung stand. Wieder bezogen sich die Artikel im Lokalteil über den Brand in der Langenfeldstraße nur auf die Berichte von Polizei und Feuerwehr. Es waren bloße Meldungen. Auch der »Unfall« von Martina Siebert wurde auf die gleiche Weise abgehandelt. Das würde sich irgendwann nächste Woche ändern, das wusste Frank aus Erfahrung. Dann würden, sogar in der Mülheimer Lokalpresse, bohrende Fragen gestellt werden und es wäre gut für sie, wenn sie dann zumindest ein paar Antworten hätten.

Gegen halb zwölf, der Tisch war abgeräumt und die Zeitung gelesen und Ina und er wollten gerade mit der Planung es Tages beginnen, schellte das Telefon.

»Wallert«, meldete sich Frank.

»Ja, guten Tag, Herr Wallert!«, meldete sich eine Stimme am anderen Ende. »Frings hier.«

»Haben Sie schon wieder Dienst? Was gibt's?«

»Unsere Kollegen haben den Wagen gefunden, den Herr Frenzen gestern zur Fahndung ausgeschrieben hat.«

Sofort war Frank voll konzentriert.

»Wo?«, fragte er.

»Er stand auf dem Parkplatz am Rhein-Ruhr-Zentrum und wies entsprechende Schäden auf. Wir haben ihn schon abgeschleppt. Er steht jetzt hier auf dem Parkplatz und die Spurensicherung ist fertig mit ihm. Frau Teubert meinte, Sie sollten das so schnell wie möglich erfahren.«

»Gut, Herr Frings, danke. Ich mache mich auf den Weg und bin gleich da. Ist denn etwas gefunden worden?«

»Ich glaube ja, aber was, weiß ich nicht genau. Frau Teubert steht neben mir. Ich gebe sie Ihnen kurz.«

Nach einem sehr kurzen Wortwechsel mit Sabine staunte Ina über das Tempo, mit dem Frank die Wohnung verließ.

Wochenende 6. und 7. April 2002

Als Frank auf den Parkplatz des Präsidiums fuhr, sah er den Wagen schon. Sabine lief um das Fahrzeug herum. Alle Türen standen offen. Frank stellte seinen Wagen ab, stieg aus und lief auf Sabine zu.

»Ach, ich mag es, wenn Männer so auf mich zugestürmt kommen«, flachste sie in ihrer üblichen Manier.

»Du weißt, ich gehöre zu der Art Männer, die eher an Autos interessiert sind.«

Er freute sich, dass Sabine ihr strahlendstes Lächeln als Antwort parat hatte.

Sie kam zur Sache.

»Uns ist hier ja ein richtiges Schnäppchen gelungen. Das ist ein Toyota Land Cruiser 100 in Britischgrün, und er war zweifelsfrei in einen Unfall verwickelt. Die Lackproben werden noch ausgewertet. Ich habe den Unfallwagen von Frau Siebert gesehen und die Probe selbst abgenommen. Wenn das nicht euer gesuchter Wagen ist, müsste es schon mit dem Teufel zugehen.«

Auch Frank ging jetzt um den Wagen herum. Der Wagen war in Essen zugelassen. Das verchromte Frontgestänge war arg ramponiert und es waren reichlich blaue Lackspuren zu sehen.

»Kollege Frings sagte, ihr hättet etwas gefunden?«, fragte er.

»Ihr ist gut! Heute ist Samstag. Das war ein Liebesdienst an dir, mein Schatz, dass ich mich sofort auf die Socken gemacht habe, um mich ganz alleine um diese Kutsche zu kümmern.«

Frank nahm sie in den Arm und drückte ihr einen freundschaftlichen Kuss auf die Stirn.

»Wie kann ich das nur wieder gut machen?«

»Ich hätte da schon eine Idee«, antwortete Sabine, offensichtlich Franks Umarmung genießend.

Frank ließ sie los und sah sie skeptisch an.

»Keine Angst!« Sabine hob beschwichtigend die Hände. »Ich erwarte umgekehrt keinen Liebesdienst. Wir haben uns lange nicht mehr zu dritt gesehen. Wollt ihr nicht heute Abend zum Essen kommen?«

»Gute Idee«, freute er sich. »Das tun wir.«

Sie reichte ihm ihr Handy. Er musste lachen und nahm es entgegen. Das Gespräch mit Ina dauerte keine Minute.

»Das geht klar. Kannst du mir denn jetzt meine Frage beantworten?«

»Also gut. Was haben wir denn gefunden!? Ach ja, zuerst mal Fingerabdrücke, und zwar jede Menge. Das Innere des Wagens ist übersät mit Fingerabdrücken. Das wird uns aber möglicherweise nicht besonders weit bringen, denn sie stammen von mindestens zehn verschiedenen Personen.«

Frank sank in sich zusammen und schlug die Hände vors Gesicht.

»Na! Nun bewahre mal Haltung, mein Lieber! Das ist ja noch nicht alles. Interessanter ist sicher die CD-Hülle, die wir gefunden haben. Sie war im Handschuhfach.«

»Eine CD-Hülle?«, fragte Frank verständnislos und enttäuscht nach.

»Naja, sie war leer, aber es stand was drauf.«

»Und was?«

»Caroline14, handschriftlich mit den Edding geschrieben.«

»Und was soll das heißen?«, fragte Frank konsterniert.

»Dass ihr eine erste Spur haben könntet …«, erwiderte Sabine und wandte sich ab. Dann drehte sie sich noch einmal um und sagte: »Jetzt fass dich mal wieder. Das Labor arbeitet dran. Es ist Wochenende und wir sind für heute Abend verabredet. Ihr müsst sowieso bis Montag warten. Dann wisst ihr, wem der Wagen gehört, ihr habt die CD-Hülle – das wird schon vorwärts gehen!«

»Du hast recht«, gab er zu.

Sabines Blick veränderte sich plötzlich.

»Du solltest wirklich ausspannen. Du machst einen etwas gestressten Eindruck. Deine Kollegin scheint ja auch nicht einfach zu sein!«

Sie schloss die Türen des Toyota und ließ den Schlüssel in ihre Jackentasche gleiten.

»Wie meinst du das?«, fuhr er etwas zu energisch auf.

»Naja, sie wirkt auf mich etwas stutenbissig, wenn du verstehst, was ich meine.«

»Du spinnst doch!«, fuhr er hoch.

Gleichzeitig wusste Frank, dass Sabine wieder einmal den Nagel auf den Kopf getroffen hatte. Sabine wiegelte ab.

»Wie dem auch sei, ich freue mich auf euch. Wenn ihr so gegen sieben da wärt, würd's schon passen.«

Mit diesen Worten drehte sie sich um und lief auf ihr Auto zu.

»Okay!«, rief Frank ihr nach und machte sich seinerseits auf den Weg zu seinem Wagen.

Was war nur mit den Frauen los?, dachte er. Ein dummer Gedanke. Er sollte sich besser fragen, was mit ihm los war. Noch war nichts geschehen, aber treiben lassen wollte er die Sache nicht. Sollte er mit Ina darüber reden? Er verwarf diesen Gedanken und beruhigte sich damit, dass man schlafende Hunde nicht wecken soll.

*

An diesem Samstag geschah nichts Bemerkenswertes mehr, abgesehen von dem schönen Abend, den sie zu dritt bei Sabine zu Hause verbracht hatten. Sabine hatte einen vorzüglichen »Coq au vin« zubereitet. Abgerundet wurde der kulinarische Teil des Abends mit einem Pfirsichparfait und einem Espresso, zu dem er sich einen Grappa genehmigte, nachdem Ina sich bereit erklärt hatte, am Ende des Abends die

Verantwortung für den Heimweg zu übernehmen. Um drei Uhr waren sie schließlich auseinandergegangen, nachdem sie viel gelacht hatten und sowohl Frank als auch Sabine von dem herrlichen Chianti leicht beschwipst waren.

Es war wieder frostig kalt geworden und man konnte meinen, dass es sich bei dem Frühlingsintermezzo der letzten Tage um Erinnerungen aus dem letzten Jahr handelte. Als Frank am Sonntag aufstand, konnte er noch vom Schnee der letzten Nacht bedeckte Flächen ausmachen. Das meiste war bei Temperaturen um zwei Grad schon weggetaut. Der Himmel war bedeckt. Trotzdem konnte man die Sonne über der Wolkendecke ahnen, und es bestand die berechtigte Hoffnung, dass die Sonne sich heute noch durchsetzen würde. Sie verbrachten den Vormittag gemeinsam. Für den Nachmittag nahm Ina zwei Stunden für sich in Anspruch, in denen sie Berichte zu schreiben hatte, die am Montag im Amt vorliegen mussten. Außerdem sollte sie am Montagmorgen die Mitarbeiterbesprechung leiten, für die sie noch einiges vorbereiten musste. Frank setzte sich gegen 15 Uhr vor den Fernseher und schaute sich eine Sportsendung an, doch mit seiner Konzentration auf das sportliche Treiben war es nicht weit her. Der Grund für dieses Unkonzentriertsein war Ungeduld. Ihm wurde bewusst, dass Sabine wohl Recht hatte. Der gefundene Toyota und die CD-Hülle waren wirklich die ersten Spuren. Aber hatten sie auch mit dem Fall Hülst/Klettner zu tun? Wer weiß – vielleicht hatte die nette Frau Siebert ja auch noch irgendeine »Leiche im Keller« – im übertragenen Sinne, versteht sich. Vielleicht wollte sie ihr Ex ein bisschen ärgern. Andererseits lagen die Geschehnisse seit Donnerstag zu nahe beieinander, als dass sie nichts miteinander zu tun haben konnten. Woher nahm Sabine die Ansicht, dass diese CD-Hülle wichtig sein konnte? Wem gehörte der Wagen? Das alles würden sie morgen früh erfahren. In der kommenden Woche müssten sie weiterkommen und dazu bedurfte es wirklicher Anhaltspunkte, die zu verfolgen sich lohnen würde, und die konnten sich natürlich aus dem Toyota ergeben.

Was sollte er in Sachen Maren machen? Er war in den letzten Tagen offen für sie – jedenfalls innerlich. Ihm erschien das Ganze beängstigend, denn schließlich waren beide nicht in die Offensive gegangen. Die Blickkontakte, bei denen wohl beide gemerkt hatten, dass bei dem anderen etwas möglich sein könnte, waren selten aber intensiv und vielsagend. Außenstehende wie Malte und Sabine konnten das offenbar sogar spüren, denn ihre Anspielungen waren eindeutig und unmissverständlich und bezogen sich auf kurze Situationen, bei denen sie anwesend waren. Er spürte, dass es wohl richtig wäre, die Zusammensetzung der Gruppen so zu belassen, wie sie sich am Freitagnachmittag ergeben hatte. Das schien ja auch von Maren so gewollt zu sein. Andererseits wünschte er sich, mit Maren weiterzuarbeiten, denn – unabhängig von den erotischen Stimmungsschwankungen zwischen ihnen – war er der Meinung, dass sie sehr gut und harmonisch gearbeitet hatten. Diese Harmonie war natürlich in Gefahr, wenn sie nicht zusahen, dass sie die Sache regelten. Ein Gespräch war unausweichlich, aber wie sollte er das anstellen? Ina wollte er davon nichts erzählen – später vielleicht mal. Welcher Rahmen bot sich für ein solches Gespräch an?

Frank schaltete den Fernseher aus und zog seine Schuhe an. Ina saß nebenan am Computer, als er seinen Kopf durch die Tür steckte und sagte: »Ich fahre nochmal zum Präsidium. Ich muss mir diesen Wagen nochmal ansehen.«

»Okay«, erwiderte sie. »Bleib nicht so lange.«

Sie hatte währenddessen ihren Blick nicht vom Bildschirm genommen und Frank zweifelte daran, dass sie ihn bewusst wahrgenommen hatte, so konzentriert erschien sie ihm. Er hatte Ina belogen. Das Auto war ihm heute scheißegal. Er hatte vor, bei Maren vorbeizufahren und mit ihr zu reden.

Er parkte den Wagen etwa zweihundert Meter vom Haus auf der Kaiserstraße, in dem Maren wohnte, entfernt. So hatte er noch ein paar Schritte zu laufen und eine kleine »Galgenfrist«, in der er sich noch umentscheiden konnte. Doch schließlich betätigte er den Klingelknopf. Nach ein paar Sekunden schnarrte der Türöffner und er betrat den Hausflur. Auf dem ersten Treppenabsatz stand Maren.

»Ach du meine Güte!«, entfuhr es ihr. »Was ist denn los?«

»Ich muss mit dir reden!«

Maren stutzte ein wenig und zog die linke Augenbraue hoch, was Frank zu einem Lächeln zwang.

»Komm rein!«, sagte sie und machte die Treppe einladend frei, die sie bis jetzt blockiert hatte. Sie ging voraus, und als Frank den Flur der kleinen Wohnung betreten hatte, schloss sie hinter ihm die Tür. Frank nahm ihren frischen Geruch wahr. Ihr Haar war noch feucht und er nahm an, dass sie eben geduscht hatte.

»Störe ich auch nicht?«

Er wurde sich der Belanglosigkeit seiner Frage sofort bewusst.

»Es ist Sonntagnachmittag!«, war die diplomatische, aber durchaus interpretierbare Antwort.

Als sie das Wohnzimmer betraten, deutete Maren auf einen Sessel und forderte ihn damit wortlos auf, sich zu setzen.

»Möchtest du einen Kaffee? Er ist gerade fertig geworden«, erkundigte sie sich.

»Gerne«, antwortete Frank.

Damit waren die üblichen Floskeln ausgetauscht.

Maren kam aus der Küche zurück und trug zwei Kaffeebecher, von denen sie einen vor Frank auf den gläsernen Couchtisch stellte. Sie selbst setzte sich Frank gegenüber auf das Sofa, schlug das rechte Bein unter, nahm einen Schluck von ihrem Kaffee und schaute Frank unablässig an.

»Was gibt's?«, fragte sie schließlich.

»Unsere Kollegen haben den Wagen gefunden, der Frau Siebert von der Straße geschubst hat.«

»So?«, blieb Maren knapp.

»Der Wagen steht am Präsidium und Sabine hat gesagt, dass wir wohl verwertbare Spuren erwarten können. Sie hat in ihm eine leere CD-Hülle gefunden, auf der handschriftlich ›Caroline14‹ steht. Morgen früh kriegen wir den genauen Bericht.«

Maren nickte und schaute ihn weiter unverwandt an.

»Das wolltest du mir sagen!?«

»Auch, aber das ist nicht der Grund für mein Erscheinen bei dir am geheiligten Sonntag«, wurde er jetzt offensiv. »Als wir am Freitag Feierabend gemacht haben, wolltest du reden und ich habe das abgeblockt. Vielleicht sollten wir jetzt miteinander sprechen?«

»Ach, Frank«, erwiderte sie ohne Zögern und ihr Gesicht bekam urplötzlich einen ganz anderen Ausdruck. »Ich weiß gar nicht mehr, ob das wirklich so gut wäre.« Sie dachte einen Augenblick nach und fuhr dann fort. »Auf die Gefahr hin, dass es mir später leidtut: Lass uns reden! Ich weiß seit gestern, dass ich nicht bereit bin, so weiterzumachen. Wenn ich mit dir unterwegs bin, merke ich bei mir, dass sich regelmäßig eine fast unerträgliche Spannung aufbaut. Ich wünsche mir dann, dass du mich in den Arm nimmst, ich möchte dich berühren! Das ist einfach so gekommen, hat sich entwickelt, und ich kann dir noch nicht mal den Vorwurf machen, dass du das irgendwie provoziert hättest.«

Frank war froh, dass sie so direkt auf das Thema zu sprechen kam und ihn nicht zappeln ließ.

»Mir geht es seit der letzten Woche genau so, und auch ich kann nicht sagen, woran das liegt. Immerhin bin ich mit Ina zusammen und habe gar keinen Grund, sie zu …… eh …… nun …«

»Sie zu betrügen, sie zu verlassen und so weiter!«, fuhr Maren für ihn fort. »Das weiß ich alles. Es ändert aber nichts an meinen Gefühlen. Möglicherweise geht es dir ähnlich, ich meine in Bezug auf mich. Was du damit anfängst, ist natürlich deine Sache, aber wir müssen schon zu irgendeinem Ergebnis kommen.«

»Kannst du trotzdem mit mir arbeiten, wie wir das am Donnerstag gemacht haben?«

»So im Zweierteam, meinst du?«

Frank nickte.

»Am Freitagnachmittag hätte ich es nicht gekonnt«, fuhr sie fort. »Aber mit Reinhard geht es nicht. Am Freitag war das zwar in Ordnung, aber der hat mich die ganze Zeit vollgetextet und nach zwei Stunden wusste ich – glaube ich – alles, was an Reinhard Mendritz interessant ist. Ich hatte schon das Gefühl, dass wir beide – du und ich – ganz gut harmonieren.«

Maren schaute ihn jetzt lächelnd an. Frank lächelte zurück, denn er konnte für sich nur bestätigen, was Maren soeben gesagt hatte. Er beugte sich vor und stütze seine Ellenbogen auf seine Knie.

»Lass uns weitermachen! Wenn wir ehrlich zueinander bleiben, dürfte das kein Problem werden. Wir sind beide erwachsene Menschen. Ich weiß nicht recht, was bei mir passiert. Du bist eine sehr attraktive Frau und du bist mir eine der liebsten Kolleginnen. Nur: Lass uns auf dem Teppich bleiben!«

»Was meinst du damit? Hat jemand den Teppich verlassen?«, fragte Maren und machte plötzlich einen leicht angesäuerten Eindruck.

»Nein! Du hast dich toll verhalten, und ich finde, dass auch ich keine Komplikationen ins Spiel gebracht habe. Was ich meine ist, dass wir weiter arbeiten müssen! Malte hat mir am Freitag schon Bescheid gegeben. Offensichtlich scheint sich die Stimmung zwischen uns regelmäßig so aufzuschaukeln, dass sogar Anwesende das spüren. Darauf müssen wir achten. Ich möchte nicht, dass das ganze Team darunter leidet.«

Maren nickte lächelnd vor sich hin.

»Reinhard hat am Freitag versucht, das Thema anzusprechen. Er hat mir aber keine Möglichkeit gegeben, etwas dazu zu sagen. Stattdessen hat er mir eine halbe Stunde lang erzählt, wie er mal mit einer Kollegin ein Verhältnis hatte.« Maren schaute ihn jetzt wieder direkt an. »Okay«, sagte sie. »Wir sollten morgen wieder zusammenarbeiten und werden brav bleiben. Ich müsste mich jetzt fertigmachen. Ich habe noch was vor.«

»Natürlich«, erwiderte Frank und stand auf.

Auch Maren erhob sich vom Sofa.

»Weiß Ina, dass du hier bist?«, fragte sie plötzlich und kam auf ihn zu.

»Nein«, antwortete er kleinlaut.

Sie lachte auf, nahm seinen Kopf zwischen ihre Hände und gab ihm zwei schnelle Küsse – auf jede Wange einen. Sofort ließ sie ihn wieder los und ging vor ihm her zur Wohnungstür.

»So fängt es immer an!«, sagte sie.

»So ist das nicht!«, wandte er ein. »Was hätte ich ihr sagen sollen? Ich verstehe das selbst nicht – wie soll ich Ina dann etwas erklären können?«

Maren zuckte mit den Schultern und öffnete die Tür.

»Wir sehen uns«, sagte sie.

Frank nickte und strich ihr mit dem gekrümmten Zeigefinger über den Nasenrücken. Dann ging er die Treppen hinunter, während er hörte, dass Maren die Tür schloss

Montag 8. April 2002

Frank saß am Montagmorgen bereits um 7:30 Uhr hinter seinem Schreibtisch. Er fühlte sich ausgesprochen wohl und war bereit, heute so richtig durchzustarten. Das Gespräch mit Maren hatte ihn beruhigt und er war überzeugt davon, dass es einen positiven Effekt auf alle haben würde. In der Presse, in der WAZ, war heute Morgen die Frage gestellt worden, vor der er am Samstag noch so große Angst gehabt hatte. Irgendein Schlaukopf war auf den Zusammenhang zwischen Frau Siebert und Claudia Hülst gestoßen und hatte in seinem Artikel die Frage aufgeworfen, ob denn der »Unfall« auch mit den Morden zu tun habe. Heute konnte Frank über diese Frage lächeln, denn sie würden sie bald beantwortet kriegen. Frank zog ein leeres Blatt zu sich heran. Er griff sich einen Bleistift, von denen viele verstreut im ganzen Raum auf Tischen und im Regal lagen, und schrieb die Namen »Claudia Hülst« und »Jörg Klettner« in die Mitte, nachdem er das Blatt ins Querformat gedreht hatte. Nach der Art einer Mindmap trug er Fakten und Namen zusammen, schrieb sie auf das Blatt, betrachtete sein Werk – und zerknüllte es, bevor er es in den Papierkorb warf. In diesem Augenblick öffnete sich die Bürotür und Reinhard trat ein.

»Guten Morgen«, begrüßte er Frank, der in gleicher Weise antwortete. Reinhard nahm Frank gegenüber Platz.

»Wie war das Wochenende?«, fragte Frank.

Reinhard zuckte mit den Schultern und antwortete: »Wie immer. Und bei dir?«

»Ganz nett. Am Samstag ist der Geländewagen gefunden worden, der in den Unfall von Frau Siebert verwickelt war.«

»Ehrlich?«, fragte Reinhard, als hielte er es tatsächlich für möglich, dass Frank ihn anschwindelte.

»Ja, ehrlich! Wir bekommen nachher den genauen Bericht von Sabine, aber sie hat mir schon gesagt, dass sie davon ausgeht, dass wir endlich ein paar konkrete Anhaltspunkte bekommen. Der Wagen ist voller Fingerabdrücke, allerdings von einer Menge unterschiedlicher Leute, und wir haben eine CD-Hülle – leer aber beschriftet. ›Caroline14‹ steht drauf, was auch immer das heißen mag.«

»Gut. Der Wagen wird ja auch einen Besitzer haben, dem wir ein paar Fragen stellen können«, wandte Reinhard ein.

»Es ist ein Toyota mit Essener Kennzeichen. Werden wir uns gleich drum kümmern.«

Die Tür öffnete sich und Maren und Malte betraten, beide offensichtlich gutgelaunt, das Büro.

»Morgen zusammen! Ich hab schon gehört. Der Wagen ist da. Gibt's schon was Neues?«, sprudelte es aus Malte heraus.

»Guten Morgen«, nickte Frank lächelnd Maren und Malte entgegen. »Wenn wir jetzt vollständig sind, können wir ja sofort loslegen.«

»Moment, Moment«, protestierte Malte sichtlich entrüstet. »Darf man vielleicht erstmal die Dienste der Kaffeemaschine in Anspruch nehmen?«

»Sicher«, lenkte Frank ein. »Ich habe aber das Gefühl, als könnten wir heute einen großen Sprung machen. Ich hoffe, dass Rolf bald kommt.« Kaum waren seine Worte verklungen, öffnete sich erneut die Tür und Rolf stand im Raum. Auch er schien wieder hundertprozentig fit zu sein und strahlte seinen Kollegen und seiner Kollegin entgegen.

»Hallo zusammen! Ihr werdet nicht glauben, was ich gerade gehört habe!«

Maren lachte, woraufhin Rolf sie etwas konsterniert ansah. Trotzdem ließ er sich nicht beirren.

»Ich habe Sabine auf dem Parkplatz getroffen.«

Mit einem verunsicherten Blick in die Runde fragte er: »Wieso grinst ihr alle so blöd?«

»Dass der Wagen gefunden wurde, wissen wir«, klärte Maren ihn auf.

»Na toll. Das meine ich aber nicht. Ich rede von der CD-Hülle. Da sind auch Jörg Klettners Fingerabdrücke drauf«, fuhr Reinhard mit unverminderter Begeisterung fort.

Jetzt war es an den anderen, verblüfft dreinzuschauen und Reinhard lachte triumphierend.

»Ich fasse es nicht!«, rief Maren aus.

»Das ist sicher?«, hakte Frank nach, als er die Fassung wiedererlangt hatte.

»So sicher wie das Amen in der Kirche! Sabine wollte nur in ihr Büro, um den Bericht auszudrucken. Sie sagt, wir sollten nichts unternehmen. Sie kommt gleich.«

Unglaublich, ging es Frank durch den Kopf. *Wir haben etwas!*

»Endlich haben wir mal etwas Glück«, freute sich Maren.

Frank öffnete die Wasserflasche, die seit Freitag auf seinem Schreibtisch stand, und nahm einen gehörigen Schluck. Dann entnahm er der Schublade seines Schreibtisches eine Packung Zigaretten, öffnete sie und steckte sich eine an. Den vorwurfsvollen Blick von Reinhard, der sofort das Fenster öffnete, ignorierte er. Schließlich hatte er am Wochenende nur zwei Zigaretten geraucht. Sie unterhielten sich in den folgenden Minuten über Belanglosigkeiten: das Wetter, Fußball und anderes. Als sich Reinhard und Malte auf eine Wette einlassen wollten, wer denn nun in diesem Jahr deutscher Meister werden würde, kam Sabine in das Büro wie eine Naturgewalt. Sie strahlte und wedelte mit einem Hefter, der wohl ihren Bericht enthielt.

»Hier, liebe Leute«, begann sie, »seht ihr das Ergebnis eines Sonntags. Und es ist ein tolles Ergebnis. Ihr werdet mich auf den Schultern um das Präsidium tragen wollen, ihr werdet mich herzen und küssen …« Sie hielt inne und schaute in die Runde, bevor sie fortfuhr. »Naja, das Letztere muss nicht sein, obwohl …«, ließ sie den Satz unvollendet und legte Frank mit einem vielsagenden Blick den Hefter auf den Schreibtisch.

Sabine fasste den Inhalt des Berichtes in seinen wesentlichen Bestandteilen kurz zusammen. Sie hatte es tatsächlich geschafft, einen Kollegen – Single wie sie – aus dem Wochenende zu holen und mit ihm die Spuren aus dem Toyota zu untersuchen. Das Ergebnis war in mehreren Punkten bemerkenswert. Die verwertbaren Fingerabdrücke im Wagen stammten von elf verschiedenen Personen. Nur einer der Fingerabdrücke war bei der Polizei registriert: der von Jörg Klettner. Mordopfern wurden in der Gerichtsmedizin immer die Fingerabdrücke abgenommen. Die gleichen Abdrücke befanden sich – neben anderen – auf der leeren CD-Hülle. Damit war einwandfrei geklärt, dass der Anschlag auf Frau Siebert tatsächlich mit den Morden zu tun hatte und dass es überhaupt ein Anschlag war, war nun auch so gut wie sicher. Außerdem wurden Spermaspuren auf den Sitzen des Toyota gefunden. Naja, dachte Frank, in welchem Wagen wurde nicht schon mal gebumst?

»Der Besitzer des Wagens ist ein gewisser Tobias Ritter, der in Essen-Kettwig einen kleinen PC-Shop betreibt. Der Toyota ist nicht als gestohlen gemeldet«, berichtete Sabine abschließend.

Das war er auch heute Morgen noch nicht, was ein schnelles Telefonat ergab, das Rolf mit den Kollegen aus Essen führte.

*

Ina saß in dem Besprechungsraum und wartete bereits seit mehr als zehn Minuten. Der Lehrer, mit dem sie sich zum Gespräch verabredet hatte, war zum Vertretungsunterricht eingesetzt worden, so dass sie sich bis zur Pause gedulden musste. In etwa fünf Minuten würde es zur Pause schellen, und dann würde das Geschrei und Gebrüll Hunderter Schülerinnen und Schüler die Flure füllen.

Erstaunlicherweise war es nicht so. Als es schellte, wurde es auf dem Flur vor dem Beratungsraum zwar lauter, aber von Lärm zu reden, wäre maßlos übertrieben gewesen. Nach weiteren zwei Minuten wurde die Tür geöffnet und ein junger Mann trat ein, der eine etwa fünfköpfige Gruppe von Kindern abzuschütteln versuchte, die ihn bestürmten. Ina konnte nicht hören, worum es ging; sie hörte nur ein bestimmtes »Nein!« des jungen Lehrers, der vielleicht dreißig Jahre alt war und außerordentlich attraktiv. Er schloss die Tür hinter sich und atmete durch, als sei es ihm in letzter Sekunde gelungen, ein Monster abzuschütteln, das ihn über den Flur gejagt und beinahe erwischt hatte. Mit ausgestreckter Hand und sympathisch lächelnd kam er auf den runden Tisch zu, an dem sie saß.

»Rainer Kirchhoff«, sagte er. »Sie sind Frau Gehnen?«

Ina stand auf und gab dem jungen Mann die Hand.

»Richtig. Guten Morgen, Herr Kirchhoff.«

Während sie ihn beim Eintreten in den Raum beobachtet hatte, kam ihr die Frage in den Sinn, wie denn diese Massen pubertierender Mädchen an dieser Schule ihn so sehen würden. Und wie würde er mit ihnen umgehen? Herr Kirchhoff hatte seine Tasche neben dem Schreibtisch abgestellt.

»Ich bin gleich so weit«, sagte er zu ihr und griff zum Telefonhörer.

Schnelle Finger hat er, dachte Ina, als sie hörte, wie er mit ihnen über die Nummerntasten glitt, um eine Telefonnummer zu wählen. Sofort rief sie sich innerlich zur Ordnung, lächelte aber vor sich hin. Als der junge Lehrer mit seinem Telefonat fertig war – es ging um einen Schüler, der fehlte, ohne dass er entschuldigt war – kam er zu Ina an den Tisch und setzte sich.

»Es tut mir leid, dass Sie warten mussten!«

»Halb so schlimm«, erwiderte Ina. »Ich habe zufällig etwas Zeit.«

»Ja, zufällig«, sagte er. »Wenn Sie keine ›zufällige‹ Zeit hätten, könnte ich wieder wochenlang hinter Ihnen her telefonieren.« Er wirkte ein wenig verärgert.

»Das ist nicht meine Schuld«, meinte Ina, sich verteidigen zu müssen.

»Nein. Das meine ich auch nicht. Entschuldigen Sie, wenn das so geklungen hat. Unsere Organisation ist in solchen Fällen einfach nicht flexibel genug. Ich wette, dass in dieser Stunde mindestens vier oder fünf Kollegen im Lehrerzimmer gesessen haben. Ich habe aber jetzt ›Präsenz‹ gehabt und deshalb musste ich vertreten, obwohl bekannt war, dass ich einen Termin mit Ihnen habe.«

Ina hatte keine Lust, sich mit dem jungen Mann auf ein Gespräch über mangelhafte Organisationsstrukturen einzulassen, obwohl sie einiges dazu hätte beitragen können. Sie kam zur Sache.

»Am Telefon sagten Sie mir, es ginge um eine Schülerin von Ihnen.«

»Richtig. Ich habe da in der Klasse 7 eine Schülerin, die mir aufgefallen ist, weil sie immer müde ist. Letzte Woche habe ich mich mit ihr unter vier Augen unterhalten und von ihr erfahren, dass sie praktisch völlig auf sich selbst gestellt ist. Was ihre Eltern wirklich machen, weiß sie gar nicht. Aber sie sehen sich kaum und das Mädchen muss sich um sich selbst kümmern. Niemand macht ihr etwas zu essen oder sorgt dafür, dass es einigermaßen versorgt morgens zur Schule kommt.«

Ina hatte aufmerksam zugehört und war fast versucht »Na und?« zu sagen. Sie spürte hinter den Worten des jungen Lehrers, der sicher noch nicht lange an einer Schule arbeitete, ehrliche Sorge und Ratlosigkeit einer Schülerin gegenüber, die ihm wichtig war – wie alle anderen Schülerinnen und Schüler, der aber fühlte, dass dieses Mädchen den eigenen Eltern relativ unwichtig war. Sie wusste, welche Frage jetzt kommen würde.

»Können Sie mir sagen, ob Ihnen die Familie bekannt ist? Sie wohnen in Ihrem Bezirk.«

Ina atmete durch.

»Herr Kirchhoff, ich arbeite beim Jugendamt!« Sie versuchte, nicht zu zeigen, wie sie diese Fragen immer wieder nervten. »Sie sollten wissen, dass wir – genauso wie Sie – zur Verschwiegenheit verpflichtet sind.«

»Ich weiß. Ich möchte Ihnen auch nur den Namen nennen. Ich erwarte von Ihnen keine Reaktion. Aber ich möchte mir später nicht vorwerfen müssen, zu spät oder gar nicht reagiert zu haben.«

Ina fragte sich plötzlich, was sie eigentlich hier machte. Mit dreißig sollte ein Mensch durchaus in der Lage sein, die gesellschaftliche Realität anzuerkennen. Dieser Herr Kirchhoff schien Probleme damit zu haben. Er konnte ja nun nicht von ihr erwarten, dass sie sich aller Kinder in ihrem Bezirk annahm, die für ihre Eltern bei dem Versuch, sich in der Berufswelt zu behaupten und nicht ihren Job zu verlieren, zu einem Klotz am Bein geworden waren. Ähnliches antwortete sie Herrn Kirchhoff, der sich nun abwandte und wortlos zu seinem Schreibtisch ging. Mit einer Schachtel Zigaretten kam er zurück und bot auch ihr eine an. Sie griff nickend zu und er reichte ihr Feuer, bevor auch er sich die Zigarette anzündete.

»Wissen Sie«, begann er, »ich bin noch relativ frisch in meinem Job. Ich kann mich aber nicht damit abfinden, meinen Schülerinnen und Schülern Tag für Tag und Stunde für Stunde irgendwelches Wissen eintrichtern zu müssen, ohne mich für die Menschen dahinter zu interessieren. Ich weiß, dass das viele Kolleginnen und Kollegen so tun, weil sie resigniert haben. Die Kinder, die das fressen, was sie ihnen zu bieten haben, kommen gut weg, die es nicht tun, haben Pech gehabt. Ich hoffe, dass ich nie an einen solchen Punkt komme. Und ich wundere mich, dass Sie nicht so weit davon entfernt zu sein scheinen!«

Ina fuhr regelrecht hoch.

»Jetzt machen Sie aber mal einen Punkt! Ihr Mädchen, von dem Sie mir erzählt haben, ist eins von Tausenden in dieser Stadt. Ich kann diesem Mädchen nicht morgens die Brote schmieren, wenn es das Haus verlässt. Dafür sind die Eltern da – nicht Sie und auch nicht ich!«

»Stephanie Wibert heißt das Mädchen«, unterbrach er sie. Es schellte. Die Pause war zu Ende. Ina stand auf und sagte: »Den Namen kenne ich nicht.«

*

Maren und Frank saßen im Wagen und waren auf dem Weg nach Essen-Kettwig. Frank hatte eine CD eingelegt und stellte fest, dass der Montagmorgen – und damit die Woche – nicht besser hätte beginnen können. Sie hatten wirklich Anhaltspunkte durch den Toyota erhalten und konnten diese nun konzentriert verfolgen. Die Stimmung im Team war gut, und auch die Aussprache mit Maren schien den erhofften Erfolg zu haben. Er hatte zwar auch heute Morgen wieder gemerkt, wie es ihn freute, als sie das Büro betrat, aber das war schnell wegen der Neuigkeiten, die Sabine ihnen unterbreitete, in den Hintergrund getreten. Maren saß neben ihm, und dass sie wieder zusammenarbeiteten, war von allen wie selbstverständlich hingenommen worden.

Malte und Reinhard hatten den Auftrag erhalten, Frau Siebert im Krankenhaus zu besuchen. Irgendetwas musste sie vor den Morden mitbekommen haben, was für den oder die Täter so gefährlich war, dass man Frau Siebert zumindest einzuschüchtern versucht hatte. Malte und Reinhard sollten versuchen, mit Frau Siebert in aller Ruhe den letzten Tagen vor dem Mord an Hülst und Klettner auf den Grund zu gehen.

Frank steuerte den Wagen auf ein kleines Gelände hinter einem Komplex mehrerer kleiner Gebäude. Maren und er stiegen aus und gingen auf eine Tür zu, über der ein handgemaltes Schild mit der Aufschrift »Eingang« dankenswerterweise den Weg wies. Die Eingangstür stand offen und sie betraten einen Raum, in dem Helligkeit ein Fremdwort war. Links und rechts von ihnen erhoben sich deckenhohe Regale mit Kartons, in denen laut Aufdruck PCs, PC-Zubehör oder Geräte wie Scanner und Drucker verpackt waren. Sie liefen zwischen den Regalen entlang und landeten am Ende dieses etwa dreißig Meter langen Ganges vor drei Tischen, die als solche nicht zu erkennen waren, denn auf jedem standen aufgeschraubte Rechner, lagen Steckkarten, Papiere und Datenträger aller Art über- und untereinander, schlicht: Es herrschte einfach das für Außenstehende heillose Durcheinander, für das Computerfreaks berühmt waren. Trotzdem – so hatte Frank es bisher immer erlebt – gab es keinen von ihnen, der nicht auf Anhieb in den Stapeln fand, was er suchte.

Menschen konnte Frank in dem Raum nicht ausmachen. Allerdings lag vor dem dritten und am weitesten entfernten Tisch ein großer, struppiger Hund von undefinierbarer Rasse. Seinen massigen Kopf hatte er auf den Vorderpfoten liegen, hielt es aber offensichtlich nicht für nötig, den Kopf zu heben und die Eindringlinge, die Maren und Frank für ihn ja sein mussten, zumindest zu beschnuppern. Dafür waren seine Augen geöffnet und sie beobachteten die beiden sehr interessiert.

»Hallo! Ist hier jemand?«, rief Frank – die Standardfrage für solche Situationen.

Jetzt hob der Hund den Kopf und begann zu knurren, als wollte er Frank deutlich machen, dass ihn diese Lautstärke am frühen Morgen gar nicht erfreute.

»Halt's Maul, Felix!«, kam eine Stimme aus dem Hintergrund. Der Hund beendete sein Geknurre abrupt und legte seinen Kopf wieder auf seinen Vorderpfoten ab.

Der Stimme folgte eine junge Frau. Sie war Anfang zwanzig, trug eine kleine Brille auf der Nasenspitze, in der linken Hand einen Kaffeebecher und in der rechten ein Brötchen, während ihr eine Zigarette aus dem Mundwinkel hing. Aus der Brusttasche ihres karierten Hemdes ragte ein Schraubenzieher. Mit dem Ellenbogen schob sie einige Gegenstände auf dem Tisch zur Seite, vor dem Frank gerade stand, stellte die Kaffeetasse ab, nahm die Zigarette aus dem Mund und biss in das Brötchen. Sie schaute ruhig zwischen Maren und Frank hin und her. Schließlich hatte sie wohl beschlossen, Maren anzusprechen. Mit ausgesuchter Freundlichkeit, aber kauend, brachte sie trotzdem eine klar verständliche Frage zustande: »Was kann ich für Sie tun?«

Maren holte ihren Ausweis aus der Gesäßtasche und streckte ihn der jungen Frau entgegen. Auch Frank zückte seinen Ausweis vorsichtshalber.

»Maren Dieckmann, Kriminalpolizei. Wir hätten ein paar Fragen an Sie«, begann Maren.

»Wie, Kriminalpolizei …«, fauchte die Frau. »Hier ist alles in Ordnung!«

»Daran zweifeln wir nicht.« Maren lächelte das Mädchen freundlich an. »Wir sind aus Mülheim und hätten gerne mal den Inhaber des Geschäfts, Herrn Tobias Ritter, gesprochen.«

Die junge Frau hatte sich das Brötchen einverleibt und nahm einen kräftigen Schluck aus dem Kaffeebecher. Dann drückte sie ihre Zigarette aus, die sie über die ganze Zeit in der Hand gehalten hatte, um sich sofort eine neue anzustecken.

»Das ist mein Bruder, der ist nicht da!«, gab sie Antwort.

Frank mischte sich jetzt ein: »Frau …«

»Ritter«, ergänzte sie. »Aber alle nennen mich Jenny. Wenn Sie Frau Ritter sagen, komme ich mir so alt vor.«

»Gut, also Jenny, können Sie uns sagen, wo wir Ihren Bruder finden?« Frank war die junge Frau trotz ihres coolen Gehabes sympathisch. Sie schaute auf die Uhr.

»Zehn Uhr«, sinnierte sie. »Wenn er schon aufgestanden ist, sitzt er wahrscheinlich in irgendeinem Café oder er lässt sich die Sonne auf den Pelz scheinen.«

Frank schaute Maren an und sie blickte verständnislos zurück. Dass dieser Tag Hinweise darauf lieferte, dass es überhaupt eine Sonne gab, konnte man nicht gerade behaupten. Jenny feixte die beiden an.

»Er ist in Urlaub. Auf Lanzarote. In zehn Tagen ist er wieder hier.«

Frank lächelte gequält und ließ der jungen Frau den Spaß daran, dass sie die beiden Beamten an der Nase herumgeführt hatte.

»Seit wann ist ihr Bruder in Urlaub?«

»Warten Sie – ich glaube, das war Donnerstag letzter Woche. Er hat im Internet so ein Last-Minute-Angebot gefunden und zugegriffen.«

Der Hund erhob sich und trottete an Maren vorbei, die merklich erstarrte. Er schnupperte kurz an ihren Kniekehlen, ohne seinen Trott zu unterbrechen. Frank ignorierte er, lief durch den Gang und war bald nach draußen verschwunden. Maren entspannte sich wieder.

»Auf den Namen Ihres Bruders ist ein grüner Toyota zugelassen.«

»Ja«, bestätigte Jenny, »und?«

Frank zog einen Zettel aus der Jackentasche.

»E - PC 810«, las er ab und blickte die junge Frau abwartend an.

»Genau. Das ist unser Wagen. Stimmt was nicht damit?«

»Der Wagen war am letzten Freitag in Mülheim in einen Unfall verwickelt«, erklärte Frank. »Wissen Sie, wer ihn zu der Zeit gefahren hat?«

»Ein Unfall!?« Jenny stand auf und ihr Gesicht zeigte plötzlich einen Ausdruck von Schrecken. »Aber dann wissen Sie doch, wer ihn gefahren hat. Was ist passiert?«

Frank schüttelte den Kopf.

»Leider wissen wir das nicht. Deshalb sind wir hier. Die Geschichte ist auch etwas länger und wir haben nicht mehr viel Zeit. Tatsache ist, dass der Wagen am Freitag so gegen halb zwölf im Mülheimer Hafengebiet einen Unfall hatte und dann verschwunden ist. Wir haben ihn am Samstag gefunden. Eine beteiligte Frau ist schwer verletzt worden, und jetzt wüssten wir natürlich gern, wer Ihren Wagen gefahren hat.«

Die junge Frau war während Franks Rede immer blasser geworden und setzte sich wieder hin. Frank merkte plötzlich, dass er auch gerne sitzen würde. Als hätte sie seine Gedanken gelesen, stand Jenny auf und lief in einen Nebenraum, den er bis jetzt noch gar nicht registriert hatte. Kurz darauf tauchte sie wieder auf und trug an jedem Arm einen schlichten Holzstuhl. Frank dankte und nahm die Stühle entgegen. Die beiden Beamten setzten sich. Frank wedelte mit der Zigarettenschachtel.

»Darf ich?«, fragte er und nach einem Nicken von Jenny steckte er sich eine an. »Können Sie uns denn jetzt die Frage beantworten?«

Das konnte Jenny nicht. In dem recht langen Gespräch, in dem sich herausstellte, dass Jenny sich echte Sorgen machte, erfuhren die beiden Beamten aber trotzdem einiges. Jenny hatte keinen Führerschein. Sie hatte den Wagen seit etwa zwei Wochen nicht mehr gesehen, allerdings auch nicht vermisst, da es nicht ungewöhnlich war, dass er so lange weg war. In dem kleinen Betrieb, den ihr Bruder aufgebaut hatte, und in dem sie seit knapp zwei Jahren mitarbeitete, seit sie die Schule – das Gymnasium – abgebrochen hatte, arbeiteten außer ihr und Tobias Ritter noch zwei Techniker und eine ständig wechselnde Zahl von Studentinnen und Studenten. Der Wagen stand allen zu jeder Zeit zur Verfügung. Ein Schlüssel befand sich bei Ritter, der andere hing, falls der Wagen frei war, an einem Schlüsselbrett in dem Nebenraum, aus dem Jenny vorhin die Stühle geholt hatte. Einen vollbärtigen Mitarbeiter gab es in dem Laden nicht, wohl aber einen Studenten, der ein kleines Kinnbärtchen trug – »Gezumpel«, wie sich Jenny ausdrückte. Sie konnte sich absolut nicht erklären, was da passiert sein könnte, und dass irgendeiner der Mitarbeiter einen Unfall baute und anschließend Fahrerflucht beging, war für sie schon gar nicht vorstellbar. Die beiden Techniker würden erst so gegen zwölf hier erscheinen. Sie hatten gestern, am Sonntag, acht Rechner für eine Kleinfirma zusammengebaut und die gewünschte Software vorinstalliert. Die Rechner befanden sich seit gestern Nachmittag im Dauertestbetrieb und würden heute Nachmittag abgeholt werden. Liefern könne Ritters kleine Firma nicht. Ein Punkt blieb noch offen, und Frank wartete auf die Beendigung von Jennys Redeschwall. Klar, dass sie mit den beiden Technikern noch sprechen mussten, aber das konnten sie erst nach 12 Uhr tun. Jenny schwieg und schaute etwas ratlos vor sich hin. Gerade wollte Frank ansetzen, als ihm Maren in die Parade fuhr.

»Wir haben in dem Wagen eine CD-Hülle gefunden«, nahm sie ihm die Worte aus dem Mund. »Auf dieser Hülle stand ›Caroline14‹. Können Sie damit etwas anfangen?«

Jenny schrak zusammen, fasste sich aber schnell wieder. Jetzt war sie wieder das »coole« Mädchen vom Beginn ihres Zusammentreffens. Während der gesamten Dauer ihres Gesprächs hatte sie auf diese Maske verzichtet. Frank beobachtete interessiert und gespannt die Veränderung in ihrem Gesichtsausdruck. Passend dazu steckte sie sich wieder eine Zigarette an und fummelte etwas an dem Computer herum, der vor ihr auf dem Tisch stand.

»Caroline14?«, gab sie sich uninteressiert. »Was soll das schon sein. Auf einer CD-Hülle? Wahrscheinlich irgendeine Scheißmusik, die sich mein Bruder oder sonst wer reinzieht. Weiß ich nicht.«

»Kennen Sie einen Jörg Klettner?«, schoss Frank hinterher.

Jenny schaute plötzlich auf. »Klettner? Nie gehört.«

Auch das glaubte ihr Frank nicht wirklich. Da ist noch was zu holen, dachte Frank und konnte ein aufkommendes Triumphgefühl nicht gänzlich unterdrücken.

Als die beiden gingen, fasste er Maren im Gehen um die Taille. Sie lehnte sich leicht an ihn.

»Jetzt geht's los«, raunte er ihr zu.

Im Wagen schlug Frank heftig auf das Lenkrad und gab einen Schrei von sich, der stark an Tarzans Urwaldgeheul erinnerte. Maren lachte und legte ihre Hand beruhigend auf seinen rechten Arm.

»Pass auf!«, warnte sie ihn. »Der Airbag.«

Frank drehte sich zu ihr und die schiere Freude sprühte aus seinen Augen.

»Ich glaube, wir haben da einen Fuß in der Tür! Was meinst du?«

»Scheint so.« Maren freute sich auch. »Dass die junge Frau am Ende ziemlich geschwindelt hat, war ja offensichtlich, obwohl sie sich unheimlich bemüht hat, cool zu sein.«

Frank startete den Wagen und musste beim Anfahren aufpassen, dass er nicht den Hund anfuhr, der es sich neben dem rechten Vorderrad gemütlich gemacht hatte. Gemächlich stand der Hund auf, bog dabei den Rücken durch, streckte die Hinterbeine und gähnte, dass es nur so eine Freude war.

»Wie wär's mit einem Kaffee in einem hübschen Café? Wir müssen sowieso gleich nochmal hierhin, und zurück nach Mülheim zu fahren, lohnt sich nicht.«

»In Ordnung!«, erwiderte Maren und schnallte sich an. »Dann mal los!«

*

Als Malte und Reinhard das Krankenhaus verließen, waren sie regelrecht erschöpft. Sie hatten mit Frau Siebert jede Minute ihres Alltags der letzten drei Tage vor dem Mord an Claudia Hülst und ihrem Freund rekonstruiert und mitgeschrieben. Bei den meisten Sachen war sich die Frau hundertprozentig sicher, bei einigen wenigen bestanden Unklarheiten, ob die zeitliche Reihenfolge so richtig war. Es war kurz nach elf und Malte hatte den Vorschlag gemacht, sich in ein Café auf der Schloßstraße zu setzen und die Aufzeichnungen noch einmal in Ruhe durchzugehen. Es wurde zwar nicht die Schloßstraße, sondern eine Nebenstraße in der Fußgängerzone von Mülheims Zentrum, doch saßen sie jetzt vor einem Kännchen Kaffee, aßen ein Stück Kuchen und hatten die Blätter mit Reinhards Gekritzel vor sich liegen.

»Ist dir was aufgefallen?«, fragte Malte mit vollem Mund.

»Eigentlich nicht«, antwortete Reinhard, ebenfalls kauend.

»Es kommen sowieso nur Montag oder Dienstag in Frage. Dienstagabend ist unsere hübsche Patientin nach Duisburg gefahren.«

Sie begannen, den Ostermontag Stunde für Stunde durchzugehen, natürlich nicht ahnend, dass das, wonach sie suchten, nicht in ihren Aufzeichnungen stand.

*

Maren und Frank hatten in einem wunderschönen kleinen Café an der Ruhr in Kettwig eine kleine Pause von etwa einer Stunde gemacht und sich mit einer Cola und einer Wurst im Blätterteigmantel gestärkt. Immer noch wollte sich das positive Gefühl, das sich bei ihnen nach dem Gespräch mit Jenny Ritter breitgemacht hatte, nicht legen. Sie saßen bereits wieder im Wagen und waren auf dem Weg zu Ritters PC-Shop, um die beiden Techniker zu befragen.

»Meine Güte! Endlich geht es voran! Die Kleine hat gelogen, dass sich die Balken nur so bogen!«

Maren nickte.

»Sie hat aber nicht nur gelogen. Mir schien es so, dass sie bei der Erwähnung der CD-Hülle und dem Namen Jörg Klettner etwas aus dem Takt kam. Wir müssen das nachher mit Malte und Reinhard mal richtig analysieren. Vielleicht haben die ja auch noch was gefunden.«

Als sie an dem Laden ankamen, war die Eingangstür geschlossen. Der Hund war vom Hof verschwunden. Ritters PC-Shop war aber geöffnet. Sie trafen die beiden Techniker an, Jenny war aber nicht mehr da. Rudi und Dennis, so hießen die beiden, waren gerade dabei, die Rechner, die sie gestern zusammengebaut hatten, in Kartons zu verpacken und zur Abholung bereitzustellen. Beide hatten, wie auch Jenny, den grünen Toyota ihres Arbeitgebers längere Zeit nicht gesehen und genutzt. Beide wussten nicht, wer ihn am Freitag gefahren hatte. Beide hatten keine Ahnung von dem Unfall, der – wie Maren und Frank ja wussten – erwiesenermaßen keiner war. Rudi konnte nichts mit Caroline14 anfangen und auch nicht mit dem Namen Jörg Klettner. Dennis allerdings meinte sich zu erinnern, dass er vor einigen Wochen einen Hochleistungs-PC für Jörg Klettner zusammengeschraubt hatte. Er habe den Mann allerdings nie zu Gesicht bekommen. Herr Ritter habe den Rechner persönlich ausgeliefert.

»Haben Sie das nicht in irgendwelchen Unterlagen?«, fragte Frank.

»Schon. In diesem Fall aber nicht. Das war wohl ein Freundschaftsdienst unseres Chefs.«

Der junge Mann lächelte vielsagend.

»Ach so, also ein ›Unter-der-Hand-Geschäft‹?«

»Wenn Sie das so nennen wollen …«, erwiderte Dennis und zuckte mit den Schultern.

Als Maren und Frank wieder im Wagen saßen und auf dem Rückweg nach Mülheim waren, war es halb zwei.

»Ich denke, jetzt können wir fast sicher davon ausgehen, dass Klettner auf irgendeine Weise Dreck am Stecken hatte.«

»Wieso?«, fragte Frank gespielt beiläufig zurück. »Weil er sich unter der Hand einen PC von einem Freund hat zusammenschrauben lassen?«

Maren knuffte ihn in die Seite.

»Nein, du Knalli. Weil zumindest der Wagen dieses Freundes an dem Versuch beteiligt war, die Nachbarin der Freundin dieses sauberen Herrn Klettner aus dem Weg zu räumen.«

»Ich glaube das zwar auch, aber da muss schon noch ein bisschen Fleisch dran. Den Faden zwischen Ritter, Klettner und Siebert haben wir noch nicht. Aber daran, dass es ihn gibt, zweifle ich nicht mehr.«

»Das stimmt!«, gab Maren zu.

*

Etwas mehr als drei Stunden später lenkte Frank seinen Wagen in den Feierabend. Die Besprechung mit Malte und Reinhard hatte zuerst den Effekt gehabt, dass Marens und sein Hochgefühl etwas gedämpft wurde, denn sie hatten nichts Verwertbares aus dem Marienhospital, wo Frau Siebert lag, mitgebracht. Noch einmal waren sie zu viert die Aufzeichnungen durchgegangen, bevor sie das Unterfangen aufgegeben hatten. Als Maren dann aber mit blitzenden Augen von den Gesprächen in Kettwig berichtete, kam wieder Leben in das Team. Alle waren sich einig, dass sie einen Schritt vorangekommen waren.

Den Rest des Nachmittags hatten sie damit verbracht, Berichte zu schreiben. Als sie diese Berichte Rolf übergeben hatten, einigten sie sich darauf, in den Feierabend zu gehen und morgen pünktlich um acht Uhr weiterzumachen. Malte und Reinhard hatten sich bereit erklärt, morgen zu COMPUB zu fahren, was ursprünglich Malte und Frank am Freitag vorgehabt hatten, wozu es aber durch Inas Anruf und die Nachricht von dem Unfall nicht gekommen war.

Als Frank kurz nach fünf die Wohnung betrat, hörte er nicht geschäftiges Treiben aus der Küche, obwohl Ina mit dem Kochen wieder an der Reihe gewesen wäre. Beide hatten sich vor knapp einem Jahr darauf geeinigt, Woche für Woche den »Küchendienst« zu wechseln. Der Küchendienst umfasste das Einkaufen und das Zubereiten des Essens. Den Rest, beispielsweise das Aus- und Einräumen der Spülmaschine oder das Aufräumen der Küche, musste derjenige erledigen, der nicht kochte und einkaufte. Ein Blick in die Küche vermittelte ihm einen Eindruck von Leere – keine Ina, kein dampfendes Essen auf dem Herd, nichts. Die Küche war unberührt und sah genauso aus, wie er sie heute Morgen verlassen hatte. Irgendetwas stimmte also nicht. Schlechtes ahnend näherte er sich Inas Arbeitszimmer. Er hatte es noch nicht ganz erreicht, als er lautes Fluchen hörte.

»Scheißteil!«, schallte es ihm entgegen, und als er durch die offenstehende Tür schaute, sah er gerade noch, wie Ina die Maus des Computers auf den Tisch pfefferte. Ina drehte sich zu ihm, sprang vom Stuhl auf und empfing ihn mit einer wahren Schimpftirade. »Seit Wochen sage ich, dass mit dieser Maus etwas nicht stimmt! Man kann kaum mit ihr arbeiten. Manchmal setzt sie einfach aus und bleibt hängen und dann geht sie wieder und macht Sachen, die ich gar nicht will!«

Frank lief an ihr vorbei, ging in die Hocke, öffnete die unterste Schublade des Schreibtisches und holte eine nagelneue Maus mit Mauspad heraus. Er stöpselte das alte Gerät aus und führte den Stecker der neuen USB-Maus in die Buchse am Monitor. Er warf die alte Maus in einen Karton mit Computermüll neben dem Schreibtisch und drehte sich lächelnd zu Ina um. Er wollte sie gerade in den Arm nehmen, um sie zu begrüßen, als er ihre wütend und streitlustig blitzenden Augen sah.

»Lass mich in Ruhe!«, fuhr sie ihn an. »Ich habe einen Scheißtag hinter mir!«

Er merkte, wie er langsam sauer wurde.

»Ich kann damit ja wohl kaum was zu tun haben!«

Ab und zu hatte er schon erleben müssen, dass Ina »Schlechte-Laune-Anfälle« bekam, die sie versuchte, schonungslos an ihm abzureagieren. Beim letzten Mal – das war so etwa zwei Monate her – war er drauf und dran gewesen, sich für ein paar Tage zurückzuziehen und ein Hotelzimmer zu nehmen. Ein Gespräch in letzter Minute verhinderte dies dann und sie konnten sich über das, was Ina quergesessen hatte, unterhalten.

»Entschuldige«, lenkte Ina ein und drückte ihm einen Kuss auf den Mund, ließ es aber nicht zu, dass er sie umarmte.

»Was ist los?«, fragte er und breitete die Arme in einer Geste der Ratlosigkeit aus.

Ina begann zu weinen. Es war ihr »Wut-Weinen«, das gleichermaßen berühmt wie gefährlich war. In dieser Situation war es durchaus möglich, dass sie versuchte, ihm eine zu knallen, wenn er etwas sagte, was nach ihrer Meinung falsch war.

»Trinken wir einen Wein?«

Er registrierte erleichtert, wie sie ein Taschentuch aus dem Bademantel zog, sich schnäuzte und nickte. In der Küche suchte er einen Rosé aus dem Weinregal und entkorkte die Flasche. Er holte zwei Gläser aus dem Gläserschrank und ging – die Flasche in der einen, die beiden Gläser in der anderen Hand – hinüber ins Wohnzimmer. Ina saß bereits auf dem Sofa, hatte die Beine untergeschlagen und stierte aus geröteten Augen vor sich hin, wobei sie das zu einem kleinen Knubbel zusammengepresste Taschentuch knetete. Frank setzte sich jetzt nicht neben sie, sondern ihr gegenüber in den Sessel. Er schenkte ein. Kaum hatte er die Flasche abgestellt, als Ina sich ein Glas griff und es in sich hinein schüttete. Sie nahm die Flasche und goss sich nach. Erst jetzt schaute sie ihn an, aber in ihrem Blick lag etwas Provozierendes.

»Was ist los?«, fragte er zaghaft und hatte dabei ganz bewusst die sanfteste Stimme aktiviert, die er in seinem Repertoire hatte.

»Was ist los …«, äffte sie ihn nach. »Was soll los sein!? Mir geht das Getue dieser Leute sowas von auf den Geist. Ich frage mich, warum ich mir das überhaupt noch alles antue. Das musst du dir mal vorstellen. Da ruft mich im Amt so ein kleiner Lehrer an, der sich Sorgen um eine Schülerin macht, weil er sich ja sooo toll um sie kümmert. Heute besuche ich ihn in der Schule, um mit ihm zu reden, und da textet der mich zu und macht mir Vorwürfe.«

Ina redete sich wieder in Rage und verlor dabei regelmäßig den Boden unter den Füßen. Frank schaute sie sorgenvoll an und gab ihr mit der Hand ein Zeichen, was so viel heißen sollte wie »Mach mal langsam«. Sie beendete tatsächlich ihren Redeschwall und schaute ihn ihrerseits provozierend an.

»Ina, warum geht das so wieder los? Du weißt, dass das zu nichts führt. Wenn du so redest, kannst du nicht wirklich wollen, dass ich verstehe, was mit dir los ist. Geht es auch etwas sachlicher?«

Ina schien wieder Bodenkontakt zu bekommen, denn ihr Gesichtsausdruck änderte sich. Er wusste aber, dass das in der nächsten Minute schon wieder wechseln konnte.

»Okay!« Sie atmete tief durch und schaute ihn jetzt offen an. »Der Typ ist vielleicht dreißig. Er hat ein Mädchen in der Klasse, das ihm Sorgen macht. Er meint, die Eltern kümmern sich nicht genug um die Kleine, und glaubt jetzt, dass sich das Jugendamt um sie kümmern muss. Das nervt, das kannst du dir gar nicht vorstellen.«

Sie nahm einen kleinen Schluck von ihrem Wein.

»Gut«, sagte er. »Das habe ich jetzt verstanden. Und was regt dich daran so auf?«

»Was mich daran so aufregt?« Inas Stimme war gefährlich leise. »Ich habe ihm das schon erklärt. Muss ich dir das auch noch erklären? Soll ich dem Mädchen jetzt morgens die Butterbrote schmieren, oder was?«

Frank atmete durch. Was er jetzt tat, konnte den Vulkan wieder zum Ausbruch bringen.

»Ich glaube nicht, dass dich der Lehrer angerufen hat, weil er wollte, dass du diesem Mädchen die Frühstücksbrote zubereitest. Was also hat dich so wütend gemacht?«

Erstaunlicherweise hatte er den Eindruck, dass das Schlimmste nun vorbei war, denn Ina blieb ruhig und schien nachzudenken. Er sollte dies später als Fehleinschätzung in Erinnerung behalten.

»Er hat mir vorgeworfen, dass ich kurz vor dem Resignieren stünde, weil ich ihm gesagt habe, dass es Tausenden von Mädchen in dem Alter so ergeht«, berichtete Ina klar und sachlich.

»Und das hat dich getroffen.«

Inas Kopf schoss in die Höhe.

»Was heißt getroffen!«, fuhr sie ihn an. »Der hat doch wohl einen Schuss! Was stellt der sich denn vor? Was bildet sich dieser Typ ein?«

Frank verlor langsam die Geduld.

»Was, verdammt nochmal, stört dich denn? Da ist ein Lehrer, der den Eindruck hat, dass eine seiner Schülerinnen von den Eltern vernachlässigt wird. Ruft der jeden Tag bei euch an, oder was? Vielleicht hat er ja recht und ihr müsstet mal genauer hinschauen. Wir sollten alle froh darüber sein, dass es Leute gibt, die solche Beobachtungen nicht nur einfach machen, sondern sich offensichtlich Verbündete suchen wollen, mit denen sie den Kindern und Jugendlichen helfen können.«

Ina steigerte sich noch.

»Jaja! Und gleich wirst du wieder mit mir das Fass aufmachen, dass eigentlich unsere Untätigkeit dafür verantwortlich ist, dass so viele Jugendliche später bei euch landen!«

Inas Kopf war jetzt zornesrot und sie war aufgesprungen.

»Das habe ich nie gesagt!«, brüllte er zurück, sprang nun seinerseits auf und hob drohend den Zeigefinger. Er war wütend wie lange nicht mehr.

»Du bist und bleibst ein Polizistenarsch!«, schrie sie ihn an.

Frank stellte langsam das Glas ab. Seine Wut war in sich zusammengefallen und er spürte nur noch tiefe Resignation. Er musste weg hier, bevor es zu einer Katastrophe kam. Er griff seine Zigaretten und das Feuerzeug und wandte sich ab. Auf dem Weg zur Wohnungstür nahm er seine Jacke vom Haken und rief ins Wohnzimmer: »Ich gehe was essen!«

»Fahr von mir aus zur Hölle!«, kam es giftig zurück.

Er hörte Glas splittern. *Das war das Weinglas*, dachte er, schüttelte den Kopf und zog die Wohnungstür hinter sich zu.

*

Plötzlich fand er sich auf dem Parkplatz des Ringlokschuppens wieder. Wie in Trance war er hierhin gefahren. Er war zwar ruhiger geworden, aber dass er beruhigt war, konnte er von sich nicht behaupten. In den zwei Jahren, in denen er mit Ina zusammen war, hatte er mehrfach derartige Situationen erlebt. Beim letzten Mal hatten sie ernsthaft darüber reden können. Es schien nicht wirklich etwas bewegt zu haben. Was ihm Angst machte, war, dass Ina in ihrer Wut maßlos erschien und er sich irgendwann fühlte wie ein Sandsack, der die Aggressivität des an ihm trainierenden Boxers nicht verursacht, sie aber auszubaden hatte. Manchmal fragte er sich, ob nicht vielleicht andere Sachen hinter Inas Aggressions-Schüben steckten. Während er sich diese Gedanken machte, ging er um den Schuppen herum und öffnete die Tür zum LOKal, das spärlich besucht war. Es sollte ihm recht sein. Er wollte etwas essen und allein sein um nachzudenken.

Er ging nach links und setzte sich an den erstbesten Tisch, der frei war. Nach kurzer Zeit kam eine junge Frau, die ihn freundlich grüßte und mit einem feuchten Tuch seinen Tisch abwischte. Sie ließ das Tuch auf der Ecke des Tisches liegen, zückte einen Block aus der Gesäßtasche ihrer Jeans und lächelte ihn an.

»Möchtest du essen?«, fragte sie.

Gut so, etwas Freundlichkeit kann ich jetzt gebrauchen, dachte er und nickte.

»Ein Schinken-Käse-Baguette bitte und ein Pils!«

Die Bedienung sagte »Okay«, kritzelte etwas auf den Block, was auf keinen Fall der volle Wortlaut seiner Bestellung sein konnte, nahm das Tuch von der Tischkante und ging.

Was stellt Ina jetzt wohl an?, ging es ihm durch den Kopf. Vieles war denkbar. Ein Weinglas war zu Bruch gegangen, als er die Wohnung fluchtartig verließ – hatte sie mittlerweile das Wohnzimmer zerlegt? Lag sie auf dem Bett und weinte hemmungslos? War ihr bewusst geworden, wie unsinnig sie sich verhalten hatte? War sie jetzt bei einer Freundin, oder eine alarmierte Freundin bei ihr, und sie beklagte sich über den unsensiblen Bullen, mit dem sie zusammenlebte? Bei all diesen Gedanken merkte Frank, wie sauer er eigentlich war. Er wusste, dass es ihn maßlos verletzt hatte, als sie ihn »Polizistenarsch« schimpfte. Bisher hatte er diese Situationen quasi aus der Beobachterposition bewältigen können. Bei der Polizei machten sie ja auch Deeskalations-Training, was ihm – und wohl auch Ina – in diesen Situationen durchaus geholfen hatte. Aber diese sinnlose, diese persönliche Beschimpfung war ihm noch nie so nahe gegangen wie jetzt. Er war bis ins Tiefste getroffen und fragte sich, ob solche Verletzungen eigentlich von liebenden Menschen ausgehen können. Die nette Bedienung kam wieder an seinen Tisch und brachte ihm sowohl das Pils als auch das Baguette, das er bestellt hatte. Es lag auf einem Teller, umgeben von Salatblättern, Gurken- und Tomatenscheiben, und wirkte riesig. Die junge Frau, wahrscheinlich eine jobbende Studentin, legte ihm mehrere Servietten, Messer und Gabel neben den Teller.

»Sehr aufmerksam. Danke!«

Frank nahm erstmal einen kräftigen Schluck von seinem Bier. Die Kellnerin ging wieder hinter die Theke, die nicht weit von seinem Platz entfernt war. Von dort schaute sie noch einmal zu ihm, der sie abwesend mit seinem Blick verfolgt hatte, und lachte ihn an. Während des Essens sprangen seine Gedanken. Nach ein paar Minuten war er aber vollständig auf den Kampf mit dem Baguette konzentriert. Mögliche Filmtitel für diese Szene gingen ihm durch den Kopf wie »Mörder-Baguettes greifen an« und Ähnliches. Er lernte sehr schnell die Voraussicht der Kellnerin zu schätzen, denn bei den Versuchen, in das Baguette zu beißen, quetschte mehr als einmal die Remouladensauce zwischen den Hälften heraus und drohte, ihm aus den Mundwinkeln zu laufen, was der Vielzahl an Servietten durchaus einen Sinn verlieh. Schließlich hob er die obere Hälfte ab, legte sie neben die untere auf den Teller und arbeitete von jetzt an mit Messer und Gabel. Als er mit der Mahlzeit so gut wie fertig war, stand plötzlich jemand neben ihm und er vernahm eine vertraute Stimme.

»Das ist ja ein Ding!«, wunderte sich da jemand. »Frank Wallert – einsam, aber satt!«

Frank legte Messer und Gabel auf den Teller, schob ihn von sich und blickte zu Malte auf.

»Ausgerechnet du!«, entfuhr es ihm, als er den letzten Bissen mit Hilfe des letzten Schluckes Bier hinuntergespült hatte.

Malte wirkte leicht beleidigt.

»Oh! Ich kann auch wieder gehen!«

»Nein, nein«, versuchte Frank, die Situation zu retten. »So war das nicht gemeint. Setz dich doch!«

Malte schaute sich wie suchend um, setzte sich dann aber auf den Stuhl Frank gegenüber. Sofort war die Bedienung da, räumte Franks Geschirr ab und verließ den Tisch wieder, ausgestattet mit dem Auftrag, noch zwei Pils zu bringen.

»Ich meinte das gerade nicht so, wie es klang«, entschuldigte sich Frank noch einmal. »Ich hatte heute Abend ziemlichen Zoff mit Ina.«

»Wieso nur habe ich das erwartet?«

»Wie meinst du das?«

»Hör auf! Tu nicht so unschuldig! Du müsstest dich und Maren mal sehen! Es war nur eine Frage der Zeit, wann es bei dir und Ina knallt!«

Die Kellnerin kam und stellte die beiden Pils auf dem Tisch ab. »Zum Wohl«, sagte sie und war schon wieder weg.

»Mensch Malte, jetzt übertreib doch nicht so maßlos! Wir flirten ein bisschen, das ist alles. Es ist nichts passiert und es wird auch nichts passieren!«

Malte bewegte seinen Kopf hin und her, während er von seinem Bier trank – als hätte er seine Zweifel an dem, was Frank soeben gesagt hatte.

»Junge, du kannst nicht so blind sein! Du bist im Vergleich zu Maren ein alter Sack, und wenn diese hübsche junge Frau auf dich abfährt, gefällt dir das – so scheint es – ganz gut!«

»Du hast ja recht«, lenkte Frank ein. »Zwischen Maren und mir knistert es, das will ich gar nicht abstreiten. Das hat aber nichts mit dem Streit von heute Abend zu tun.«

In den folgenden Minuten erzählte Frank, was zu Hause geschehen war und Malte hörte aufmerksam zu. Als er fertig war, verzog sein Freund und Kollege den Mund, hob beide Augenbrauen und schüttelte seinen Kopf.

»Das ist schwierig!«, sagte er.

»Die Frau ist 36 Jahre alt, Diplompädagogin und arbeitet mit Kindern und Jugendlichen. Das kann man gar nicht glauben, wenn man sie so erlebt. Stell dir mal vor, wir hätten ein Kind und dieses Kind müsste diese Launen ausbaden oder mit ansehen und anhören, wie wir uns fetzen!«

»Wenn ihr euch streitet, geht es doch immer um das Gleiche!«

»Eigentlich nicht«, antwortete Frank, zögerte aber. »Das heißt, wenn wir uns richtig streiten, dann eigentlich immer darüber.«

Malte nickte. »Das ist der Punkt!«

Frank zuckte mit den Schultern, antwortete aber nicht. Malte fuhr nach kurzem Zögern fort.

»Wenn sie so aus der Haut fährt, wenn ein Lehrer sie kritisiert oder ihr etwas sagt, was sie nicht hören will, weist das doch daraufhin, dass sie außer Wut nicht viel entgegenzusetzen hat. Vielleicht hat der Lehrer den Nagel auf den Kopf und sie an ihrer wundesten Stelle getroffen.«

»Das stimmt schon. Wenn wir uns über ihre Kids unterhalten, die sie zu betreuen hat, habe ich oft den Eindruck, dass sie mit ihnen zu ›amtlich‹ umgeht. Ich sage ihr dann schon mal, dass diese Kinder Hilfe brauchen. Ich halte es für widersinnig, dass ein Amt das übernehmen soll. Immer beginnt sie dann, erst sich zu rechtfertigen, dann wird sie wütend.«

»Frank! Überleg doch mal, wie du mit deinem Beruf umgehst! Du wirkst auf sie souverän. Du hast eine bewaffnete Streitmacht und absolut klare Gesetze hinter dir, um dem Recht Geltung zu verschaffen. Ina kann immer nur darauf hoffen, dass irgendwelche Eltern plötzlich was verstehen, was sie nie verstanden haben, weil sie entweder zu blöd oder zu bequem oder sonstwas sind.«

Frank wurde nachdenklich, aber er wusste, dass Malte recht hatte mit seiner Einschätzung. Es war klar, dass Ina dann mit ihrer Unsicherheit nicht bei ihm landen konnte.

»Wahrscheinlich hast du recht!«, sagte er. »Ich kann halt nicht immer auf sie eingehen, wenn sie so ist. Für mich und meinen Stress ist in solchen Momenten dann kein Platz, und das macht mich auch sauer!«

»Dann müsst ihr das eben lernen! Gebt euch Mühe!«

Beim Blick durch die Scheiben der Kneipe sah Frank plötzlich, dass es heftig dicke Flocken schneite. Er würde bei Malte und Bea schlafen.

Dienstag 9. April 2002

Steffi ließ die Mathestunde über sich ergehen. Am Anfang hatte sie noch versucht, den Worten von Herrn Hellenbusch zu folgen, es aber bald aufgegeben. Das war für sie einfach eine Fremdsprache und ihre Mathe-Noten bestätigten ihr Halbjahr für Halbjahr, dass Mathematik nicht ihr Fach war. Heimlich holte sie die drei Fotos aus ihrer Schultasche, die Robert ihr am Freitag als »Belohnung für ihre gute Arbeit« geschenkt hatte. Unter dem Schülertisch fächerte sie mit beiden Händen die Bilder auseinander, holte das ihrer Meinung nach schönste nach vorne und schob die Bilder wieder zusammen, so dass das Ausgewählte oben lag. Das Foto war wirklich gut. Steffie sah sich an der Spüle in Roberts Küche stehen. Sie hatte das linke Bein durchgedrückt, das rechte angewinkelt leicht nach vorne gestellt. Mit der rechten Hand hielt sie das Colaglas an ihre Lippen, die leicht geöffnet waren. Gleichzeitig blickte sie mit einem verführerischen Augenaufschlag in die Kamera.

»Gute Arbeit«, hatte Robert gesagt. »Wieso Model werden? – Du bist doch schon eins.«

»Steffie …!«, hörte sie Herrn Hellenbusch rufen.

Blitzschnell ließ sie die Fotos in ihre Schultasche fallen und schaute dem Lehrer, der jetzt auf sie zukam, mit unschuldigem Augenaufschlag entgegen.

»Gib mit bitte das, was so wichtig war, dass du es der edlen Wissenschaft der Mathematik vorgezogen hast!«, forderte er sie mit ausgestreckter Hand auf, als er vor ihr stand.

»Da war nichts«, log sie. »Ich habe mir nur meine Fingernägel angesehen.«

Sie hob die Hände und streckte sie ihrem Mathematiklehrer mit gespreizten Fingern, deren Nägel glitzernd-blau lackiert waren, entgegen. Der Gong rettete sie. Die Stunde war zu Ende. Seine Schülerin mit einem zweifelnden Blick bedenkend, drehte Herr Hellenbusch sich um und wandte sich seinen Unterlagen zu, die auf dem Pult lagen und die er jetzt in seiner Tasche verstaute. Steffi erhob sich. Sie holte ihre Geldbörse aus der Tasche und griff dabei auch die Fotos. Sie verließ den Klassenraum, denn es war große Pause.

In der Cafeteria traf sie auf Sabrina und Trixi, die das Schlangestehen schon hinter sich hatten und am ersten Tisch neben dem Ausgabetresen saßen. Heftig winkten sie ihr zu. Sie ging zu ihnen, grüßte beide – wie üblich mit einem Kuss auf die Wange – und sagte:

»Ich hole mir eben was. Bin gleich wieder hier.«

Damit auch bei der Ausgabe alle schön in einer Reihe standen, war die Schulleitung auf die grandiose Idee gekommen, mit Hilfe eines Geländers den Schülerstrom an der Theke vorbeizuleiten. Steffie dachte nicht daran, die Pause innerhalb dieser Schlange zu verbringen. Recht weit vorne sah sie Fabian stehen, der schon in der Acht war und von dem sie wusste, dass er auf sie stand. Mehrmals hatte er sie eingeladen, mit ihm ins Kino zu gehen. Sie lief auf ihn zu und lehnte sich an das Geländer.

»Hallo, Fabian«, säuselte sie. Dabei versuchte sie so zu gucken, wie sie es auf dem Foto hinbekommen hatte.

»Was willst du?«, fragte Fabian, als er sie registriert hatte, um gleich darauf hinterher zu schieben: »Hast du was mit den Augen?«

»Quatsch«, erwiderte sie. »Bringst du mir ein Schinkenbrötchen und einen Saft mit?«

»Ich habe nicht genug Geld«, antwortete Fabian.

Wie zufällig fuhr sie mit der rechten Hand an der Seite ihres Körpers entlang bis zu ihrer Jeanstasche, ließ sie hineingleiten und holte ein Zwei-Euro-Stück heraus, das sie Fabian überreichte. Fabian nahm es entgegen.

»Was ist los mit dir? Du bist so komisch«, sagte er noch, dann musste er paar Schritte vorwärts machen. Steffie rutschte am Geländer entlang, bis sie wieder auf seiner Höhe war.

»Ich sitze da drüben bei Sabrina und Trixi. Bringst du mir's dahin?«, fragte sie und versuchte alle Verführungskunst, zu der sie fähig war, in ihre Stimme zu legen. Gleichzeitig streckte sie ihren Oberkörper, so dass ihr Bauch zu sehen war und sich das T-Shirt über ihren Brüsten spannte. Mit einem zweifelnden Blick schaute Fabian sie an.

»Du spinnst«, sagte er. »Geh zu deinen Freundinnen. Das kann aber etwas dauern, du siehst ja …«, deutete er auf die Schlange vor sich und ließ den Satz unvollendet.

»Hach, ich könnte dich küssen«, hauchte Steffie, drehte sich kokett um und ging zu Sabrina und Trixi zurück.

Sie fasste ein Mädchen aus der fünften Klasse, das sich auf den Stuhl gegenüber von Trixi gesetzt hatte, am Kragen, zog es in die Höhe, schubste es zur Seite und setzte sich auf den so »freigewordenen« Platz.

»Ich denke, du wolltest dir was kaufen?«, fragte Trixi.

»Fabian erledigt das für mich. Er bringt es mir gleich her.«

»Ach, Fabian?«, grinste Sabrina.

»Na und?«, schnappte Steffie. »Warum nicht Fabian?«

»Gehst du jetzt mit dem?«, wollte Trixi wissen.

»Quatsch! Der ist zum Brötchenbringen gerade gut genug, aber sonst …«, erklärte sie lapidar.

Sie zog das Foto aus der Tasche und schob es ihren beiden Freundinnen über den Tisch zu.

»Geil!«, sagten beide wie aus einem Munde.

Trixi schaute vom Bild auf und sah Steffie bewundernd an. Die lehnte sich zurück und ließ den Blick zwischen Sabrina und Trixi triumphierend hin und her wandern.

»Das hat ein Profi gemacht«, gab sie an.

»Echt? Super!«, bewunderte Sabrina sie.

»Ich habe fünfzig Euro dafür gekriegt. Am Freitag machen wir wieder Bilder – dann verdiene ich nochmal mindestens fünfzig Euro. Und er hat gesagt, das wäre ›gute Arbeit‹ von mir gewesen.«

Sie legte die anderen beiden Bilder dazu.

»Wahnsinn!«, jubelte Trixi. »Das heißt, du hast es geschafft! Du bist echt Model!«

Sie sprang auf und versuchte, Steffie zu umarmen.

»Vorsicht!«, rief Fabian, der sich dem Tisch genähert hatte.

Er balancierte in der einen Hand zwei Brötchen, in der anderen zwei Getränkebecher. Steffies Frühstück stellte er vor ihr ab und legte die Münzen, die er auch noch in der Hand hielt, auf den Tisch.

»Den Rest kannst du behalten! Das ist fürs Bringen«, sagte Steffie und bekam zur Antwort: »Leck mich!«

»Wichser!«, rief Steffie ihm nach, doch Fabian kümmerte sich nicht mehr um sie und war schon auf dem Weg zu seiner Clique.

Minuten später, Steffie verschlang ihr Frühstück und ihre beiden Freundinnen bewunderten immer noch die Fotos, betrat ein schwarzhaariges Mädchen die Cafeteria, blieb in der Tür stehen und schaute sich suchend um. Dann ging sie an dem Tisch der drei Freundinnen vorbei, wobei sie ins Blickfeld von Steffie geriet.

»Das ist sie!«, raunte sie mit vollem Mund Sabrina und Trixi zu und wedelte mit ihrem Zeigefinger in die Richtung, in die das Mädchen ging. Die beiden schauten dem Mädchen nach.

»Das ist wer?«, fragte Trixi.

»Alexandra Weingerber, die Alex! Ihr Vater hat die Fotos gemacht!«, erläuterte Steffie.

»Ich denke, die Fotos hat ein Profi gemacht?«, wunderte sich Sabrina.

»Ja, sag ich doch!«, bestätigte Steffie.

»Der Vater von Alex arbeitet bei einem Architekten. Der ist kein Fotograf!«

»Red doch kein Scheiß! Wer kennt den Robert denn – du oder ich!? Ich sage dir, der ist Profi-Fotograf!«

Sabrina traute sich jetzt nicht mehr, ihrer Freundin zu widersprechen, denn das konnte böse Folgen haben. Auch Trixi schaute Sabrina schon flehend an, als wollte sie sagen: »Lass es doch!«

Der Gong beendete die Pause, Steffie steckte die Fotos wieder ein und machte sich mit ihren Freundinnen auf den Weg zum Klassenraum. *I hate English*, dachte sie.

*

Bei COMPUB herrschte emsiges Treiben. Reinhard und Malte waren nach dem Treffen des Teams und einem kurzen Gespräch mit Rolf sofort hierhin gefahren und betraten nun einen riesigen, lichtdurchfluteten Raum, in dem mit Hilfe von Stellwänden fünf Bereiche voneinander abgetrennt waren und wo hinter jedem Terminal mindestens je zwei Mitarbeiterinnen oder Mitarbeiter der Firma zusammensaßen, auf Monitore starrten oder über irgendwelchen Ausdrucken die Köpfe zusammensteckten, um diese zu begutachten. Niemand nahm von ihnen Notiz, und so liefen die beiden Kriminalbeamten quer durch das Großbüro auf einen Raum zu, von dem sie annahmen, dass er das Büro des Chefs oder der Chefin war. Als sie die Tür fast erreicht hatten, öffnete sich diese und eine junge Frau trat aus dem Büro und blickte ihnen strahlend entgegen, als sehe sie nach langen Jahren gute Freunde zum ersten Mal wieder.

»Meine Güte«, raunte Malte Reinhard zu.

Die junge Frau blieb an der Tür stehen und hielt mit vorgestrecktem, wohlgeformtem Bein die Türe offen. Malte hielt ihr seine rechte Hand entgegen, die sie ergriff und fast herzlich schüttelte. Anschließend reichte sie Reinhard die Hand und nickte ihm übertrieben freundlich entgegen. Die Frau hieß Annette Kemmling und mochte etwa dreißig sein. Über einer schneeweißen Bluse, deren obere beiden Knöpfe offen standen und einen großzügigen Blick auf ihren schlanken Hals und mehr gewährten, trug sie eine blaue Kostümjacke. Der dazu gehörige Rock war sehr kurz. Sie war eine äußerst angenehme Erscheinung.

Die beiden Beamten hatten ihre Ausweise gezückt und hielten sie ihr entgegen. »Frenzen. Dies ist mein Kollege Mendritz.«

»Die Herren von der Kripo«, nahm sie vorweg, blickte aber kurz auf die beiden Ausweise. »Wenn Sie sich schon mal in mein Büro setzen wollen – ich bin gleich für Sie da.«

Sie zog die Tür ganz auf und machte mit ihrer freien Hand eine einladende Geste ins Innere des Raumes.

»Sicher«, sagte Malte und betrat mit Reinhard das Büro.

Hinter ihnen wurde die Tür geschlossen. Im rechten Teil des Raums standen drei zu einer Sitzgruppe zusammengestellte schwarze, schlanke Ledersessel, deren Rückenlehnen leicht nach oben hin geschwungen waren und über Kopfhöhe hinaus gingen. In der Mitte befand sich ein niedriger Stahlrohrtisch mit Glasplatte, auf dem ein Aschenbecher stand. Der Rest des Raumes wurde gefüllt durch einen großen Schreibtisch in der Art des Tischchens bei den Sesseln: Stahlrohr und Glas. Auf ihm stand ein riesiger Flach-Monitor. Wenn man von einigen Aktendeckeln absah, war der Schreibtisch ziemlich leer. An der einzigen Wand hinter diesem Schreibtisch, der der Monitor zugewandt war, hingen auf unterschiedlicher Höhe zwei in schmale schwarze Rahmen gefasste Mülheim-Grafiken von Klaus Schiemann. Die restlichen drei Wände bestanden aus getöntem Glas – zwei davon waren »Außenwände«, die andere grenzte an den großen Büroraum, durch den Malte und Reinhard gekommen waren. Herabgelassene, riesige Jalousien gaben nur wenig von der Glasfront frei. Das Büro war in ein angenehmes Licht getaucht. Während sich Malte in dem Raum umsah, stand Reinhard vor den Schiemann-Drucken und bewunderte sie. Sie wollten sich gerade hinsetzen, als die Tür geöffnet wurde und Frau Kemmling mit immer noch strahlendem Lächeln das Büro betrat. Beide Beamte hielten in der Bewegung inne, mit der sie gerade Platz nehmen wollten, und erhoben sich wieder.

»Setzen Sie sich ruhig«, drängte die junge Frau sie, was sie dann auch taten, während Frau Kemmling an ihnen vorbei zu dem Schreibtisch lief.

»Kaffee?«, fragte sie kurz.

»Gerne«, erwiderten die beiden Beamten fast gleichzeitig, wobei Maltes Stimme etwas begeisterter klang.

»Milch? Zucker?«, kam die unvermeidbare Nachfrage.

»Weder noch«, antwortete Reinhard – diesmal alleine, was Frau Kemmling notgedrungen zur nächsten Frage veranlasste.

»Sie auch?«, fragte sie an Malte gewandt.

»Jaja«, war seine Antwort.

Nach der Betätigung der Gegensprechanlage, durch die Frau Kemmling den Kaffee bei einer »Rita« orderte, kam sie äußerst dynamisch auf die beiden Beamten zu und setzte sich in den dritten Sessel. Sie schlug auf atemberaubende Art die Beine übereinander und schaute Malte – natürlich ausgesprochen freundlich – ins Gesicht.

»Womit kann ich Ihnen helfen?«, fragte sie und erst jetzt fiel Malte auf, dass sie gar nicht die dunkle, hocherotische Stimme hatte, die man ihrem Äußeren nach erwarten konnte.

»Wir kommen noch einmal wegen des Mordfalls aus der letzten Woche«, begann Malte.

»Ach ja«, wechselte Frau Kemmling sowohl Gesichtsausdruck als auch Stimmlage. »Herr Klettner«, fügte sie verstehend nickend hinzu.

»Und Frau Hülst.«

»Natürlich, die auch!«

»Wir haben in der letzten Woche mit einem Ihrer Kollegen gesprochen ...«, versuchte Malte, endlich mal einen Satz zu Ende führen zu dürfen. Es gelang ihm nicht.

»Ja, das muss Herr Reuther gewesen sein. Der hat mich in der letzten Woche vertreten. Ich war geschäftlich in Frankfurt!«

Die Tür wurde geöffnet und eine sehr junge Frau trat mit einem Tablett ein. Sie platzierte es auf dem Schreibtisch und stellte zuerst Malte, dann Reinhard und zuletzt Frau Kemmling eine Tasse Kaffee auf das Tischchen. Schließlich folgte noch ein Schälchen mit Gebäck, worauf sie von Frau Kemmling mit den Worten »Danke, Rita!« gnädig entlassen wurde. Als die Tür wieder geschlossen war, unternahm Malte den nächsten Versuch.

»In der Zwischenzeit sind Dinge geschehen, die es notwendig machen, dass Sie uns noch paar Fragen beantworten.«

»Wenn ich kann, natürlich«, erwiderte Frau Kemmling.

»Herr Klettner hat bei Ihnen gearbeitet. Kannten Sie ihn?«

»Natürlich kannte ich ihn. Als ich anfing, war er schon da und eine tragende Säule der Firma. Ein einwandfreier Mensch. Zuverlässig, engagiert und sehr ehrgeizig – im positiven Sinne«, bemühte sie sich, nicht missverstanden zu werden.

»Kannten Sie ihn auch privat?«

»Privat? Nein, wo denken Sie hin?«, wies Frau Kemmling, jetzt überhaupt nicht freundlich lächelnd, diese ungeheure Unterstellung zurück. »Wir gehören nicht zu der Art Firma, die es für nötig hält, dass ihre Angestellten privat miteinander verkehren, um die Effektivität ihrer Arbeit zu steigern.«

»Verstehe«, sagte Malte, obwohl er gar nicht verstand. »Sie haben uns gerade freundlicherweise gesagt, was Sie – beruflich gesehen, versteht sich – an Herrn Klettner schätzten. Was hielten Sie von Frau Hülst?«, erkundigte er sich.

Frau Kemmling erhob sich jetzt aus dem Sessel, worauf sie penibel darauf achtete, nur keine undamenhafte Bewegung zu machen, ging zum Schreibtisch und holte von dort eine Schachtel Zigaretten. Sie setzte sich wieder, nahm die gleiche Haltung wie vorher ein und bot auch den beiden Beamten eine

Zigarette an. Beide lehnten ab, und als Frau Kemmlings Zigarette brannte, nahm sie mit spitzen Lippen einen Zug. Als sie zur Antwort ansetzte, ließ sie – völlig undamenhaft – den Rauch aus der Nase entweichen.

»Die war okay.«

Für diese Antwort muss sie doch nicht so einen Anlauf nehmen, dachte Malte und wartete einfach ab.

»Das klingt vielleicht ein bisschen dünn, aber wir mochten uns nicht so sehr. Trotzdem tut mir das Schicksal, das sie erlitten hat, natürlich leid«, bemühte sie sich hinzuzufügen.

»Das ›Schicksal‹ war ein bestialischer Mord!«

»Ich weiß. Schrecklich«, schüttelte sie ergriffen den hübschen Kopf.

Ist das eine Schlange, dachte Malte. *Wer die zur Freundin hat, braucht keine Feindin mehr.*

»Wussten Sie von der Beziehung zwischen Frau Hülst und Herrn Klettner?«

»Sicher! Wer wusste nicht davon? Die beiden haben ja kein Geheimnis daraus gemacht.«

»Wussten Sie auch davon, dass Herr Klettner seine Freundin von hier abgeworben hat?«

»Seine ›Freundin‹, wie Sie sagen, hat uns – also mich – natürlich informiert!«, entgegnete sie und ihre Stimme wurde leicht schneidend. »Auch wenn wir uns nicht besonders sympathisch waren, hat das Berufliche doch einwandfrei funktioniert. Ich habe Frau Hülst in ihrem Vorhaben, in die Firma von Herrn Klettner zu wechseln, unterstützt. Wenn sie diese Perspektive nicht gehabt hätte, wäre es mir schwergefallen, ihr zu kündigen.«

Malte stutzte.

»Ich denke, Frau Hülst hat gekündigt.«

»Das stimmt«, bestätigte Frau Kemmling. »Aber wenn sie es nicht getan hätte, hätte ich ihr spätestens ein halbes Jahr später den Stuhl vor die Tür gesetzt.«

»Warum?«, bohrte Malte nach.

»Das ist doch wohl nicht relevant, oder?«

»Das kann ich Ihnen sagen, wenn Sie geantwortet haben«, lächelte Malte sie an.

»Na gut. Also das hatte mehrere Gründe. Erstens war uns die Beziehung zwischen Frau Hülst und Herrn Klettner ein Dorn im Auge. Solange Herr Klettner auch hier arbeitete, war das ja tolerabel, aber nach seinem Ausscheiden war er Konkurrenz für uns. Zweitens hat Frau Hülst vor etwa zwei Monaten eins unserer Projekte in den Sand gesetzt, nicht alleine, zwei ihrer Kolleginnen trugen Mitschuld, aber sie war die Verantwortliche für dieses Projekt. Drittens hatten wir in den letzten Wochen den Verdacht, dass sie Kunden abgeworben hat. Seit Klarheit darüber bestand, dass sie in die Firma von Herrn Klettner einsteigen würde, haben uns zwei wichtige Kunden den Rücken gekehrt.«

»Donnerwetter«, rutschte es Malte heraus. »Hier herrschen ja harte Sitten!«

Frau Kemmling nickte und bekam jetzt einen völlig natürlichen Gesichtsausdruck.

»Ja, das ist ein hartes Geschäft, in dem wir arbeiten.«

»Meinen Sie, das könnte etwas mit dem Mord an den beiden zu tun haben?«, fragte Reinhard unbedarft.

»Ach was!«, rief Frau Kemmling fast belustigt aus. »Wir sind doch hier nicht auf Sizilien. Wir sind in Mülheim an der Ruhr und wir pflegen unsere Konkurrenz mit guter Arbeit aus dem Feld zu schlagen, nicht durch Mord!«

Plötzlich hatte Malte eine Idee.

»Wie archivieren Sie eigentlich hier Ihre Arbeiten? Ich meine die Projekte?«

Frau Kemmling schaute ihn verwundert an. Offensichtlich konnte sie den Gedankensprung nicht nachvollziehen.

»Das kommt darauf an. Bei kleineren Sachen nutzen wir CDs oder DVDs, bei größeren sichern wir direkt im Archiv auf unserem Server, der monatlich mit einer neuen Wechsel-Festplatte ausgestattet wird. Im Keller haben wir einen großen Stahlschrank, in dem die Platten gelagert werden.«

»Und wie heißen Ihre Projekte so?«, wollte Malte jetzt wissen, und als er den noch verständnisloseren Blick Frau Kemmlings sah, schob er lächelnd nach: »Ich meine, jedes Projekt hat doch wohl einen Namen bei Ihnen, oder?«

»Natürlich! Erst der Name des Auftraggebers, dann ein Slash – also ein Schrägstrich – und dann eine Auftragsnummer, die fortlaufend, also unabhängig vom Auftraggeber ist.«

»Eine Projektbezeichnung ›Caroline14‹ kann bei Ihnen nicht vorkommen?«

Frau Kemmling war ja nun eine junge, dynamische und auch sehr kluge Frau, die ganz offensichtlich genau die Qualitäten aufwies, die sie brauchte, um in ihrem Beruf erfolgreich zu sein. Sie hatte sich den beiden Beamten freundlich, intelligent und hart in der Sache präsentiert. Jetzt aber lehnte sie sich zurück, schaute in ihre Kaffeetasse und schien sich sammeln zu müssen. Es gelang ihr schnell, aber nicht so schnell, als dass dieser kurze Moment Malte hätte verborgen bleiben können.

»Nein. Wenn Caroline die Auftraggeberin wäre, müsste diesem Namen ein Slash folgen, und da unsere Seriennummern sechsstellig sind, hieße es nach dem Slash 000014. Das habe ich Ihnen gerade erklärt«, antwortete sie so kühl, dass Malte Angst um seinen Kaffee bekam.

Er nickte, nahm einen Schluck und ließ die junge Frau nicht aus den Augen. Dann stellte er die Tasse ab, erhob sich und gab Reinhard ein Zeichen, dass er gedachte, zu gehen.

»Danke, Frau Kemmling«, sagte er, während diese sich auch erhob.

Erstaunt stellte Malte fest, dass sie fast gleich groß waren. Er war immerhin einsachtzig.

»Konnte ich Ihnen denn helfen?«

»Da können Sie sicher sein!«, war Maltes Standard-Antwort auf diese Frage.

Zufrieden reichte Frau Kemmling ihnen die Hand und brachte sie zur Tür.

»Es kann sein, dass wir Sie nochmal belästigen müssen«, sagte Reinhard.

»Aber meine Herren, es wäre mir eine Freude!«

Jetzt war sie wieder ganz die auf Präsentation getrimmte Karrierefrau. Als die Beamten das Großraumbüro durchquerten, hatte er das Gefühl, die Blicke der Frau Kemmling bohrten sich – abgeschossen durch die Schlitze der Jalousien – in seinen Rücken.

*

Während Malte und Reinhard bei COMPUB waren, saß Frank in seinem Büro und bearbeitete die Protokolle und die Post, die während der letzten Tage angefallen waren. Die kurze Besprechung, mit der sie pünktlich um acht Uhr begonnen hatten, war nur fünf Minuten lang gewesen. Malte machte sich danach sofort mit Reinhard auf den Weg, und Maren war es plötzlich in den Kopf gekommen, Frau Siebert noch einmal zu besuchen. Schaden konnte es auf keinen Fall, und so gab Frank sein Einverständnis. Während er über den Berichten und Protokollen saß, um sie zu lesen und dann zu unterschreiben, wurde er des Öfteren durch seine wandernden Gedanken abgelenkt. Natürlich wusste er noch immer nicht, wie für Ina der gestrige Abend weiter gegangen war und geendet hatte. Er machte sich Sorgen. Als es dann schließlich in seinem Kopf nur so wirbelte, warf er den Kugelschreiber auf den Schreibtisch, griff zum Telefonhörer und wählte seine eigene Nummer. Niemand nahm ab. Nachdem er es mindestens zehn Mal hatte schellen lassen, stand er von seinem Stuhl auf, nahm seine Jacke vom Sessel und verließ das Präsidium.

Fünf Minuten später hatte er seine Wohnung aufgeschlossen und stand im Flur. Bei einem Blick auf die Garderobe sah er, dass Inas Mantel nicht da war und an dem kleinen Spiegel neben der Garderobe klebte einer der kleinen gelben Notizzettel mit selbstklebendem Rand, die seit ein paar Monaten auch bei Ina und Frank Einzug gehalten hatten. Seitdem traf man an den unterschiedlichsten Stellen in der Wohnung schon mal auf diese Zettel. Manchmal erinnerten sie an Sachen, die es zu besorgen galt, an Termine, oder einfach »nur« daran, dass man einander liebte. Er nahm den Zettel ab und las: »Entschuldige. Ich war blöd. Bin heute Nachmittag zu Hause. K.I.«, wobei »K.I.« die routinemäßige Abkürzung für »Kuss Ina« war. Frank nahm den Zettel mit in die Küche, wo er ihn in den Mülleimer warf. Wenn er schon hier war, konnte er auch schnell die Kleidung wechseln. Er lief ins Schlafzimmer und sah sofort, dass seine Betthälfte benutzt worden war. Jemand hatte bei Ina geschlafen.

Nachdem er sich völlig neu eingekleidet hatte, verließ er die Wohnung und fuhr zurück zum Präsidium. Seine Sorgen waren verflogen. Ina hatte wohl jemanden angerufen, wobei er auf ihre Kollegin und Freundin Anja tippte, und den Abend anscheinend unbeschadet überstanden. Der Zettel offenbarte ihm, dass sie wohl auch zur Vernunft gekommen war. Dennoch konnte es nicht einfach so weitergehen. Bei allen Gedanken, die ihm vorhin im Büro durch den Kopf gegangen waren, hatte er immer noch die Resignation des gestrigen Abends gespürt. Er würde viel und oft reden müssen in den nächsten Tagen.

Er kehrte in sein Büro zurück und setzte sich hinter den Schreibtisch. Die nächste Akte, die er öffnete, war der von Rolf zum Fall Hülst/Klettner angelegte Hefter. Jetzt hatte er die Zeit – und er beabsichtigte, sie sich zu nehmen – alles noch einmal von vorne durchzugehen. Er begann mit dem Bericht und den Fotos vom Tatort. Er betrachtete und las alles sehr aufmerksam. Der Bericht der Pathologie war das Nächste, und es folgten die Protokolle der Gespräche mit Mutter Klettner, Frau Siebert und Frau Van Dresen. Als er bei dem Bericht der Spurensicherung über den Toyota angekommen war, fiel ihm diese CD-Hülle wieder auf. Sie trug Jörg Klettners Fingerabdrücke. Jörg Klettner hatte auch mit der Firma zu tun, mit deren Auto der Anschlag auf Frau Siebert ausgeführt wurde. Jörg Klettner war Frau Van Dresen unsympathisch, weil er ihre Enkelin angeschaut hatte, wie »man eine Vierzehnjährige nicht ansieht«. Er fuhr plötzlich zusammen. Etwas machte sich in seinem Kopf breit, das er nicht so recht fassen konnte. Jenny, das Mädchen in Kettwig, hatte auf »Caroline14« recht merkwürdig reagiert. Das empfanden zumindest Maren und er so.

Die Bürotür öffnete sich und Maren trat ein. Frank schaute auf und freute sich, als er sie sah.

»Hallo, du Schreibtischtäter«, begrüßte sie ihn.

Die Tür öffnete sich erneut, diesmal für Malte und Reinhard. Malte setzte sich und sagte: »Ich wette, die haben Dreck am Stecken!«

Reinhard nickte und setzte sich ebenfalls. Beide erzählten abwechselnd von ihrem Gespräch mit Frau Kemmling und wieder beschlich Frank dieses konfuse Gefühl, als er hörte, dass auch Frau Kemmling so merkwürdig auf die Erwähnung der Aufschrift der leeren CD-Hülle reagiert hatte.

»Das ist schon komisch«, sagte er. »Ich habe mir gerade nochmal die Akte vorgenommen. Frau Van Dresen hat davon geredet, dass Klettner ihre vierzehnjährige Enkelin immer so angesehen habe, wie man eine Vierzehnjährige ihrer Meinung nach nicht ansehen sollte.«

»Ja und?«, fragte Malte, der Franks Gedanken nicht folgen konnte.

»Na ja, was ist, wenn Caroline ein vierzehnjähriges Mädchen ist?«, bekam Frank seine eigene Idee nun klar.

»Was ist, wenn Caroline ein Karnickel ist, das auf 14 Ausstellungen schon 14 Preise gewonnen hat?«, wandte Reinhard ein.

»Woran denkst du genau?«, fragte Maren und wirkte dabei regelrecht elektrisiert.

»Wir sind bisher in diesem Fall umgeben von Computer-freaks: Klettner selbst und seine Freundin, COMPUB, der PC-Shop in Kettwig, zu dem Klettner ja auch Kontakte hatte …«

»Worauf willst du hinaus?«, insistierte Maren und sprach es aus. »Pornos? Pädophile?«

»Warum nicht?«, fragte Frank in die Runde.

Eine Weile herrschte Schweigen im Raum, bis Malte zu sprechen begann.

»Ich glaube nicht, dass das unmöglich ist. Aber es ist eine Spekulation – zweifellos eine Spekulation, für die es Anhaltspunkte gibt, aber eben nicht mehr. Nicht jeder, der mit Computern arbeitet, hat Bezug zu Pornos oder ist pädophil.«

»Leider haben wir nur eine leere CD-Hülle«, sagte Reinhard.

»Ja, leider«, mischte sich Maren wieder ein. »Trotzdem finde ich den Gedanken nicht so blöd. Wir könnten ihn weiter verfolgen, denn wir haben keinen anderen.«

Wieder hing ein fast betretenes Schweigen im Raum.

»Was tun wir also?«, fragte Malte und stellte seine Kaffeetasse ab.

»Wir finden die zur Hülle gehörende CD«, antwortete Frank.

»Sehr gut«, lobte Malte und dieses Lob triefte nur so vor Sarkasmus. »Wo fangen wir an?«

»Im Ernst«, warf Maren ein. »Ich würde mich gerne nochmal mit Frau Van Dresen unterhalten. Sie war die Erste, die in Jörg Klettner nicht den ›Saubermann‹ gesehen hat. Und ich muss gestehen, seit sie uns das mit ihrer Enkelin erzählt hat, glaube ich, dass er das auch nicht ist!«

Frank nickte ihr zu. »Tu das«, sagte er. »Das ist eine gute Idee. Willst du jemanden mitnehmen?«

»Das schaffe ich, glaube ich, alleine«, lächelte sie ihn an.

»Dann mache ich mal einen Vorschlag: Bei mir zu Hause steppt der Bär. Ich muss da etwas klären und Ina ist heute Nachmittag zu Hause.«

Maren und Reinhard blickten ihn verwundert an.

»Wir haben – außer dem Berichteschreiben – jetzt nichts, was wir tun könnten. Ich für meinen Teil habe vor, heute Nachmittag ein paar von meinen Überstunden abzufeiern.«

Malte nickte ihm zu.

»Gut«, sagte Malte zu Reinhard, »dann schreiben wir noch unsere Berichte und feiern dann auch ein paar von unseren Stunden ab.«

Maren und Reinhard verließen das Büro.

»Was willst du tun?«, fragte Malte seinen Freund.

Frank erzählte Malte von seinem kurzen Besuch bei sich zu Hause und von dem Zettel, den er gefunden hatte.

»Ich denke, sie hat nachgedacht und wahrscheinlich auch mit jemandem geredet. Ich muss mit ihr sprechen.«

»Tu das«, sagte Malte. »Und hör ihr zu! Viel Glück!«

Er schlug Frank auf die Schulter und ging.

*

Robert Lachner saß an der Theke in seiner Stammkneipe, was der »Bürgergarten« schon seit Jahren für ihn war. Er liebte das Essen hier und die Gäste waren nicht so aufdringlich wie in anderen Kneipen. Über die Jahre hatte er eine kleine Anzahl anderer Stammgäste kennengelernt, mit denen er sich manchmal hier traf, einfach nur quatschte oder Skat spielte. Eine Handvoll Leute belieferte er hier auch mit »Ware«.

Er hatte gerade sein Stück Krustenbraten mit Klößen gegessen, war an die Theke umgezogen und hatte sich einen

Jubiläums-Aquavit und ein weiteres Bier bestellt, als die Tür aufging und Stefan die Kneipe betrat. Er sah Robert natürlich sofort und steuerte geradewegs auf ihn zu.

»Na, alles fit im Schritt?«, begrüßte Robert ihn.

»Aber immer. Was machst du hier?«

Robert Lachner zeigte auf das Bier und den Jubi, die mittlerweile vor ihm auf der Theke standen, und fragte: »Was meinst du, was ich hier tue?«

»Das ist gut. Bestell mir mal das Gleiche. Ich komme gleich wieder«, erwiderte Stefan Kleine.

Lachner bestellte. Kurz danach kam Kleine wieder zu ihm.

»Ich musste dem Kollegen da drüben noch fünf Euro geben.« Er machte eine Kopfbewegung in die Richtung, aus der er gerade gekommen war und wo ein älterer Mann mit zwei anderen am Tisch saß und Skat spielte. Die Getränke waren bereits da und beide stießen mit dem Jubi an und kippten ihn sich in den Hals.

»Was ist mit dir passiert?«, fragte Lachner, dem soeben ein ziemliches »Horn« auf Kleines Stirn aufgefallen war.

»Gestoßen«, war die lapidare Antwort und sie widmeten sich dem Bier.

»Gibt's was Neues?«, erkundigte sich Kleine und Lachner wusste sofort, was er damit meinte.

»Vielleicht!«

Er tat ziemlich gleichgültig. Dann beugte er sich auf seinem Barhocker leicht nach vorne und raunte Kleine zu: »Dreizehn!«

Der Blick von Kleine wurde fiebrig. »Echt? Mädchen?«

Lachner nickte.

»Dreißig Minuten. DVD. Allererste Qualität!«

Kleine holte tief Luft. Er nahm sein Bierglas und Lachner sah, wie ihm die Hand zitterte.

»Nun pass mal auf, dass dir nicht hier schon einer abgeht«, grinste er Kleine an. »Ich sage dir, das ist spitze. Du wirst dreißig Minuten pausenlos abspritzen, wenn du dir das anguckst!«

Er achtete mittlerweile darauf, dass der Typ hinter der Theke nicht gerade in ihrer Nähe war, wenn er sprach. Nach einer kurzen Unterbrechung, während der die Bedienung hinter dem Tresen direkt gegenüber von ihnen zwei Mariacron eingeschenkt hatte, rieb Kleine Daumen, Zeige- und Mittelfinger gegeneinander, um sich nach dem Preis zu erkundigen. Lachner schaute sich nach allen Seiten um.

»Zweihundert«, sagte er. Kleine wurde nervös.

»Spinnst du?«, fuhr er hoch, um mit gedämpfter Stimme nachzukarten: »Zu dem Preis wirst du das nie los!«

»Wetten? Dir gebe ich es für zweihundert, die anderen werden zweihundertfünfzig zahlen.«

Kleine riss die Augen auf und blickte Lachner an, als habe der nicht alle Tassen im Schrank. Lachner grinste. Er musste kurz warten, bis die Bedienung weg war.

»Dreißig Minuten«, begann er aufzuzählen, »von Anfang bis Ende, alles dabei, mit Ton! Nicht so ein kleines, verschämtes Flittchen …! Nee, die hat es voll drauf, und ich werde noch mehr mit ihr machen! So was haben wir lange nicht mehr gehabt, schon gar nicht, seit dieses Arschloch Muffe gekriegt hat!«

»Hast du’s bei dir?«, fragte Kleine.

Er schien überzeugt. Lachner klopfte sich gegen die linke Brust und Kleine sah, dass sich in der Innentasche von Lachners Jacke eine CD befand.

»Komm mit!«, raunte er ihm zu und machte eine Kopfbewegung Richtung Toiletten. Beide standen auf. Sie bestellten noch zwei Pils und gingen gemeinsam die Treppe hinunter, die zu den Toiletten führte. Dort angekommen fasste Kleine den anderen bei den Jackenaufschlägen.

»Sollte da irgendwelche Scheiße drauf sein: Ich werde dich finden und dir das Ding in den Arsch schieben!«, drohte er.

Lachner schob Kleines Hände weg und grinste. Er griff langsam in die Innentasche seiner Jacke und holte die DVD heraus. Auf der coverlosen Hülle stand – mit Edding geschrieben – »Steffie13«.

*

Maren saß in einem urgemütlichen Ohrensessel Frau Van Dresen gegenüber, die ihrerseits in dem zweiten Sessel dieser Art saß. Auf dem Tischchen zwischen ihnen standen zwei gefüllte Sherry-Gläser. Wieder faszinierte Maren diese Frau. Mittlerweile wusste sie ja, dass Frau Van Dresen 56 Jahre alt war, aber niemand, der es nicht wusste, käme jemals bei einem Schätzungsversuch auch nur annähernd an dieses Alter heran. Anfang vierzig hatte sie geschätzt und lag damit weit daneben.

Frau Van Dresen schaute Maren aus einem hübschen Gesicht mit klaren, freundlichen Augen erwartungsvoll an.

»Frau Van Dresen«, begann Maren, »können Sie sich an unser Gespräch im Präsidium erinnern?«

»Aber natürlich! Ich bin doch nicht senil!«

»Entschuldigen Sie, das habe ich auch nicht gemeint. Wir sprachen über Jörg Klettner.«

»Richtig«, bestätigte Frau Van Dresen. »Das ist – vielmehr war – der junge Mann, mit dem Frau Hülst zusammen war.«

»Genau. Wir haben uns gefragt, was Sie mit Ihren Äußerungen über Herrn Klettner gemeint haben könnten.«

»Ach, Sie meinen die Sache mit meiner Enkelin?« Maren nickte. »Ich habe es Ihnen doch schon erklärt«, wunderte sich die Frau.

Maren wurde direkt. »Glauben Sie, dass Herr Klettner Ihre Enkelin in unzüchtiger Weise angesehen hat?«

Kaum hatte Maren das ausgesprochen, hätte sie sich am liebsten auf die Zunge gebissen. Aber Frau Van Dresen reagierte recht gelassen.

»Wissen Sie, junge Frau, ich weiß es nicht! Ich möchte auch nicht schlecht über Menschen sprechen, die so ein grausames Schicksal erlitten haben.«

»Ich bitte Sie aber, darüber noch einmal nachzudenken. Es könnte sich dabei um einen wichtigen Anhaltspunkt dafür handeln, den Täter zu ergreifen.« Frau Van Dresen erschrak und schüttelte ihren Kopf. »Für uns ist jede Information, die wir über Herrn Klettner bekommen können, wichtig!«

Marens Gegenüber schien nachzudenken.

»Na gut! Aber bedenken Sie bitte, dass das zumeist Eindrücke von mir sind und keine verbrieften Tatsachen.«

Maren musste lächeln, denn gerade hatte sie sich genau dies vor Augen geführt.

»Meine Enkelin heißt Nicole. Sie ist seit Januar vierzehn Jahre alt und ein wirklich hübsches Mädchen. Darüber ist sie sich aber noch nicht so richtig im Klaren. Sie erzählt zwar immer davon, dass die Jungen in ihrer Schule sich für sie interessieren und was sie sich für Scherze mit ihr erlauben, aber sie ist noch ein Kind und sie ist naiv – nicht dumm, aber naiv. An jenem Nachmittag, als Frau Hülst und Herr Klettner zum Kaffeetrinken bei mir waren, war Nicole auch da. Sie saß Herrn Klettner gegenüber und es war wirklich nett. Irgendwann ging ich in die Küche, um neuen Kaffee zu machen. Nicole folgte mir und sagte, sie finde Herrn Klettner ›eklig‹.«

»Eklig?«, wiederholte Maren und musste wohl ziemlich erstaunt dreingeschaut haben.

»Eklig! Wie dem auch sei, ich habe mich auch gewundert, allerdings meine Enkelin zurechtgewiesen. Ich sagte ihr, Herr Klettner sei mein Gast und meine Gäste seien nicht ›eklig‹. Trotzdem fragte ich sie, warum sie das meinte. Nicole erzählte mir, Herr Klettner habe sie immer ›so angesehen‹. Ich konnte damit nichts anfangen und habe sie gebeten, mir das genauer zu erklären. Daraufhin sagte sie, es sei mehrfach vorgekommen, dass er beim Kaffeetrinken ›Äugsken gezwinkert‹

habe. Ich musste wieder lachen. Das ärgerte Nicole. Dann erzählte sie, dass er unter dem Tisch mehrfach ihr Bein berührt und ihr einen spitzen Mund, als wolle er einen Kuss andeuten, gemacht hat. Jetzt lachte ich nicht mehr. Als wir wieder am Tisch saßen, konnte ich nichts davon beobachten, obwohl ich sehr aufmerksam war. Vielleicht hat Herr Klettner ja auch geahnt, dass Nicole mir in der Küche davon erzählt hat. Kurz vor Ende des Kaffeetrinkens musste meine Enkelin aber zur Toilette. Sie stand auf und bei einem zufälligen Blick auf Herrn Klettner sah ich, dass er ihr auf den Busen starrte, kurz, aber eindeutig. Als Nicole um den Tisch herumging, schaute er ihr auf den Po. Als er merkte, dass ich ihn ansah, lachte er mich an, hob seine Tasse und prostete mir zu. Mehr kann ich Ihnen nicht sagen.« Damit schien Frau Van Dresen fertig zu sein. Maren hatte ihr mit wachsendem Erstaunen zugehört.

»Haben Sie zu irgendjemandem, beispielsweise zu Frau Hülst, mal etwas darüber gesagt?«

»Ja. Ein paar Tage später traf ich sie auf der Treppe und sprach sie darauf an«, erinnerte sich Frau Van Dresen.

»Und?«, hakte Maren nach.

»Nichts. Sie hat gelacht und dann etwas gesagt, was mir gar nicht gefallen hat.«

»Und was war das?«, wollte Maren wissen, obwohl sie die Antwort fast selbst hätte geben können.

»Sie sagte, diese jungen Gören würden ja heutzutage keine Möglichkeit auslassen, ihre Reize zu testen«, schloss Frau Van Dresen, und Maren wurde beinahe schlecht.

*

Als Frank den Flur seiner Wohnung betrat, hörte er, dass Ina im Arbeitszimmer telefonierte.

»Er kommt. Ich muss aufhören. … Ja, mache ich. …..Tschüss«, waren die Worte, die er noch mitbekam.

Dann wurde aufgelegt. Am anderen Ende des Flurs erschien Ina in der Tür des Arbeitszimmers, lehnte sich gegen den Rahmen und verschränkte die Arme. Er konnte nicht erkennen, in welcher Gefühlslage sie sich befand.

»Hallo«, sagte er und lauerte auf eine Reaktion, die aber nicht kam.

Nachdem er die Schuhe abgestreift hatte, ging er auf Ina zu. Sie löste sich vom Türrahmen, kam ihm entgegen und umarmte ihn sanft. Er spürte, wie sie aufatmete, als er die Umarmung erwiderte.

»Ich war so blöd«, sagte sie.

Frank drückte sie an sich und strich ihr mit der Hand über die Haare. Sie löste sich von ihm, schaute ihn an und fragte: »Wieso kannst du hier sein?«

»Ich war vorhin schon hier, um nach dir zu sehen, und habe den Zettel gefunden. Jetzt feiere ich ein paar Stunden ab«, antwortete Frank und zog Ina mit sich in die Küche.

Sie setzte sich auf einen Stuhl an dem kleinen Frühstückstisch.

»Kannst du das denn so ohne Weiteres?«

»Wir können zurzeit sowieso nichts tun. Maren ist nochmal zu der Vorbesitzerin der Wohnung aus der Langenfeldstraße, Frau Van Dresen, gefahren.« Er wunderte sich über seine innere Ruhe. »Ich denke, wir müssen reden«, fuhr er fort, während er die Kaffeemaschine einschaltete.

Er drehte sich zu Ina, lehnte sich an die Arbeitsplatte und schaute sie abwartend an. Sie griff seine Zigaretten, die vor ihr lagen, und zündete sich eine an. Das kam äußerst selten vor. Wenn sie rauchte, hieß es in der Regel, dass sie äußerst nervös und angespannt, aber willens war, sich zu konzentrieren.

»Als du gestern Abend gegangen warst, war ich sicher, dass es mit uns aus ist!« Sie ließ ihn bei diesen Worten nicht aus den Augen. Frank wartete weiter ab. »Anja war bei mir und hat dann hier geschlafen.«

»Das habe ich mir gedacht.«

Die Kaffeemaschine hatte ihre letzten Seufzer von sich gegeben. Er drehte sich um, füllte zwei Tassen und setzte sich zu Ina an den Tisch. Auch er steckte sich eine Zigarette an.

»Ich wollte und konnte einfach nicht alleine sein.«

»Klar.«

»Anja hat mir ganz schön den Kopf gewaschen«, gab sie schließlich zu. Nach einer Weile des Schweigens wurde sie ungeduldig. »Mein Gott, sag doch auch mal was! Du sitzt da und hörst dir an, wie ich zu Kreuze krieche. Was ist los?«

»Ich habe gedacht, jetzt käme noch was. Du wolltest mir erzählen, wie Anja dir den Kopf gewaschen hat.«

Wieder wunderte er sich über seinen sachlichen Ton und die Ruhe, die in ihm war.

»Ich habe Anja erst recht spät angerufen. Als sie dann kam – das war so gegen elf – war ich schon ziemlich betrunken. Ich hatte nämlich die Flasche Wein alleine leer gemacht. Als ich ihr dann erzählt habe, was passiert war, …«

»Was war denn passiert?«, unterbrach er sie.

»Ich habe mich von dir völlig unverstanden gefühlt!«

»Ich habe dich auch nicht verstanden! Ich weiß immer noch nicht, was du eigentlich gestern hattest.«

Ina seufzte. »Also gut. Ich habe, als ich wieder einigermaßen klar war, bis heute Morgen gegen vier mit Anja darüber geredet und ich sage dir, wie ich das mittlerweile sehe.«

Frank nickte auffordernd und Ina fuhr fort.

»Zwei Sachen habe ich gestern erlebt, die mich sehr geärgert haben. Erstens war da dieses Gespräch mit diesem Kirchhoff in der Schule. Er hatte mich – vielmehr das Jugendamt – auf eine Schülerin aufmerksam machen wollen, um die er sich Sorgen macht. Du hattest recht. Wir sollten eigentlich froh darüber sein, dass es solche Lehrer gibt, unabhängig davon, ob das jetzt wirklich in diesem Fall notwendig war oder nicht. Ich habe das erst mal abgeblockt, wahrscheinlich auch auf die falsche Art, aber dann ist er sehr persönlich geworden und hat mich in einen Sack gesteckt mit seinen Kolleginnen und Kollegen, die resigniert haben und sich nicht um ihre Schülerinnen und Schüler kümmern.«

Frank hob leicht die Hand zum Zeichen, dass er etwas sagen wollte.

»Das hat dich so sauer gemacht, dass du das bis zum Abend in dich rein gefressen hast und dann explodiert bist?«

Ina schüttelte den Kopf. »Nein, so einfach ist das nicht! Als ich aus der Schule zurück ins Amt kam, wartete dort eine Mutter, die am Freitag noch mit mir zusammengesessen und ›Hilfe zur Erziehung‹ beantragt hatte. Was das heißt, weißt du?«, erkundigte sie sich.

»Ja«, sagte Frank.

Ina hatte ihm vor einiger Zeit erklärt, was das bedeutete. Früher wurden Kinder, deren Eltern mit der Erziehung ihrer Kinder überfordert waren, in »Heime« gesteckt, die im Volksmund berüchtigten »Erziehungsheime«. Heute werden diese Kinder auf Antrag der Eltern – was oft sehr schwierig ist – in betreuten Wohngruppen untergebracht, entweder dauerhaft für einen längeren Zeitraum, oder die Woche über, so dass sie das Wochenende zu Hause verbringen können. Auch wenn die Kinder in diesen »Wohngruppen« untergebracht sind, können die Erziehungsberechtigten jederzeit ihre Zustimmung widerrufen und das Kind kommt wieder nach Hause.

Da Frank zugestimmt hatte, sprach Ina weiter.

»Ich habe dir letztens nachts von diesem Mädchen, um das es geht, erzählt. Sie ist zwölf Jahre alt und wird seit etwa einem Jahr von ihrem Vater angefasst. Sie hat uns das glaubwürdig erzählt.«

»Du meinst das Mädchen, vor deren Bett sich der Vater einen runtergeholt hat?«, erinnerte sich Frank.

»Genau. Du hast mitten in der Nacht gefragt, wie man eine Vierzehnjährige anschauen dürfe. Du erinnerst dich?«

»Ja, natürlich. Das hing mit unserem Fall zusammen!«

Ina stutzte. »In eurem Fall spielt sexueller Missbrauch eine Rolle? Das wusste ich ja gar nicht!«

»Nicht wirklich. Wir sehen da noch nicht ganz klar. Ist aber jetzt auch nicht wichtig. Mach erst mal weiter!«

»Dieses Mädchen sollte gestern von mir in eine Wohngruppe gebracht werden. Da tauchte kurz vorher diese Mutter auf und hat ihre Zustimmung widerrufen. Das Kind bleibt jetzt erst mal zu Hause!«

Bei ihren letzten Worten war Ina lauter geworden und schlug im Rhythmus ihres Sprechens mit der linken Hand auf den Tisch.

»Das heißt, dass sie dem Vater wieder ausgeliefert ist?«, wunderte sich Frank.

»Ja. Das musst du dir mal vorstellen!«

Ina schlug sich mit der flachen Hand vor die Stirn.

»Aber ihr habt doch auch die Möglichkeit, das Kind aus der Familie zu nehmen, obwohl die Eltern das nicht wollen!«

Frank schüttelte auch fassungslos den Kopf.

Ina zählte an den Fingern ab: »Erstens dauert das ewig, bis wir das durchhaben. Ich habe es vorgeschlagen. Es wurde aber sofort abgebügelt. Zweitens geht das nur, wenn Gefahr für Leib und Leben besteht.«

Sie lehnte sich zurück und schaute Frank an.

»Ich verstehe«, sagte er. »Das hat dann das Fass zum Überlaufen gebracht.«

»Noch nicht so richtig. Anschließend hatte ich ein Gespräch mit einem Kollegen: Jens Brockmann. Ich hatte natürlich immer noch diesen Lehrer im Kopf und habe dann mit Jens ausführlich über das Mädchen und den Vater und meinen Schlag ins Wasser mit der Unterbringung geredet. Du wirst nicht glauben, was der am Schluss zu mir gesagt hat.«

Ina ließ es offen und sah Frank herausfordernd an. Der zuckte mit den Schultern, obwohl er ahnte, was jetzt kommen würde. Ina beugte sich weit nach vorne, versuchte den Blick ihres Kollegen zu imitieren, was Frank zu einem Lächeln zwang, und schlug mit der flachen Hand auf den Tisch.

»Kind, nimm dir nicht immer alles so zu Herzen. Wir tun hier unseren Job und können ihn nur so machen, wie die Rahmenbedingungen es zulassen.«

Jetzt herrschte gespannte Stille zwischen ihnen. Frank nahm Inas Hand.

»Warum konntest du mir das so nicht gestern Abend erzählen?«

Ina entzog ihm die Hand und nahm sich eine weitere Zigarette.

»Ich bin nach Hause gekommen und war richtig angefressen, nicht nur, auch traurig. Irgendwie hatte ich das Gefühl, es niemandem recht machen zu können. Der Lehrer sagt, ich solle engagierter für die Kids eintreten. Der Kollege sagt, ich solle mich stärker von dem Elend der Kids abgrenzen und meinen Job machen. Ich will den Kindern helfen und kann es oft nicht, weil mir die Hände gebunden sind. Also hatte ich mich entschlossen, sofort den Bericht zu schreiben, und zwar so, dass er Staub aufwirbeln würde. Dann kriege ich den Rechner nicht an. Als es dann schließlich geht, macht die Maus auch noch Mucken. Als wär das nicht genug, tritt mein Frank dann auch noch auf die Bühne …« Sie wedelte mit den Händen durch die Luft und brachte Frank zum Lachen. »… und wechselt großkotzig die Maus aus. Dabei wollte ich ihm gerade Saures geben, weil er sich immer noch nicht um dieses verdammte Teil gekümmert hatte.« Ina musste jetzt selbst lachen. Gleich darauf verschwand das Lachen aber wieder aus ihrem Gesicht. »Als wir dann miteinander gesprochen haben, hat mich deine Art einfach total genervt. Du hast mich behandelt, als sei ich ein Pflegefall, als hätte ich nicht alle Tassen im Schrank«, sagte sie und machte den Scheibenwischer.

»Und so bist du immer wütender geworden, bis du es dann geschafft hast, in mir den Buhmann zu sehen, den du nach Lust und Laune beleidigen kannst!«

»Das tut mir auch sehr leid!« Ina hatte den Blick auf den Tisch gerichtet. »Es tut mir wirklich sehr, sehr leid. Entschuldige bitte!«

Frank stand auf, nahm die beiden mittlerweile geleerten Kaffeetassen und blickte Ina fragend an. Als sie nickte, ging er zur Spüle und goss Kaffee nach. Er setzte sich wieder.

»Möglicherweise – nein sicher, wenn ich dich heute so höre – habe ich mich gestern an einigen Stellen auch blöd verhalten. Das tut mir auch leid. Trotzdem gibt es etwas, was mir an dem gestrigen Abend große Angst gemacht hat.«

Ina nickte.

»Ich weiß, was du meinst«, sagte sie leise. »Mit Anja habe ich auch darüber gesprochen.«

Frank überging diesen Einwand.

»Wir sind seit zwei Jahren zusammen und keine Teenies mehr. Es war jetzt das weiß-der-Teufel wievielte Mal, dass ein Gespräch über etwas, was mit unseren Berufen zusammenhing, darin geendet hat, dass du mich in der Situation als Feind ausgewählt und tief verletzt hast.« Wieder nickte Ina. Frank machte unbarmherzig weiter. »Ich kann im Auswechseln einer Maus nicht wirklich etwas erkennen, das dich letztlich dazu berechtigt, mich derartig zu beleidigen, wie du es getan hast. Ich kann alles verstehen, was du gesagt hast. Ich habe sogar großes Verständnis dafür. Aber ich habe nicht so viel« – er deutete mit Daumen und Zeigefinger etwa einen Zentimeter an – »Verständnis dafür, dass du deine ganze Wut an mir abreagiert hast.«

»Das heißt?«, fragte Ina und schaute Frank zweifelnd an.

»Das heißt, dass ich nicht möchte, dass das nochmal passiert. Wir haben bisher immer danach vernünftig reden können. Du hast jedes Mal versprochen, zukünftig anders mit solchen Situationen umzugehen, aber du schaffst es nicht! Wenn ich ehrlich bin, glaube ich auch nicht, dass es gestern zum letzten Mal passiert ist. Ich merke, dass bei jedem Mal etwas kaputt geht. Ich meine nicht das Weinglas, das du geworfen hast …«

»Ich habe doch kein Weinglas geworfen«, widersprach sie entrüstet. »Das Glas habe ich mit dem Fuß aus Versehen vom Tisch gestoßen, als ich aufgestanden bin.«

»Egal. Jedes Mal geht in mir was kaputt und so viel darf nicht mehr kaputt gehen, sonst ist nichts mehr da!«

Ina griff zu den Zigaretten, warf sie dann aber zurück auf den Tisch, schlug die Hände vors Gesicht und begann zu weinen. Frank hätte sie jetzt gerne in den Arm genommen, schreckte aber davor zurück, denn er meinte, an einem wichtigen Punkt zu sein, auf den sie reagieren müsse. Nach einer Weile nahm Ina die Hände vom Gesicht, wischte sich die Tränen mit einer resoluten Handbewegung weg und sah ihn an.

»Das habe ich gemerkt«, sagte sie und schniefte. »Noch nie bist du so kalt gewesen und einfach gegangen.«

»Ich war nicht kalt! Ich habe erst versucht, dich zu verstehen. Dann wurde ich wütend, und als du mich beschimpft und beleidigt hast, …«

Ina stand auf und kam auf ihn zu. Mit beiden Händen griff sie seinen Kopf, beugte sich zu ihm hinunter und küsste ihn auf den Mund.

»Ich liebe dich aber!« Den Satz flüsterte sie fast und setzte sich – ihm zugewandt – rittlings auf seinen Schoß. Frank merkte, wie er zögernd ihre Küsse erwiderte. »Lass uns kämpfen, Frank! Ich schwöre, dass ich mein Bestes tun will. Hilf mir dabei, bitte, und kämpfe auch! Ich liebe dich.«

Frank zog seinen Kopf leicht zurück, so dass sie das Küssen unterbrechen musste, und schaute sie ernst an.

»Ich war heute Nacht bei Malte und Bea«, sagte er.

Ina blickte offen zurück und schien zu versuchen, in seinen Augen irgendetwas zu lesen.

»Ich will, dass wir unsere Beziehung nicht einfach so wegwerfen, als sei sie eine leere Batterie. Ich liebe dich«, flüsterte sie. Sie zog seinen Kopf wieder zu sich und drückte ihn an ihre Brust, die er durch die Bluse fühlte. Langsam begann Ina, sein Hemd aufzuknöpfen. Frank küsste sie, bevor er ihre Bluse öffnete und mit den Lippen ihre Brüste liebkoste. Ein Zittern ging durch Inas Körper und sie drückte ihn fest an sich.

»Komm mit«, hauchte sie ihm ins Ohr und stand auf. Arm in Arm gingen beide ins Schlafzimmer.

*

Frank war wach, während Ina neben ihm schlief. Sie war – wie er – nackt und lag auf dem Rücken, wobei sie das rechte Bein leicht angewinkelt auf seiner Hüfte liegen hatte. Ihr Brüste hoben und senkten sich im Rhythmus ihres Atmens. Langsam drehte er sich zur Seite, um sie nicht zu wecken, und betrachtete sie. Den Kopf seitlich auf seine Linke gestützt strich er ihr mit der rechten Hand eine Haarsträhne aus der Stirn. Niemals hätte er gedacht, dass das Gespräch mit Ina so verlaufen würde. In Gedanken versunken war er mit seinen Fingern auf dem Weg um Inas Brüste herum Richtung Bauch. Er spürte, wie sie leicht erzitterte und sich mit geschlossenen Augen seufzend zu ihm hin drehte. Langsam zog Frank erst seine Hand, dann sich zurück und stieg aus dem Bett. Ina lag jetzt auf dem Bauch, öffnete leicht die Augen und sah ihn an.

»Warum stehst du auf?«

»Ich muss los.«

Frank griff sich seinen Morgenmantel.

»Schade. Wann kommst du zurück?«

»Kann ich dir nicht genau sagen«, antwortete er. »Aber spät wird es nicht. Ich habe auch etwas Schlaf nachzuholen.«

»Soso!« Ina klang ein wenig verschnupft.

»Bis dann!«

Sie drehte sich zur anderen Seite, schnappte sich die Decke und deckte sich zu. Als er zur Dusche ging, hatte er das Gefühl, dass Ina wieder eingeschlafen war.

*

Gegen halb acht betrat Frank das LOKal, das heute Abend wesentlich voller war als gestern. Er ließ von der Tür aus seinen Blick durch den Raum schweifen. Plötzlich hörte er jemanden laut seinen Namen rufen. Ganz links hinten, unmittelbar vor der Glastür, die zu den Toiletten führte, saßen Malte und Reinhard an einem Tisch und winkten heftig. Frank hob die Hand zum Zeichen, dass er sie gesehen hatte, und setzte sich in Bewegung. Malte musterte ihn, als er sich ihm näherte, und nickte ihm zur Begrüßung zu.

»Hallo«, sagte Frank und setzte sich.

»Wenigstens scheinst du nicht verletzt zu sein!«

Malte grinste ihn an.

»Nein. Es war ganz okay. Die dunklen Wolken haben sich verzogen!«

Plötzlich hob Reinhard die Hand und winkte Richtung Eingang. Maren kam ihnen entgegen. Als sie noch ein paar Schritte entfernt war, rief sie: »Da ist ja mein Dreamteam!«

Sie steuerte auf den letzten freien Stuhl zu und setzte sich. Kaum saß sie, stellte die Kellnerin ihr ein frisch gezapftes Pils hin.

»Donnerwetter«, wunderte sich Reinhard. »Du scheinst ja hier bekannt zu sein!«

»Ich habe bestellt, als ich gekommen bin«, antwortete Maren. »Tja, jetzt ist's vorbei mit eurer Männerrunde! Ich hoffe, dass das in Ordnung ist, ich habe nämlich Neuigkeiten! – Alles in Ordnung?«, fragte sie in Richtung Frank. Der nickte. »Jörg Klettner war ein Busen- und Po-Glotzer!«, triumphierte sie.

Als sie sah, dass ihre drei Kollegen etwas verständnislos dreinschauten, erzählte sie ihnen ausführlich von ihrem Gespräch mit Frau Van Dresen und schloss mit den Worten: »Den Bericht habe ich schon geschrieben und Rolf zu den Akten gegeben!«

Die drei Männer nickten ihr anerkennend zu.

»Also scheint was dran zu sein an deiner Vermutung, dass Jörg Klettner ein Schmierlapp war«, sagte Reinhard schließlich zu Maren gewandt, um – jetzt mit einem Seitenblick auf Frank – fortzufahren: »Aber pädophil? Ich weiß nicht!«.

Malte erhob sich.

»So, Ihr Lieben. Ich muss zu meiner Familie. Ich habe versprochen, dass ich so gegen zehn da bin. Schönen Abend noch!«

Dann drehte er sich um und ging zur Theke, um zu bezahlen.

»Ja, ich mach dann auch mal die Fliege«, schloss sich Reinhard seinem Vorredner an und stand auf.

Die Kellnerin an der Theke sah ihm schon lächelnd entgegen und hatte den Stift in der Hand, um die Getränke, die Reinhard jetzt bezahlen wollte, von ihrem Deckel zu streichen. Frank sah, dass Malte auf Reinhard gewartet hatte, und nach wenigen Minuten verließen beide das LOKal, nicht ohne Maren und ihm noch einmal zuzuwinken. Lange schwiegen Maren und Frank. Als die Kellnerin kam, bestellte Maren zwei Bier. Er wehrte sich nicht, und als die beiden Pils vor ihnen standen, trank nur Maren. Er starrte sein Bier an, als sei in dem Glas irgendein Geheimnis gefangen.

Mittwoch 10. April 2002

An diesem Mittwochnachmittag schlenderte Steffie durch die obere Etage des Forums und schaute sich die Auslagen der Geschäfte an. Gerade stand sie vor »NewYorker« und überlegte, ob sie hineingehen sollte, als sie im Fenster neben sich Alex stehen sah.

»Hi, Alex!«, freute sie sich und drehte sich zu ihr um.

Alex schaute ein wenig verwundert, schien sie aber nach einer Weile zu erkennen.

»Stephanie, oder?«, fragte sie unsicher.

»Steffie sagen meine Freundinnen zu mir. Sag ruhig Steffie. Du bist ja eine Freundin«, erwiderte Steffie.

Sie bemerkte, dass Alex etwas stutzte.

»Naja, Freundin nicht gerade, aber wir kennen uns, nicht wahr?«, machte Alexandra einen neuen Versuch, herauszubekommen, woher sie dieses Mädchen kannte.

»Schule«, wurde Steffie jetzt etwas energischer.

Hochnäsige Schlampe, dachte Steffie, sagte aber: »Du bist in meiner Parallelklasse!«

»Ach so«, entgegnete Alex scheinbar erleichtert, »na klar!«

»Siehst du, jetzt ist der Groschen gefallen, vielmehr der Cent«, alberte Steffie, und ihr gefiel gar nicht, dass Alex ein wenig den Mund verzog.

»Naja«, schob sie hinterher, »auf jeden Fall kenne ich deinen Vater sehr gut.«

Steffie schaute jetzt wieder in das Schaufenster.

»Du kennst meinen Vater?«

Steffie drehte sich wieder langsam zu ihr um.

»Ja«, piepste sie. »Ich bin sein Model.«

»Was bist du?«

Alex konnte nicht glauben, was sie hörte.

»Sein Model!« Langsam wurde es Steffie zu bunt. Diese Edelnutte war ja zu blöd! »Er macht Fotos mit mir!«

»Mein Vater macht Fotos mit dir?«, fragte Alex schon wieder, und in ihrem Gesicht spiegelte sich sämtliches Unverständnis dieser Welt. »Wieso sollte mein Vater mit dir Fotos machen?«

Jetzt schwand langsam Steffies Geduld.

»Meine Fresse! Weil ich sein Model bin, du blöde Kuh! Er macht sogar Videos mit mir!«

Sie sah, wie sich Alex' Gesichtsausdruck und -farbe veränderten. Mit leiser Stimme sagte sie zu Steffie: »Mein Vater macht nur im Urlaub Fotos und hat keine Videokamera. Er ist Architekt!«

Das war zu viel!

»Ich bin Model von deinem Vater, du Schlampe!«, schrie Steffie, holte aus und schlug dem Mädchen derartig kräftig ins Gesicht, dass Alex taumelte. Verstört und sich die Wange haltend suchte Alexandra das Weite, und hinter sich hörte sie das Mädchen toben: »Du blöde Sau! Du Hure! Fick dich!«

Donnerstag 11. April 2002

Der Mord an Claudia Hülst und Jörg Klettner lag etwas mehr als eine Woche zurück. Das war noch keine lange Zeit. Dafür, dass sie eigentlich nichts in der Hand hatten, innerhalb der Woche aber so vieles passiert war, was nach Meinung aller im Team zwar irgendwie zusammenhing, jedoch niemand auch nur für einen Pfifferling mehr als eine schwache Vermutung darüber hatte, wie es zusammenhing – dafür war die Zeitspanne sehr lang!

Gestern hatten sie noch einmal alles durchgesprochen, was an unumstößlichen Fakten verfügbar war. Immer wieder stießen sie auf die Aussage von Frau Van Dresen und diese mysteriöse CD-Hülle mit der Aufschrift »Caroline14«. Schließlich hatten sie – diesmal Maren und Frank – ein weiteres Mal mit Frau Kemmling von COMPUB gesprochen. Außer dass sie sich auf Grund der unglaublichen Kälte dieser Frau fast Erfrierungen geholt hatten, war nichts Neues dabei herausgekommen. Anschließend waren Malte und Frank nach Kettwig gefahren. Sie trafen dort die beiden Techniker an, die schwer mit dem Schrauben an Computern beschäftigt waren. Jenny Ritter war nicht da, ebenso wenig der Hund. Auch von diesem Besuch brachten sie keine neuen Anhaltspunkte mit. Letztlich war Reinhard noch zu den eingelagerten Gegenständen für Klettners Büro gefahren und hatte auch die nochmal in Augenschein genommen. Was er mitbrachte, war ein Aufkleber des PC-Shops in Kettwig, der auf einem der Kartons geklebt hatte. Auch das führte sie nicht wirklich weiter, ließ nur plötzlich wieder den Kontakt zwischen Klettner und Ritter als völlig harmlos erscheinen. So beschäftigten sie sich für den Rest des Tages mit liegengebliebenen Sachen und machten pünktlich Feierabend.

Heute Morgen war die Beerdigung von Claudia Hülst und Jörg Klettner. Maren und Malte waren hingefahren. Frank erwartete sie jeden Augenblick zurück, eigentlich in erster Linie deshalb, weil er sich langweilte. Er dachte nicht im Traum daran, dass sie mit neuen Informationen zurückkommen könnten. Er ahnte nicht, welch turbulente Tage ihnen bevorstanden – und das in der zweitsichersten Großstadt dieser Republik.

Frank hatte sich gerade – völlig entgegen seinen Gewohnheiten – den dritten Kaffee des Vormittags eingegossen, als sich die Tür öffnete und Maren und Malte eintraten. Es war kurz vor zwölf. Erstaunt sah er die beiden an, denn sie waren – für seine Augen – recht fremd gekleidet. Malte trug einen dunklen Anzug mit weißem Hemd und weinroter Krawatte. Den schwarzen Wintermantel trug er über dem Arm. Maren hatte ein dunkelblaues Kostüm mit kniefreiem Rock an, zu dem sie eine weiße Bluse trug. Auch sie hatte ihren Mantel über den Arm gelegt. Beide hängten ihre Mäntel an den Haken auf der Innenseite der Tür, wo auch Franks Jacke hing.

»Mach dich auf was gefasst«, sagte Malte, der zwei Kaffeebecher füllte und Maren einen reichte. Gleichzeitig bedachte er Frank mit einem fragenden Blick und schwenkte die leere Kanne.

»Heute Nachmittag gibt's neuen«, wiegelte Frank ab und setzte sich. »Was ist los?«, fragte er.

Maren, die ebenfalls Platz genommen hatte, begann zu sprechen und beide Männer hörten aufmerksam zu.

»Nach der Beerdigung haben wir kurz mit Herrn Klettner – dem Vater – gesprochen. Er ist seit dem Wochenende, seit Samstag, wieder in Mülheim. Er entschuldigte sich in aller Form dafür, dass er sich bei uns noch nicht gemeldet hat, denn es ging ihm sehr schlecht. Er sagt, die Ärzte hätten ihn nicht eher abreisen lassen, da er nach der Nachricht von der Ermordung seines Sohnes heftige Schmerzen in der Herzgegend gehabt hatte.«

»Ach ja, der war zur Kur – in Bad Wildungen«, erinnerte sich Frank.

»Genau«, bestätigte Maren.

»Und? Wo steckt da die Neuigkeit?«

»Kommt ja jetzt! Der alte Herr hat uns erzählt, dass sein Mustersohn ihm in den letzten Monaten sehr merkwürdig vorgekommen sei. Er sei relativ häufig bei seinen Eltern zu Gast gewesen, was bis Ende Oktober oder Anfang November des letzten Jahres eigentlich eher selten der Fall war.«

Frank hörte jetzt gebannt zu. Mit einer Handbewegung versuchte er, Maren zum Weitersprechen zu animieren, was sie aber nicht tat, denn sie wärmte sich gerade die Hände an der Kaffeetasse und trank daraus einen Schluck. Malte warf ihm ein Lächeln zu, das voller Anerkennung Maren gegenüber war.

»Wie dem auch sei«, erbarmte sie sich schließlich. »Zwei Sachen schienen Herrn Klettner bemerkenswert, auch wenn er nicht wusste, ob wir was damit anfangen können.« Maren stellte ihre Tasse auf den Schreibtisch, beugte sich Frank entgegen und zählte an ihren Fingern mit. »Erstens: Jörg Klettner hat sich bei seinen Elternbesuchen häufig in sein ehemaliges Kinderzimmer zurückgezogen, das den Eltern seit Jahren als Gästezimmer dient, und hat – so Herr Klettner – irgendetwas gemacht, was sie nicht sehen sollten.«

»Wie kommt er auf sowas?«, bohrte Frank nach.

»Ganz einfach! Jörg Klettner hat die Tür geschlossen, nicht einfach nur zugemacht, sondern richtig abgeschlossen. Das ist im Hause Klettner unüblich!« Nach kurzem Zögern sprach Maren weiter. »Jetzt kommt es aber erst so richtig dicke! Der alte Herr hat am Montag mal in dieses Gästezimmer geschaut und sich ein bisschen umgesehen. Irgendwie schien der seinem toten Sohn nicht so recht getraut zu haben. Jedenfalls hat er – nach ausführlicher Durchsuchung des Zimmers – hinter einem alten Sekretär eine Tasche gefunden. Er hat sie hervorgezogen, und nach seiner Beschreibung handelt es sich um eine Tragetasche mit einem Laptop.«

Frank war aufgesprungen und fiel jetzt auf die Knie. Er warf die Arme nach oben.

»Herr, lass es das sein, was uns weiter bringt! Lass es das sein, was die Lösung bringt! Lass es etwas sein!« Dabei rutschte er auf den Knien um den Schreibtisch herum. Als er in Reichweite von Maren war, öffnete sich die Tür und Reinhard blieb wie angewurzelt vor dieser Szene stehen. Von Gelächter begleitet erhob sich Frank. Als Reinhard die Fassung wiedererlangt hatte, fragte er: »Was ist denn hier los? Haben wir jetzt eine Theatergruppe?«

Frank informierte Reinhard über die Neuigkeiten, der sie ebenfalls erfreut aufnahm.

»Na und?«, fragte er. »Wo ist das Teil?«

»Ach ja«, reagierte Malte am schnellsten. »Herr Klettner senior ist gerne bereit, uns die Tasche so zu übergeben, wie er sie gefunden hat. Er sagte, er habe nur den Reißverschluss der Tasche leicht geöffnet, um nachzusehen, was drin ist. Er hat den Laptop und alles, was sonst noch in der Tasche sein mag, nicht angerührt. Er bittet uns, ihn heute noch in Ruhe zu lassen. Er wäre bereit, uns den Laptop morgen um zehn Uhr zu bringen. Wenn es aber zu wichtig sei, könnten wir nach 18 Uhr kommen und ihn abholen.«

»Zu wichtig!«, rief Frank und schlug sich mit der flachen Hand vor die Stirn. »Wichtiger geht es überhaupt nicht. Wir brauchen das Teil jetzt und nicht erst heute Abend! Ist die Trauergesellschaft denn aufgelöst? Sind die Klettners zu Hause?«, wollte er von Malte wissen.

»Ja«, erwiderte der. »Sie sind zu Hause. Zusammen mit ein paar Verwandten, die aus Stuttgart angereist sind.«

Frank sah Maren von oben bis unten an. Dann schaute er auf seine Uhr. »Ich denke, wir machen jetzt Mittagspause. Ihr wollt euch wahrscheinlich auch umziehen, oder? Maren, könntest du dir vorstellen, die Klettners am Ende der Mittagspause aufzusuchen und ihnen die Tasche abzuschwatzen?«

Maren zuckte mit den Schultern. »Klar! Mache ich.«

*

Rainer Kirchhoff saß am Schreibtisch in seinem Büro und drehte eine Zigarette zwischen seinen Fingern. Er fragte sich, was dieser Vater wohl von ihm wollte, der – wenn er pünktlich war – in knapp einer Viertelstunde durch diese Tür kommen würde. Herr Weingerber hatte ihn heute Morgen in der ersten Pause – gegen Viertel vor zehn – angerufen und ziemlich aufgeregt verkündet, dass er heute noch mit ihm sprechen müsse. Rainer Kirchhoff war natürlich schon in der ersten Stunde aufgefallen, dass Alex nicht in der Schule war. Er hätte ohnehin bei ihr zu Hause angerufen, aber so war Herr Weingerber ihm zuvor gekommen und das musste gute Gründe haben. Hinter dem Fehlen von Alexandra steckte also etwas.

Er zündete sich die Zigarette an, stand von seinem Stuhl auf und öffnete das Fenster links von seinem Schreibtisch, obwohl es recht frisch draußen war. Der Frühling war wieder zu ahnen. Die Sonne schien von einem klaren Himmel herab, es waren aber nur dreizehn Grad. Er lächelte. Auch die Kinder waren bei einem solchen Wetter ganz anders. Er verlor sich etwas in Gedanken und beobachtete eine Amsel, die sich abmühte, auf einem Stück Schulhof, das nicht asphaltiert war, einen Wurm aus der Erde zu ziehen. Es klopfte und die Tür wurde geöffnet. Herr Kirchhoff drehte sich zu ihr hin. Ein etwa vierzigjähriger Mann steckte seinen Kopf durch den Spalt.

»Andreas Weingerber. Sind Sie Herr Kirchhoff?«

»Ja. Herr Weingerber, kommen Sie herein!«

Er ging dem Mann entgegen, der durch die Tür trat und sie hinter sich schloss. Beide gaben sich die Hand zur Begrüßung. Rainer Kirchhoff wusste in diesem Augenblick, dass dies ein schwieriges Gespräch würde, aber dass ihm Herr Weingerber sympathisch war. Er bot ihm einen Kaffee an, den er aber ablehnte. Seiner Aufforderung Platz zu nehmen folgte er, ohne zu zögern.

»Wie kann ich Ihnen helfen, Herr Weingerber?«

Der Lehrer blickte Alex' Vater offen ins Gesicht.

»Das ist nicht so ganz einfach! Ihnen ist ja schon aufgefallen, dass Alex heute nicht in der Schule ist.« Als er sah, dass der Lehrer nickte, fuhr er fort: »Alexandra hatte gestern einen unangenehmen Zusammenstoß mit einer Schülerin aus der Parallelklasse, ich glaube, es war die 7C.«

»Um welche Schülerin handelt es sich da?«

»Das ist so eine Sache«, erwiderte Herr Weingerber und zierte sich offensichtlich, mit der Sprache herauszurücken. »Alex hat mir nur für den Fall erlaubt, Ihnen den Namen zu sagen, dass Sie dem entsprechenden Mädchen nicht erzählen, von wem Sie ihn haben.«

Er lächelte den Lehrer verlegen an. Herr Kirchhoff lehnte sich zurück und sein Blick wurde hart.

»Herr Weingerber«, entgegnete er, »Sie glauben doch nicht, dass ich jetzt mit Ihnen rede und anschließend Hinz und Kunz erzähle, was Sie mir erzählt haben!«

»Natürlich nicht! Ich wollte Ihnen das nur sagen, weil es zeigt, welche Angst meine Tochter hat.«

Herr Kirchhoff nickte Herrn Weingerber aufmunternd zu.

»Sie hat es mir erst heute Morgen erzählt. Ich musste mir deswegen frei nehmen, was mir eigentlich gar nicht recht ist, aber es scheint wirklich wichtig zu sein. So habe ich meine Tochter nämlich noch nie erlebt. Es geht um Stephanie Wibert …« Herr Weingerber erzählte detailliert, was Alex mit Steffie im Forum erlebt und ihm berichtet hatte. An der Stelle, als Steffie behauptete, sie sei ein Model von Herrn Weingerber und er habe Fotos und Videos mit ihr gemacht, wurde die Stimme des Mannes brüchig und er räusperte sich. Gleichzeitig fuhr der Lehrer zusammen. »Stoppen Sie dieses Mädchen!«, drängte Herr Weingerber ihn verzweifelt. »Die kann mich mit einer solchen Behauptung fertigmachen! Wo soll das hinführen? Warum tut sie das?« Als er abschließend erzählte, wie Steffie Alex ins Gesicht geschlagen und beschimpft hatte, wischte er mit seiner Hand vor seinem Gesicht herum. »Das Mädchen hat sie doch nicht alle!«

Herr Kirchhoff fühlte sich plötzlich unendlich müde. Er raffte sich in dem Stuhl auf, in dem er zusammengesunken war, holte tief Luft und wollte etwas erwidern, aber seine Stimme versagte. Beim zweiten Versuch klappte es.

»Glaubt Alex Ihnen?«, fragte er.

»Natürlich! Wo denken Sie hin?«

»Das ist gut so«, beschwichtigte ihn der Lehrer. »Haben Sie etwas dagegen, wenn ich nachher – sagen wir so gegen zwei – bei Ihnen vorbeischaue, damit wir mit Ihrer Tochter noch einmal reden können?«

»Nein, Sie sind willkommen. Meine Tochter sagt, Sie sind in Ordnung.«

Herr Weingerber lächelte ihn fast dankbar an.

»Das freut mich«, erwiderte Herr Kirchhoff ernst. »Gehen Sie jetzt nach Hause zu Ihrer Tochter. Wir sehen uns gleich.«

*

Gegen drei tauchte Maren mit der Tasche unter dem Arm in Franks Büro auf. Malte und Frank warteten schon ungeduldig. Maren stellte die Tasche neben den Stuhl, stieß die Luft aus und setzte sich.

»Das war gar nicht so leicht!« Als sie die fragenden Blicke ihrer Kollegen sah, präzisierte sie. »Naja, der war sich plötzlich nicht mehr so sicher, von wegen privater Daten und was man alles so liest und hört. Ich musste schon meine ganze Überredungskunst einsetzen. Ich habe ihm sogar für jedes einzelne Teil eine handschriftliche Quittung ausgestellt! Nein, nein«, hob sie beschwichtigend die Hände, an Franks Blick erkennend, was er gleich sagen würde, »angefasst haben wir nichts, nur die Tasche geöffnet und aus der Ferne in Augenschein genommen.«

»Na denn«, sagte Frank, griff zum Telefonhörer und wählte.

Maren und Malte schauten sich fragend an. Nach kurzer Zeit hatte wohl jemand abgehoben.

»Hallo, Frank Wallert hier …«, stockte Frank und ein Lächeln grub sich in sein Gesicht. »Vergiss es«, sagte er lachend, um sachlich fortzufahren, »Wir haben hier etwas, was du dir ansehen solltest, bevor wir es anfassen. …. Nee, möchte ich nicht so gerne. …. Ja, könnte sein. … Ja, total! … Genau! … Genau! … So ist es! … Du bist ein Schatz! … Okay, bis gleich!«

Frank lehnte sich zurück. Er wollte nicht den offiziellen Weg gehen. Jetzt hatten sie diesen Laptop hier. Wenn er ihn – wie üblich – erst zum Labor geben würde, könnte man nur ahnen, wann sie ihn wiederkriegen würden. Er wollte keine Zeit verlieren und selbst als Erster sehen, ob das Gerät irgendwelche Geheimnisse barg – und wenn ja, welche.

Zehn Minuten später wurde die Tür geöffnet und Sabine war da. Sie begrüßte alle drei freundlich und kam direkt zur Sache.

»Na, wo ist das Schmuckstück?«

Maren hob die Tasche auf, die immer noch an das Stuhlbein gelehnt war. Frank räumte die Schreibtischplatte schnell frei und Maren legte die Tasche dort ab. Sabine setzte sich auf Franks Stuhl, öffnete erst ihren Metallkoffer und dann mit spitzen Fingern die Laptop-Tasche.

»In die Luft fliegen wird das Ding ja wohl nicht«, brabbelte sie vor sich hin, um sich danach sofort konzentriert und flink an die Arbeit zu machen.

Eine Viertelstunde später war alles erledigt. In der Tasche befanden sich ein Laptop handelsüblicher Art (Armada/Compaq), ein Netzteil, ein System-Handbuch, zwei CDR-Rohlinge (verpackt), eine kleine Maus mit USB-Kabel und ein Kabel, mit dem eine Verbindung zu einem LAN-Netzwerk hergestellt werden konnte. Sabine hatte mehrere Fingerabdrücke von den Gegenständen abgenommen und einige andere Spuren gefunden und Proben gesichert, über die sie sich aber nicht – ohne sie untersucht zu haben – näher auslassen wollte.

Nachdem Sabine wieder gegangen war, klemmte sich Frank die Tasche samt Inhalt unter den Arm.

»Wir gehen in den Besprechungsraum«, sagte er zu Maren und Malte. »Kannst du den Anderen Bescheid sagen?«

Malte trat hinter Franks Schreibtisch und griff zum Telefon. Später saß eine große Gruppe von Kriminalbeamten – außer Bernd waren alle da – im Besprechungsraum. In der Mitte des Tisches stand eine aufgeklappte Tragetasche, und alle starrten auf den Laptop, als erwarteten sie, dass er jeden Augenblick zu ihnen sprechen würde.

»Gibt's hier jemanden, der sich mit solchen Dingern besonders gut auskennt?«, fragte Frank in die Runde, aber er erntete nur abwehrende Gesten, Kopfschütteln und Gemurmel.

Malte fasste sich ein Herz.

»Na gut! Ich würde vorschlagen, wir schließen das Teil erstmal an den Strom an. Das kann ja nicht so schwer sein.«

Er nahm das Netzteil, betrachtete es von allen Seiten und brachte es unfallfrei fertig, den Laptop an das öffentliche Stromnetz anzuschließen. Das Kabel reichte soeben. Zwischenzeitlich hatte Frank durch einen Druck auf eine Taste an der Front des Gerätes die Verankerung des Deckels gelöst und das Display aufgeklappt. Sofort näherten sich die Köpfe der Kolleginnen und Kollegen auf der Suche nach dem Einschalter. Ein hellblaues Knöpfchen – mit dem internationalen Symbol für Stromversorgung versehen – hob sich deutlich von dem schwarzen Tastenfeld ab. Maren drückte drauf und mit einem leisen Surren sprang das Gerät an. Nach nicht mal einer Minute erschien auf dem Display das Begrüßungsfenster des Systems. Auf der rechten Seite befand sich auf dunkelblauem Untergrund ein Symbol, das Schachfiguren darstellte. Daneben stand der Name »Jörg Klettner«. Links von dem schwarzen senkrechten Strich, der den Bildschirm in eine linke und eine rechte Hälfte teilte, stand mit weißer Schrift: »Klicken Sie auf den Benutzernamen, um sich anzumelden«.

»Das war's«, rief Frank. »Das Ding braucht ein Passwort!«

»Warte mal!« Malte bemächtigte sich der Maus und klickte auf den Namen, worauf sich ein kleines Fenster öffnete, in das das Passwort eingegeben werden sollte. Malte spielte mit seinen Fingern über dem Gerät, wie ein Pianist, der seine Finger für den ersten Tastenanschlag lockern will. Er gab CLAUDIA ein, und es erschienen sieben schwarze Punkte in dem Feld. Dann drückte er die Eingabetaste. Der Computer gab die gehässige Frage in Schriftform von sich: »Haben Sie das Passwort vergessen?«. Dann gab er den Tipp, man solle auf das Fragezeichen klicken, um einen »Passworthinweis« zu erhalten. Malte tat dies, doch das Feld, das sich nun öffnete, blieb leer.

»Scheiße«, entfuhr es ihm. »Wir brauchen einen Hacker!«

»Wir haben doch Fachleute«, warf Maren ein.

»Ja, haben wir. Wenn wir denen dieses Ding geben, bekommen wir vielleicht in der übernächsten Woche einen schriftlichen Bericht, den keiner versteht. Dieses Teil sehen wir nicht wieder. Ich will das noch an diesem Wochenende geknackt haben!«

Es klang beinahe wie eine Anordnung.

Malte wirkte nachdenklich. Er rieb sich mit Daumen und Zeigefinger das Kinn und sagte plötzlich:

»Bernd kann das.«

»Bernd? Ja, wo ist Bernd eigentlich?«

»Der hat heute frei«, erwiderte Maren.

»Wieso hat der ständig frei?«

»Der hat nicht ständig frei, sondern heute und morgen«, entgegnete Maren, offensichtlich mehr wissend als Frank.

»Ob er …«, versuchte Frank zu fragen und wurde von Maren unterbrochen.

»Ich frage ihn. Er ist auf jeden Fall zu Hause«, sagte sie, und Frank wunderte sich, woher Maren das alles wusste.

Der Besprechungsraum leerte sich schnell, als Frank den Rechner wieder ausgeschaltet und zusammengepackt hatte. Mit Maren und Malte ging er wieder in sein Büro, wo er die Tasche samt Inhalt in einen Schrank einschloss, zu dem nur er den Schlüssel hatte. Es war mittlerweile recht spät geworden, und nachdem sie noch ein wenig darüber spekuliert hatten, was auf dem Rechner gespeichert sein und wie das Passwort lauten konnte – dabei kamen die kuriosesten Sachen heraus, über die sie herzlich lachen mussten – gingen sie in den wohlverdienten Feierabend. Alle drei hatten das Gefühl, dass sie auf einem wichtigen – und vor allem richtigen – Weg waren.

Am späten Donnerstagabend bekam Frank noch einen Anruf von Maren. Sie hatte mit Bernd gesprochen und teilte Frank jetzt mit, was geschehen war. Bernds Mutter war am Mittwoch ins Krankenhaus gekommen. Donnerstagnachmittag war sie gestorben. Das hatte Bernd Maren eben erzählt. Bernd hatte aber einen gefassten Eindruck gemacht und sich bereit erklärt, sich am Samstag dem Laptop zu widmen. Man verabredete sich für Samstagvormittag elf Uhr in Franks Büro.

Freitag 12. April 2002

Es war Freitagmorgen halb acht. Steffie lag im Bett und starrte an die Decke. Heute war ihr großer Tag. Robert und sie würden sich wieder treffen und zusammen die tollsten Fotos machen, vielleicht auch wieder Videos. Er hatte es ihr jedenfalls versprochen. Steffie erschrak. Sie drehte sich auf den Bauch und steckte sich den Daumen in den Mund. Das tat sie immer, wenn sie sich erschreckte – natürlich nur, wenn sie allein war. Vielleicht war Robert ja jetzt sauer auf sie – wegen Alex!

Sie sprang vom Bett, trat zornig mit dem Fuß auf und tat sich dabei weh. Sie fluchte und hüpfte auf einem Bein auf der Stelle, bis der Schmerz nachließ. Ihre Eltern waren beide nicht mehr da. Ihre Mutter war kurz nach sieben, als Steffie noch schlief, in ihr Zimmer gestürmt gekommen, hatte die Jalousie hochgezogen und ihr Radio eingeschaltet und so laut gedreht, dass Steffie wach werden musste. Sie wurde geweckt durch Ronan Keating, den sie mochte – deshalb hatte der Zorn, der in ihr aufgestiegen war, keine echte Chance, sich zu entfalten. Wenig später, der Gesang von Ronan Keating war noch nicht verklungen, war sie alleine in der Wohnung gewesen und hatte beschlossen, heute nicht zur Schule zu gehen. Herr Kirchhoff würde zwar anrufen, hätte aber sowieso keine Chance, ihre Eltern zu erreichen. Sie hatte wegen solcher Sachen noch nie Schwierigkeiten bekommen. Auf dem letzten Zeugnis standen zwar 73 unentschuldigte Fehlstunden, aber ihre Eltern hatten das Zeugnis wohl gar nicht angesehen, denn es lag länger als eine Woche auf ihrem Schreibtisch, ohne dass es unterschrieben worden wäre. Zuletzt hatte sie einen ganzen Abend darauf verwendet, die Unterschrift ihrer Mutter, die einfacher war als die ihres Vaters, zu üben und das Zeugnis selbst unterschrieben. Das war niemandem aufgefallen.

Ihr Blick fiel zufällig auf den großen Spiegel an der Tür ihres Schrankes. Langsam zog sie ihr Pyjama-Oberteil über den Kopf, dann streifte sie die Hose ab. Sie stellte sich vor den Spiegel, der sie jetzt in Lebensgröße zeigte, und betrachtete sich. Ein Lächeln huschte über ihr Gesicht, als sie mit den Händen die Linien ihres Körpers nachzeichnete. Sie hob die Arme über den Kopf, führte dort ihre Hände zusammen, stellte ihr rechtes Bein angewinkelt auf die Zehen und drehte sich auf dem rechten Fußballen nach links, ohne ihr Spiegelbild aus den Augen zu lassen. Dabei streckte sie den Oberkörper und war sehr zufrieden mit dem, was sie sah.

Ich bin schön, dachte sie, *mindestens die Schönste in der Klasse.* Sehr gut gelaunt und tänzelnd ging sie ins Badezimmer, um sich auf ihren großen Tag vorzubereiten.

*

Rainer Kirchhoff saß an seinem Schreibtisch. Es war fast zwölf Uhr. Er hatte gleich noch eine Freistunde und musste dann für eine Stunde Gesellschaftslehre in die 10A. Dann war Wochenende. Normalerweise war er froh, wenn die Woche so weit fortgeschritten war. Heute nicht. Er fühlte sich nicht wohl in seiner Haut. Nach dem Gespräch gestern mit Herrn Weingerber und seiner Tochter – Alexandra hatte nochmal mit ihren Worten bestätigt, was ihr Vater ihm schon erzählt hatte – war der Lehrer ins Grübeln geraten. Heute fehlte Steffie. Dabei hatte er sich vorgenommen, mit ihr zu reden. Der obligatorische Anruf-Versuch bei Wiberts hatte erwartungsgemäß keinen Erfolg, und so konnte er das Versprechen, das er Alex gegenüber abgegeben hatte, nämlich sich noch heute um die Sache zu kümmern, nicht einlösen. Das machte ihn äußerst unzufrieden, und deshalb konnte er sich nur wenig auf das Wochenende freuen.

Er drehte sich mit dem Stuhl nach links und schaute aus dem Fenster. Gerade tobte die 7A mit einer Sportlehrerin über den Schulhof. Am Ende der ausgelassenen Horde stolzierten zwei Mädchen, die keine Sportkleidung trugen, in einigen Metern Abstand hinterher und unterhielten sich. Das ist es, schoss es Herrn Kirchhoff durch den Kopf. Er sprang von seinem Stuhl, riss die Tür auf und rannte die Treppen hinunter Richtung Schulhof, um die beiden Mädchen abzufangen.

*

Steffie war bereits im Forum, wo sie sich für vierzehn Uhr mit Robert verabredet hatte. Ziellos streifte sie umher und ging von einem Schaufenster zum anderen. Bald stellte sie aber fest, dass sie sich eigentlich nicht wirklich etwas ansehen wollte. Sie fuhr mit der Rolltreppe nach oben. Stolz bemerkte sie, dass viele Leute sie anschauten, viele Männer blickten ihr sogar hinterher. Sie sah an sich herab, und als sie oben an der Rolltreppe angelangt war, betrachtete sie sich im Vorübergehen in einem Schaufenster. Sie trug das hellblaue bauchfreie Top, obwohl es – zugegebenermaßen – draußen etwas kalt war, und dazu einen sehr kurzen, leicht ausgestellten Rock in gleicher Farbe. Sie hatte sich heute Morgen gegen Strümpfe oder Strumpfhose entschieden, da sie sonst die blauen Sandaletten nicht hätte anziehen können – das hätte nicht gepasst! Sie gefiel sich ausgesprochen gut, und um das Ganze noch zu toppen, hatte sie sich an den Kosmetiksachen ihrer Mutter vergriffen und geschminkt. Ihre Augenlider waren schwarz und ihre Lippen dunkelrot, umgeben von einem dünnen schwarzen Rand.

Sie lief nach Schaulandt hinein und schaute sich ausgiebig unter den Neuerscheinungen bei den CDs um. Da waren ein paar ganz tolle Sachen dabei, die sie sich bald würde leisten können, denn Robert hatte ihr wieder fünfzig Euro versprochen. »Mindestens fünfzig«, hatte er gesagt. »Vielleicht werden es auch hundert, wenn du am Freitag besonders gut bist.«

Sie würde heute besonders gut sein, das hatte sie sich vorgenommen! Als sie aus der Tür des Ladens kam, sah sie einen freien Tisch im Eiscafé nebenan. Sie beschleunigte ihren Schritt und setzte sich, als sie den Tisch erreicht hatte. Sie schaute sich um, konnte Robert aber noch nicht entdecken. Der Kellner trat zu ihr.

»Bitte sehr?«

»Danke«, erwiderte Steffie. »Ich warte noch auf jemanden. Wir bestellen später.«

Fast hätte das blöde Grinsen, mit dem sich der Kellner wieder vom Tisch entfernte, Steffies Laune getrübt.

*

Sabrina und Trixi fühlten sich unwohl, obwohl sie Herrn Kirchhoff gegenübersaßen, den beide gut leiden konnten, weil er voll in Ordnung war. Aber was wollte er von ihnen? Er hatte sie aus der Sportstunde geholt und schien außer Atem gewesen zu sein. Auf dem Weg vom Schulhof in sein Büro hatte er nichts gesagt. Beide ahnten nicht, dass Rainer Kirchhoff keinen Plan hatte, wie er das Gespräch beginnen konnte. Als er die Mädchen vorhin gesehen hatte, war ihm eingefallen, dass diese beiden die besten Freundinnen von Steffie waren, wenn man überhaupt davon reden konnte, dass Steffie Wibert Freundinnen hatte. Er hatte sie geholt, ein Schälchen mit Keksen auf den Tisch gestellt und saß jetzt den beiden Kindern gegenüber, die ihn abwartend, aber auch unsicher, ansahen.

»Habt ihr nach dieser Stunde noch Unterricht?«, fragte er erst mal unverbindlich.

»Ja«, verzog Trixi das Gesicht. »Mathe! Und das direkt vorm Wochenende!«

»Naja«, lachte Herr Kirchhoff. »Dann fällt es ja vielleicht nicht so sehr schwer.« Er schaute die beiden Mädchen abwechselnd an. Dann fragte er mit großer Ernsthaftigkeit: »Habt ihr eine Ahnung, wo Steffie heute ist?«

Wie an Fäden geführt, schüttelten beide synchron den Kopf und sahen ihn aus großen Augen an. Er wartete eine Weile, ohne eine weitere Frage zu stellen. Es sollte sich lohnen.

»Heute ist Freitag«, sagte plötzlich Trixi zu Sabrina, die verstand und nickte.

»Ja, stimmt. Sie muss heute wieder arbeiten«, gab sie diese Information weiter, als ginge es um das Selbstverständlichste von der Welt.

»Sie muss arbeiten?«, wiederholte Herr Kirchhoff, der wirklich glaubte, nicht richtig verstanden zu haben.

»Ja! Steffie arbeitet doch als Model!«

Rainer Kirchhoff glaubte, ihm würde der Boden unter den Füßen wegrutschen. Er bemühte sich, die Fassung zu bewahren und das innere Zittern, das er spürte, nicht in seiner Stimme durchklingen zu lassen, was ihm verhältnismäßig gut gelang. Trotzdem schienen die beiden Mädchen zu spüren, dass etwas nicht stimmte.

»Als Model«, brachte er heraus, während sich Trixi und Sabrina verwundert anschauten und dann beide in seine Richtung nickten. Schließlich war es wieder Sabrina, die den Mund aufmachte.

»Sie macht Fotos und Videos!«

»Wo arbeitet sie denn?«, fragte er trocken nach.

»Wo, weiß ich nicht. Aber der Vater von der Alex Weingerber ist Profifotograf, und mit dem arbeitet sie«, erläuterte Trixi bereitwillig und mit großer Ernsthaftigkeit, während Sabrina heftig nickte.

»Seid ihr sicher?«, war die letzte Frage, zu der sich Rainer Kirchhoff in der Lage sah.

»Sicher. Klar doch«, antwortete Sabrina begeistert. »Sie hat uns die Bilder doch gezeigt!«

*

Robert kam auf sie zu. Sie versuchte, in seinem Gesicht zu erkennen, ob er wütend auf sie war oder nicht. Bei ihrem Vater konnte Steffie das immer sofort sehen. Er winkte ihr mit einer unauffälligen Handbewegung zu und sie winkte – etwas auffälliger – erleichtert zurück. Als er dann schließlich bei ihr angelangt war, lächelte er sie an und nickte anerkennend.

»Du hast dich aber fein gemacht!«

Er gab ihr einen Kuss auf beide Wangen. Steffie erschauderte, damit hatte sie nicht gerechnet. Sie spürte, wie sie rot wurde. Der Kellner stand eine Minute später an ihrem Tisch.

»Bitte sehr?«

»Wir haben zwar nicht viel Zeit, aber bringen Sie mir bitte einen Cappuccino.«

»Und für Ihre Tochter?«

Robert lachte laut auf. »Für meine Tochter eine Cola«, erwiderte er immer noch lachend.

Steffie wusste nicht, was sie davon halten und ob sie jetzt sauer sein sollte oder nicht. Sie entschloss sich, mit einem säuerlichen Lächeln darüber hinwegzugehen. Aber Roberts Reaktion hatte sie schon geärgert. Sie war seine Freundin, sein Model – aber nicht seine Tochter!

»Ich habe heute nicht so viel Zeit«, durchbrach Robert Lachner ihre Gedanken. »Anderthalb Stunden«, sagte er, und als die Getränke kamen, bezahlte er sofort.

»Hat Alex dir etwas erzählt?«, traute sich Steffie schließlich zu fragen.

»Alex?«, horchte er auf. »Was hätte sie erzählen sollen?«

»Ich habe mich letztens ziemlich schlimm mit ihr gestritten«, erzählte Steffie ihm kleinlaut. »Sie hat gesagt, du wärst kein Fotograf, sondern Architekt!«

Lachner fuhr zusammen. Hatte die kleine Schlampe etwa geplaudert? Er versuchte, sich den Schreck nicht anmerken zu lassen und lächelte verstehend. »Ach, die Alex! Sprich mit ihr nicht über mich!«

Bei diesen Worten sah er Steffie so an, dass sie fast ihren Daumen in den Mund gesteckt hätte – aber sie war ja nicht alleine.

*

Ina saß an ihrem Schreibtisch im Jugendamt. Ihre Tasche lag auf ihrem Schoß und auch ihre Jacke hatte sie schon an. Sie war auf dem Weg hinaus gewesen, denn für sie war jetzt Feierabend, und dann hatte das Telefon geschellt. Nach längerem Zögern hatte sie sich entschlossen, den Hörer doch noch abzuheben. Es war Herr Kirchhoff. Irgendetwas hatte sich bei Ina an der Einschätzung dieses Lehrers geändert. Offensichtlich besaß er einen sechsten Sinn, was seine Schülerinnen und Schüler betraf. Die Geschichte, die er ihr erzählte, war haarsträubend. An Herrn Kirchhoffs Schule erzählte eine Dreizehnjährige, sie sei Model und der Vater einer Schülerin aus der Parallelklasse machte mit ihr Fotos und Videos. Nur wusste dieser Vater davon nichts – so sagte er jedenfalls. Sie hatte zwei Freundinnen erzählt, sie würde fünfzig Euro für ihre »Arbeit« bekommen. Das stank zum Himmel! Es handelte sich bei diesem Mädchen um genau die Stephanie Wibert, wegen der sich Ina und Herr Kirchhoff Anfang der Woche noch fast in die Haare gekriegt hatten. Sie hatte seine Sorgen nicht wirklich ernst genommen und gedacht, er höre die Flöhe husten.

Sie betrachtete die Notizen, die sie sich während des Telefonats gemacht hatte. Da läuft doch irgendeine Sauerei, dachte sie und beschloss, sich am Montag zuerst darum zu kümmern. Sie stand auf, steckte vorsichtshalber den Zettel ein und verließ ihr Büro sehr nachdenklich.

*

Steffie saß mit Robert in der Küche.

»Bist du fertig?«, fragte er, denn sie hatte gerade den letzten Schluck aus ihrem Colaglas getrunken. Steffie stellte das Glas ab und sah ihn an.

»Sag mal, du hast doch letzte Woche gesagt, heute könnte ich hundert Euro verdienen.«

»Jaaa«, schien Lachner sich zu winden. »Aber ich glaube, das ist doch zu schwierig für dich. Lass uns ein paar Fotos machen, und dann ist gut.«

»Wieso zu schwierig?«, ließ sie nicht locker. »Ich bin doch gut, oder nicht?«

»Klar, bist du gut«, nickte er und fügte fast beiläufig hinzu: »Aber das ist eher was für Profis.«

«Aber wir sind Profis«, bettelte sie und posierte vor ihm.

Er musste aufpassen, dass sein Grinsen, das er innerlich schon spürte, nicht nach außen drang.

»Wie du willst«, gab er scheinbar klein bei, nachdem er ihr eine Weile zugeschaut hatte. »Das heißt aber Schwerstarbeit, Kleine, und – keine Zicken!«

*

Es war kurz nach vier, als Ingo Wibert nach Hause kam. Wie üblich rief er, als er die Wohnung betrat: »Jemand zu Hause?«, und wie üblich bekam er keine Antwort. Er hängte seine Jacke auf, nahm das Handy heraus, griff seinen Koffer und ging schnurstracks in sein Arbeitszimmer. Dort angekommen schaltete er den Computer ein und nahm zwei CDs aus seinem Aktenkoffer. Er setzte sich hin, holte seine Brille aus dem Etui und wandte seine Aufmerksamkeit dem Bildschirm zu, auf dem jetzt – nach der Anmeldung und einigen Mausklicks – eine Tabelle mit unendlich vielen Zahlen erschien.

Das Telefon schellte. Unwillig schaute er es an. Als es nicht freiwillig verstummen wollte, hob er seufzend ab.

»Wibert!«, donnerte er in die Sprechmuschel, um wenig später süffisant hinzuzufügen: »Sie sind es? Jetzt ist Freitagnachmittag. Sie haben Wochenende.« Er grinste über das ganze Gesicht. Dann wurde er plötzlich ernst. »Sie war nicht in der Schule?« Der Rest des Telefonats gestaltete sich recht einsilbig. »Das ist Sache meiner Frau. Ich habe da nicht den Überblick. Wir haben … Weiß ich gar nicht. Warten Sie!« Er hielt die Sprechmuschel zu und wandte sich Richtung Tür. »Steffie! Steffie! Nein, sie ist nicht da. Weiß ich nicht. … Hören Sie, ich arbeite hart! … Machen Sie das mit meiner Frau aus! … Nein, ich kann Montag nicht in die Schule kommen! …. Wie gesagt, meine Frau …«

Dann war eine Weile Schweigen. Herr Wibert hörte aufmerksam zu und seine Gesichtsfarbe veränderte sich zusehends, bis es ein Krebsrot mit leichter Tendenz ins Blau war. Schließlich brüllte er in den Hörer:

»Sagen Sie, verstehen Sie kein Deutsch? Außerdem ist meine Tochter alt genug! Wenn sie was anstellt, muss sie es ausbaden! Das ist bei mir nicht anders! Und jetzt lassen Sie mich in Ruhe! Ich habe zu arbeiten! Schönes Wochenende!«

Er knallte den Hörer auf das Gerät. *Lehrer*, dachte er, erhob sich von seinem Platz und ging in die Küche. Er brauchte jetzt einen Nervenstreichler. Aus dem Küchenschrank nahm er ein Glas, aus dem Kühlschrank die Flasche Doornkaat, und goss sich ein.

*

Um Viertel nach vier lief Steffie wieder durch das Forum. Sie schüttelte sich, und ab und zu blieb sie stehen, um tief Luft zu holen. Sie hatte Schmerzen und presste die Hand gegen den Unterleib. Sie setzte sich auf einen Stuhl in dem Eiscafé, von dem aus sie vorhin mit dem Mann fortgegangen war. Der Kellner kam.

»Wartest du wieder auf jemanden oder willst du bestellen?«

Diesmal lächelte er sie freundlich an. Am liebsten hätte sie ihm etwas gesagt, aber sie konnte jetzt nicht reden. Sie hatte einen voll ekligen Geschmack im Mund. Deshalb bestellte sie sich eine Cola, schaute den Kellner aber dabei nicht an. Der zog sich zögernd zurück und schüttelte den Kopf. *Naja*, dachte sie und schaute sich mit leerem Blick um, *jedenfalls weiß ich jetzt, wie Profis arbeiten.* Plötzlich kam der Schmerz wieder und sie presste beide Hände gegen ihren Unterleib. Sie atmete tief durch und sah, dass der Kellner mit der Cola kam. Er stellte sie ab, und Steffie öffnete eine ihrer zur Faust geballten Hände. Es entfalteten sich zwei Fünfzig-Euro-Scheine.

»Dir geht's nicht gut, oder?«, sprach er Steffie an, die an ihm vorbei schaute. »Lass stecken, das geht auf's Haus!«, sagte er und ging.

Als Steffie fünfzehn Minuten später nach Hause kam, ging sie sofort in ihr Zimmer und legte sich aufs Bett. Mit einem Arm verdeckte sie ihre Augen, die Hand des anderen Arms presste sie gegen ihren Bauch. Fast wäre sie eingeschlafen, aber ihr Vater stand plötzlich in der Tür ihres Zimmers.

»Hallo!«, sagte er.

»Hallo!«, sagte sie.

»Du warst heute nicht in der Schule.« Das war keine Frage.

»Mir ist nicht gut«, sagte sie. »Mir ist nicht gut!«, schrie sie.

Ingo Wibert drehte sich um, und auf dem Rückweg zu seinem Arbeitszimmer dachte er: *Wusste ich's doch*!

*

Für Frank war der Freitag recht ereignislos gewesen. Er hatte sich mit den »alten« Fällen beschäftigt, die während der letzten anderthalb Wochen Bernds, Gabys und Lisas Arbeitsfeld gewesen waren. Er war mit ihren Leistungen sehr zufrieden. Im Laufe der Zeit hatten sich zwei neue Verbrechen ereignet, an denen die Drei zurzeit arbeiteten: ein Raubüberfall im Umfeld einer großen Diskothek auf der Sandstraße und eine Messerstecherei in einem kleinen Parkgelände zwischen Aktien- und Eppinghofer Straße. In Sachen Hülst/Klettner war mittlerweile eine nervöse Spannung im Team fast mit Händen zu greifen. Alle warteten sehnsüchtig auf den morgigen Samstag, wenn sie, hoffentlich mit Bernds Hilfe, Zugang zu Jörg Klettners Laptop bekamen.

Frank wusste nicht genau, warum. Aber er war – wie Maren, Malte und Reinhard – sicher, dass sie morgen den Durchbruch in der Frage schaffen würden, was der Hintergrund für die beiden Morde war. Sabines Untersuchungen hatten ergeben, dass es sich bei den Fingerabdrücken ausschließlich um die von Jörg Klettner handelte. Die anderen Spuren waren weniger aufschlussreich – es waren Essensreste.

Es war kurz vor sechs und er betrat seine Wohnung, wobei er verlockende Düfte aus der Küche wahrnahm. Allerdings sang oder pfiff Ina nicht wie gewöhnlich, wenn sie in der Küche war. Er ging zu ihr und begrüßte sie. Heute hatte sie eine schlichtere Variante zum Abendessen gewählt: Es gab Pfannkuchen mit Schinken und Käse.

»Wir können gleich essen«, informierte sie ihn.

Nach einer knappen Viertelstunde saß er Ina beim Essen gegenüber. Beiden schmeckten die Pfannkuchen und sie genossen sie schweigend. Ina machte auf ihn einen äußerst nachdenklichen und in sich gekehrten Eindruck. Nach dem dritten Pfannkuchen legte er Messer und Gabel auf den Teller und schob ihn von sich. Da Ina fast zeitgleich das Gleiche tat, steckte er sich eine Zigarette an.

»Was ist los?«

Ina griff ebenfalls zur Zigarettenschachtel.

»Mach die Küche klar! Ich geh schon mal rüber und öffne eine Flasche Wein. Ich möchte dir das in Ruhe erzählen.«

Er nickte und stand auf. Fünf Minuten später kam er ins Wohnzimmer, wo Ina bereits auf dem Sofa saß und ihn erwartete. Zwei Weingläser standen auf dem Sofatischchen.

»Erinnerst du dich an diesen Lehrer, der mich neulich so geärgert hat?«

»Wie sollte ich nicht?«

»Er hat mich heute angerufen.«

»Und?«

»Ich glaube, ich habe ihm Unrecht getan.«

»Inwiefern?«

Ina berichtete Frank sehr ausführlich, was Rainer Kirchhoff ihr erzählte hatte.

»Ich glaube, dass er recht hat und dass da irgendeine ziemliche Sauerei läuft. Er ist überzeugt davon, dass dieser Herr Weingerber nichts dergleichen getan hat, meint aber, dass sich jemand anders hinter dem Namen versteckt und irgendwelche krummen Sachen abzieht. Dass sich Steffie das nur zusammenfantasiert, glaubt er nicht. Schließlich haben ihre beiden Freundinnen die Fotos gesehen. Niemand zahlt fünfzig Euro für drei Fotos! Da muss mehr gelaufen sein.«

Frank schwieg eine Weile, während es in seinem Kopf arbeitete. Er fand es zuerst einmal sehr gut zu merken, dass Ina offensichtlich diesmal kein Problem damit hatte, ihr Unrecht einzugestehen. Er fand auch ihre Gedanken nur konsequent.

»Was willst du tun?«, fragte er.

»Das ist gar nicht so einfach. Wir müssen das Mädchen zu greifen kriegen. Sie war heute nicht in der Schule, und wie Herr Kirchhoff sagte, sind die Eltern so gut wie nie zu erreichen.« Nach kurzem Zögern fügte sie hinzu: »Notfalls muss ich am Montag da mal einen Hausbesuch machen.«

Frank nickte, und im Stillen merkte er, dass Ina oft recht hatte mit ihrem Gefühl der Ohnmacht, das sich in solchen

Fällen nahezu zwangsläufig einschlich. Was sollten sie anderes tun? Als hätte sie seine Gedanken hören können, sagte Ina plötzlich: »Vielleicht gehe ich morgen mal bei Wiberts zu Hause vorbei. Auf eigene Faust!«

»Was versprichst du dir davon?«

Ina zuckte mit den Schultern.

»Wenn ich jemanden erwische, kann ich mit ihm oder ihr reden!«

Samstag 13. April 2002

Als Frank am Samstagmorgen kurz nach acht wach wurde, war Inas Betthälfte schon leer. Er stand auf und ging in die Küche, wo sie bereits mit der Zeitung am gedeckten Frühstückstisch saß.

»Du scheinst dein Vorhaben in die Tat umsetzen zu wollen.«

Er setzte sich zu ihr.

»Ja, ich glaube schon. Es scheint mir auch am sinnvollsten zu sein, so früh wie möglich hinzugehen. Dann habe ich vielleicht eine Chance.« Ina legte die Zeitung beiseite. Sie griff zu einem Brötchen. »Ich will gegen neun da sein. Das ist für einen Samstag nicht zu früh, aber wohl auch nicht zu spät.«

Frank nickte.

»Ich bin im Präsidium. Wir wollen versuchen, auf Klettners Laptop Zugriff zu kriegen. Wie lange das dauert, weiß ich nicht.« Er zögerte kurz. »Du kannst mich ja mal anrufen, wenn du Näheres weißt!«

Ina schaute ihn längere Zeit schweigend an. Dann lächelte sie.

»Das werde ich tun!«

Sie stand auf und küsste ihn. Anschließend hörte er, wie sie im Flur ihre Jacke anzog und die Schlüssel einsteckte. Sie kam noch einmal zurück und wünschte ihm viel Glück.

»Dir auch! Hoffentlich erreichst du was!«

Eine Minute später war er allein. Er räumte den Tisch ab und widmete sich der Zeitung.

*

Ina parkte ihren Twingo unmittelbar vor der Haustür. Sie schaute auf ihre Uhr. Es war fünf vor neun. Sie nahm vom Rücksitz ihre Tasche, in der auch das Pfefferspray war, und stieg aus. Ohne dieses Spray machte sie derartige Besuche nicht mehr, nachdem vor etwa anderthalb Jahren der Vater einer ihrer Jugendlichen ihr einmal versucht hatte, an die Wäsche zu gehen. Sie schloss den Wagen ab und ging auf die Haustür zu. Plötzlich öffnete sich diese und ein etwa zehnjähriger Junge kam mit einem Cockerspaniel an der Leine herausgestürmt – oder hatte der Hund den Jungen an der Leine? Lächelnd schaute sie den beiden hinterher und wandte sich dann der Haustür und den Klingeln zu. Sechs Familien schienen in dem Haus zu wohnen, denn sechs Klingelknöpfe waren auszumachen, allerdings waren nur drei von ihnen mit einem Namensschild versehen. Den Namen »Wibert« las Ina in der Mitte der rechten Leiste. Sie drückte etwa zwei Sekunden mit dem Zeigefinger auf den Knopf und lehnte sich leicht gegen die Tür. Eine Gegensprechanlage war nicht zu sehen. Sie wartete relativ lange und wollte sich gerade abwenden, als schließlich doch der Türöffner betätigt wurde.

Ina trat in einen Hausflur, der recht ordentlich wirkte. Hinter der Eingangstür ging rechts eine Treppe in den Keller hinab. Links befanden sich Briefkästen, unter denen ein Kinderwagen, ein Buggy, geparkt war. Sowohl in den Keller als auch nach oben führten saubere Steintreppen. Wahrscheinlich wurde hier jeden Freitag geputzt, wie es die Hausordnung vorsah.

»Wer ist da?«, erscholl eine energische, weibliche Stimme.

Ina hatte mittlerweile die erste Treppe bewältigt und stand der Ruferin jetzt gegenüber. Eine etwa vierzigjährige Frau mit schwarzen Haaren und verhärtetem Gesichtsausdruck versperrte ihr den Weg. Ina musste nach oben schauen, denn die Frau stand drei Stufen über ihr. Ihr roter Morgenmantel war sauber, was aber nicht über die provozierende Unfreundlichkeit in ihrem Blick hinwegtäuschen konnte.

»Guten Morgen«, begann Ina mit ausgesuchter Höflichkeit. »Mein Name ist Ina Gehnen. Ich arbeite beim Jugendamt. Könnten wir uns vielleicht kurz unterhalten?«

»Jugendamt? Jetzt? Was ist los?«, erwiderte die Frau, eher verblüfft als unfreundlich, und als Ina nicht antwortete, schob sie hinterher: »Mein Mann und ich sind gerade aufgestanden!«

»Ist Ihre Tochter auch da?«

»Steffie? Natürlich. Sie liegt noch im Bett.«

Frau Wibert war jetzt gänzlich verunsichert.

»Frau Wibert, wir müssen uns unterhalten. Jede Stunde, die wir warten, könnte verschwendete Zeit sein! Aber lassen Sie uns das bitte nicht im Hausflur tun!«

Ina hielt gespannt die Luft an.

»Na gut! Aber erwarten Sie bitte nicht die auf Hochglanz polierte Wohnung.«

Frau Wibert gab den Treppenabsatz frei und wies Ina mit einer einladenden Handbewegung den Weg in die Wohnung. Die Wohnung war nicht aufgeräumt, aber es war auf keinen Fall schmutzig oder gar chaotisch. So sah es wohl an einem Samstagmorgen in neunzig Prozent aller bundesdeutschen Wohnungen aus. Frau Wibert geleitete Ina in die Küche, in der ein relativ großer runder Tisch zum Frühstück gedeckt war – für zwei Personen. Ina nahm das zur Kenntnis und wunderte sich, aber sie sagte nichts. An dem Tisch standen vier gleiche wunderschöne Binsenstühle. Bei ihnen handelte es sich wohl um sehr gut erhaltene Antiquitäten. Das Eichenholz der Füße und Rückenlehnen war sehr dunkel.

»Möchten Sie eine Tasse Kaffee?«, fragte Frau Wibert freundlich und wies Ina einen Stuhl zu.

»Gerne!«

Während sie Ina eine Tasse duftenden Kaffees vorsetzte, sprach Frau Wibert sie an: »Sie müssen entschuldigen, aber wir sind um diese Zeit natürlich nicht auf Gäste eingestellt.« Ihre Stimme wurde wieder laut und schneidend. »Wieso rückt uns an einem Samstagmorgen das Jugendamt auf die Pelle?«

Die ursprüngliche Unfreundlichkeit hatte wieder Besitz von ihr ergriffen. In diesem Augenblick betrat ein etwa mit der

Frau gleichaltriger Mann in dunkelblauem Anzug die Küche. Er stutzte und konnte sein Erstaunen nicht verbergen. Ina stand auf, reichte ihm die Hand, die er mechanisch ergriff, und stellte sich vor.

»Da hat uns jemand das Jugendamt auf den Hals gehetzt«, keifte Frau Wibert.

Der Mann blieb an der Stelle stehen, von der aus er Ina wahrgenommen hatte. Sein Gesichtsausdruck wechselte schlagartig.

»Dieser Lehrer, stimmt's? Jede Wette, dass dieser Kirchhoff Sie aufgehetzt hat.«

Seine Stimme war beißend und seine Mimik hasserfüllt. Trotzdem setzte er sich auf seinen Frühstücksplatz. Er entfaltete eine Serviette und legte sie sich auf die Oberschenkel. Dabei ließ er Ina nicht aus den Augen.

»Frau und Herr Wibert«, versuchte sie, die Atmosphäre wieder in die Richtung zu lenken, wie sie vor dem Erscheinen des Mannes war. Inas Stimme war ruhig und freundlich. »Wir sollten uns in Ruhe unterhalten. Ich bin nicht offiziell hier, sondern weil sich eine Menge Leute Sorgen wegen Ihrer Tochter machen.«

Frau Wibert und ihr Mann tauschten einen kurzen Blick und schauten dann – wie ferngesteuert – Ina an.

»Glauben Sie, wir können unsere Tochter nicht erziehen?«, fragte Herr Wibert mit zusammengekniffenen Augen.

Seine Frau schenkte ihm einen Kaffee ein.

»Das hat niemand behauptet. Es kommt in den besten Familien vor, dass Kinder in dem Alter Sachen tun, von denen die Eltern nichts wissen. Das gehört zum Erwachsenwerden.«

»Und was sollen das für Sachen sein?«, erkundigte sich Steffies Vater, der jetzt in den Brötchenkorb langte und mit einem Brotmesser sein Brötchen aufschnitt. Er wirkte immer noch abweisend. »Sie kommen doch nicht am Samstagmorgen hierher, um uns zu sagen, dass unser Kind erwachsen wird.«

Ina nickte ihm zu.

»Da haben Sie sicher recht! Wenn das stimmt, was ich glaube, dann steckt Ihre Tochter in sehr großen Schwierigkeiten!«

Plötzlich war die – gespielte? – Gleichgültigkeit der Eltern wie weggeblasen. Das Paar sah sich erschreckt an, und diesmal war es Frau Wibert, die am schnellsten die Worte wiederfand.

»Was sagen Sie da? Welche Schwierigkeiten?«

Ina holte tief Luft und begann zu erzählen.

*

Frank saß mit Maren, Reinhard und Bernd in seinem Büro. Auf dem Tisch bei den Besucherstühlen stand der Laptop und man hatte Bernd soeben erklärt, was das Problem war. Bernd schien – trotz der Tragödie, die sich in seiner Familie ereignet hatte – sehr konzentriert. Er hatte ihnen erzählt, dass der Tod seiner Mutter zwar plötzlich, letztlich aber nicht überraschend eingetreten war. Sein Vater war schon vor fast zehn Jahren gestorben. Zusammen mit seiner Schwester hatte Bernd sich im Verlauf der letzten zwei Jahre intensiv um seine Mutter gekümmert, denn sie war an Lymphdrüsenkrebs erkrankt und hatte kontinuierlich abgebaut. Gerade in den letzten Monaten ging es ihr aber verhältnismäßig gut.

Bernd hatte die Schilderungen Franks, die das Problem mit dem Laptop betrafen, lächelnd aufgenommen.

»Ich glaube nicht, dass es damit getan ist«, sagte er. »Das Kennwort ist kein Problem. Aber wenn Klettner wirklich etwas verstecken wollte, dann hat er hinter dem normalen Anmeldekennwort noch ein paar Hindernisse aufgebaut.«

Das war natürlich nicht das, was sich Frank und die anderen zu hören gewünscht hatten. Trotzdem machte Frank sich Mut.

»Na gut, dann werden wir halt einen Hürdenlauf machen. Hauptsache wir kommen ans Ziel.«

Bernd griff in seine Jackentasche und förderte eine Diskette zutage, die er vorausschauend mitgebracht hatte. Er schob sie in das Laufwerk und startete den Rechner. Nach ein paar schnellen Tastaturanschlägen und der Eingabe einiger Befehle startete der Computer neu. Die drei staunten, als sie sahen, dass der Rechner jetzt hochfuhr, ohne ein Kennwort zu verlangen. Bernd lachte seine Kollegen an, entnahm dem Laufwerk die Diskette und hielt sie triumphierend hoch.

»Ein Dietrich für Rechner«, erklärte er und fügte einschränkend hinzu: »Weiter komme ich damit aber nicht, falls da noch was sein sollte.«

Die nächsten Schritte waren Routine. Nach kurzer Zeit sah man auf dem Bildschirm die Auflistung der Ordner und Dateien, die auf Laufwerk C zu finden waren. Es stellte sich heraus, dass der Laptop eine verhältnismäßig große Festplatte von vierzig Gigabyte hatte, diese aber in zwei Partitionen geteilt war. Die zweite Partition war nicht zu öffnen, und damit hatte Bernd mit seiner Vermutung Recht behalten.

»Das dauert jetzt ein Weilchen. Wenn ihr wollt, könnt ihr nach Hause fahren oder sonst was tun. Hauptsache, ihr lasst mich hier in Frieden arbeiten. Es wird etwas dauern.«

*

Schon während Ina erzählt hatte, merkte sie, wie die unnahbare Fassade der Eltern Wibert langsam aber stetig in sich zusammenbrach. Beide hatten sich oft zwischendurch angeschaut, aber nun, da Ina ihren Bericht mit der Bemerkung abgeschlossen hatte, dass sie glaube, dass Steffie in eine recht schlimme Sache verwickelt sein könnte, waren beide Eltern kreidebleich. Herr Wibert hatte sein Brötchen auf den Teller gelegt und es in den letzten fünf Minuten nicht mehr angerührt. Sein Gesicht war aschgrau, und er starrte seine Frau entgeistert an.

»Hol sie«, sagte er leise, aber Ina spürte, wie er sich zügeln musste.

»Aber sie schläft sicher noch …«, versuchte Frau Wibert einzuwenden.

»Hol sie!«, wiederholte ihr Mann und hatte deutlich die Stimme angehoben, ohne laut zu werden.

Frau Wibert stand auf und verließ die Küche.

»Was glauben Sie, warum sie das tut?«

Ina zögerte kurz, entschloss sich aber dann zu sagen, was sie wirklich glaubte.

»Ich kann das natürlich nur vermuten. Aber ich denke, dass sich Steffie – wie jedes Mädchen in dem Alter – nach Aufmerksamkeit sehnt. Sie sind selten zu Hause, und sie ist – gerade jetzt – darauf angewiesen, sich die Aufmerksamkeit und Zuwendung außerhalb der Familie zu holen. In diesem Zusammenhang ist sie – befürchte ich – an jemanden geraten, der sie ausnutzt, vielleicht sogar missbraucht!«

»Mein Gott!«, entfuhr es Herrn Wibert und er schlug die Hände vors Gesicht.

Ina schwieg. Es dauerte eine Weile, bis Herr Wibert die Hände wieder herunternahm. Ina legte ihm eine Hand auf den Unterarm. In diesem Augenblick kam Frau Wibert zurück, allerdings ohne Steffie. Ihr Mann blickte ihr fragend entgegen.

»Sie wäscht sich noch schnell«, gab sie zu verstehen und setzte sich wieder hin.

Herr Wibert griff jetzt wieder zu seinem Brötchen, biss noch einmal ab, legte es dann kopfschüttelnd zurück und schob den Frühstücksteller von sich. Frau Wibert schenkte Kaffee nach. In diesem Augenblick kam Steffie in die Küche. Ina sah ein hübsches Mädchen den Raum betreten, das ihr – noch etwas verschlafen wirkend – freundlich zur Begrüßung zunickte, seiner Mutter einen flüchtigen Kuss auf die Stirn gab, den Vater aber gänzlich zu ignorieren schien. Steffie war für ihre dreizehn Jahre wirklich weit entwickelt. Sie war etwa einssechzig groß. Einzig ihr Gesicht, das von dunkelblonden, halblangen und leicht gelockten Haaren umrahmt wurde, wies noch Elemente von Kindlichkeit auf. *Ihr Körper könnte auch der einer Sechzehnjährigen sein*, dachte Ina.

Steffie ging am Frühstückstisch vorbei und nahm sich ein Glas aus dem Küchenschrank, das sie am Tisch, nachdem sie sich auf den einzigen noch freien Stuhl gesetzt hatte, mit Orangensaft füllte. Herr Wibert hatte sich wieder gefangen und sprach seine Tochter an.

»Steffie, wir würden gerne wissen, wo du gestern warst.«

Seine Stimme klang bemüht freundlich, gab aber nichts von dem Ärger und der Verzweiflung preis, die Ina vorher – in Steffies Abwesenheit – gemeint hatte, bei Herrn Wibert zu spüren.

»Das habe ich dir doch gestern schon gesagt«, erwiderte Steffie, und Ina lächelte in sich hinein, denn auch Steffies Stimme war die eines Kindes – eines etwas zickigen Kindes.

»Du hast mir gesagt, dir sei nicht gut gewesen. Ich habe auch nicht gefragt, warum du nicht in der Schule warst, sondern wo du gewesen bist!«

Ina hielt sich bewusst zurück, obwohl sie feststellte, dass Steffie immer wieder unsicher zu ihr hin sah. Das Mädchen trank von dem Saft und schien Zeit gewinnen zu wollen. Irgendwie spürte sie, dass etwas in der Luft lag.

»Ich war bei Weingerbers«, sagte sie schließlich und schwenkte dabei das Glas.

Herr Wibert blickte Ina an.

»Bei Weingerbers?«

»Ich war bei Robert.«

Steffie schaute auf das leere Glas in ihrer Hand.

»Gut«, mischte sich jetzt Frau Wibert ein, die die ganze Zeit gespannt gelauscht hatte. »Wer ist Robert?«

»Das ist der Vater von Alex«, entgegnete Steffie, wobei sie ihre Mutter verwundert ansah.

»Nein! Alex' Vater heißt nicht Robert, sondern Andreas.« Sie wartete nicht ab, was ihre Tochter erwidern würde. »Andreas Weingerber ist auch kein Fotograf, sondern Architekt! Bei wem bist du also gewesen?«

Jetzt änderte sich Steffies Gesichtsausdruck gewaltig. Eine Weile schwankte sie wohl zwischen Trotz und Entsetzen. Schließlich sagte sie mit weinerlicher Stimme: »Er hat aber gesagt, dass er der Vater von Alex ist …«

Etwa anderthalb Stunden später, gegen halb zwölf, verließ Ina eine Familie, die an diesem Samstagvormittag einen schweren Schlag erlitten hatte. Auch ihr war der Schreck gewaltig in die Glieder gefahren, denn ihre schlimmsten Befürchtungen hatten sich bestätigt.

*

Ina hatte vom Wagen aus versucht, Frank über ihr Handy in seinem Büro zu erreichen. Sie erwischte aber nur Bernd, der ihr mitteilte, dass Frank nach Hause gefahren war. Sie schloss die Tür auf, schlug sie hinter sich zu und stürmte in die Küche, wo sie Frank vermutete und auch antraf. Frank blickte von der Zeitung auf, in deren Lektüre er vertieft gewesen war. Ina warf ihre Jacke über einen Stuhl und setzte sich.

»Ich habe alle drei erwischt! Steffie hat sich tatsächlich mit einem Mann getroffen, der mit ihr Fotos und Videos gemacht und sich für Herrn Weingerber ausgegeben hat.«

»Was?«, reagierte Frank entsetzt. »Was für Fotos?«

»Anfangs waren sie wohl harmlos. Dann hat er aber Bilder und Videos von ihr im Schlafzimmer gemacht, als sie unbekleidet war. Gestern ist es auch zum Missbrauch gekommen.«

Frank starrte Ina mit offenem Mund an. Was ging nur in den Köpfen von solchen Kindern vor? Ina sprach weiter, als könnte sie Franks Gedanken lesen: »Dieser Typ hat sich Steffies Vertrauen erschlichen, indem er sich als der Vater einer Freundin ausgab. Offensichtlich hat er behauptet, Profifotograf zu sein, hat ihr jedes Mal fünfzig Euro gegeben und ihr so vorgegaukelt, sie verdiene sich als Model – was ihr Traumberuf ist – das Geld.«

»Was ist mit der Polizei?« Frank war fassungslos.

»Steffie und die Eltern sind jetzt erstmal fertig mit den Nerven. Steffie hat erst zum Schluss unseres Gesprächs verstanden, was da abgelaufen ist. Die Wiberts werden am Montag mit ihrer Tochter zur Polizei gehen und Anzeige erstatten. Das ist klar. Wenn es Schwierigkeiten gibt, werden sie sich bei mir melden.«

Frank nickte. Er konnte nachvollziehen, dass Familie Wibert erstmal die Fassung wiedergewinnen musste. Ina stand auf und ging in den Flur, um ihre Jacke aufzuhängen und ihre Schuhe auszuziehen. Plötzlich klingelte das Telefon. Sie nahm ab und meldete sich. Frank hörte, wie sie nach einem kurzen »Okay« wieder auflegte.

»Bernd sagt, du sollst sofort kommen. Er hat es geschafft.«

Frank sprang auf und war in Sekundenschnelle aus der Wohnung. Als er die Treppe hinunterlief, hörte er Ina von oben rufen. Er hatte die Wagenschlüssel vergessen. Ina warf sie ihm zu. Danach war er auf und davon.

*

Frank kam in sein Büro gestürmt, wo Bernd und Maren auf ihn warteten.

»Was ist los?«, fragte er außer Atem.

»Sieh es dir an«, entgegnete Bernd und wies auf den Laptop, der neben ihm stand. Auf dem Bildschirm sah Frank zwei Ordnersymbole: »Bilder« und »Videos«. Er schaute Bernd fragend an.

»Ich habe nicht weiter gemacht«, erläuterte Bernd und hob abwehrend die Hände. Weiter erklärte er: »Es war nicht so kompliziert, wie ich anfangs geglaubt habe. Das ist der Inhalt der zweiten Partition. Zehn Gigabyte Bilder und Videos.«

Frank holte sich den Stuhl von seinem Schreibtisch und setzte sich unmittelbar vor den Rechner. Mit der rechten Hand griff er zur Maus und machte einen Doppelklick auf das Ordnersymbol »Bilder«. Maren und Bernd hatten sich hinter ihn gestellt. Sofort öffnete sich ein neues Fenster, in dem unzählige Unterordner auftauchten. Alle trugen Bezeichnungen von Mädchennamen. Frank atmete tief durch und klickte auf den ersten Ordner »Anna«. Es öffnete sich ein drittes Fenster, in dem die Dateien zu sehen waren. Es handelte sich hier um 58 Fotos mit fortlaufenden Dateinamen; es begann mit »Anna_001.jpg« und endete entsprechend mit »Anna_058.jpg«. Frank drehte sich zu Maren und Bernd um. Dann klickte er doppelt auf die erste Datei. Das Foto öffnete sich. Frank sprang von seinem Stuhl auf. Bernd wandte sich fast gleichzeitig ab. Nur Maren hielt ihren Blick starr auf den Bildschirm gerichtet.

»Ich fasse es nicht«, flüsterte sie vor sich hin, während Frank wütend mit der Faust auf seine Schreibtischplatte schlug.

»Hast du das erwartet?«, erkundigte sich Bernd.

»Erwartet nicht, aber befürchtet.«

Er setzte sich wieder. Maren stand immer noch an ihrem Platz, war aber blass geworden und schüttelte unablässig den Kopf. Das Bild zeigte ein etwa zwölfjähriges schwarzhaariges Mädchen, das nackt auf einem Bett lag und sich mit beiden Händen ein Stofftier – es handelte sich wohl um einen Hasen – zwischen die Beine presste. Das Kind schaute mit müden Augen in die Kamera. Frank schnürte es das Herz zusammen. Er schloss die Datei wieder und überlegte, was er jetzt tun sollte.

»Wir können uns jetzt unmöglich die ganzen Bilder angucken«, sagte er.

»Einen Überblick verschaffen müssen wir uns aber schon«, entgegnete Maren, die aus ihrem Schock erwacht war.

Bernd nickte. »Lass sie dir doch im Miniaturformat anzeigen. Das geht schnell und man bekommt einen Überblick, ohne dass man jede Datei öffnen muss.«

Der Rechner beinhaltete insgesamt 173 derartige Ordner mit jeweils etwa 40 bis 60 Fotos unterschiedlicher »Qualität«. Im Ordner »Videos« befanden sich acht kinderpornographische Videofilme, die sich die Drei natürlich nicht anschauten, aber die ersten Sekunden der im VCD-Format abgespeicherten Filme waren eindeutig. Bei den Opfern handelte es sich um 141 Mädchen und 32 Jungen im Alter zwischen sechs und vierzehn Jahren. Die Bilder sprachen auch im Miniaturmodus eine klare Sprache. Waren sie auch in der Regel allein auf den Bildern zu sehen, so konnten die Beamten doch einige Fotos ausmachen, auf denen an den Kindern oder durch die Kinder eindeutig sexuelle Handlungen vollführt wurden, ohne dass die daran teilnehmenden Personen auf den ersten Blick identifiziert werden konnten.

Zwischen Frank, Bernd und Maren herrschte drückende Stille. Maren hatte sich mittlerweile einen Block und einen Bleistift besorgt. Sie notierte sich mit starrem Gesichtsausdruck die Namen der Kinder. Dazu schrieb sie, welche Arten von Räumen auf den Bildern zu sehen waren und ob das Kind alleine zu sehen war oder nicht. Als sie mit der groben Sichtung fertig waren, sagte Bernd: »Du kannst das Scheißding ausschalten. Der Passwortschutz existiert nicht mehr.«

Frank schloss die Fenster und fuhr den Rechner herunter. Dann schob er wortlos seinen Stuhl hinter seinen Schreibtisch und setzte sich. Er griff in das Schreibtischfach rechts unten und förderte eine halbvolle Flasche Metaxa zutage. Mit einem zweiten Griff holte er noch drei Gläser heraus.

»Ich brauche jetzt einen«, erklärte er und schwenkte die Gläser fragend in Richtung Maren und Bernd, die ohne zu zögern nickten. Frank schenkte ein. Als alle drei ihr Glas in den Händen hielten, sagte Frank:

»Heute Morgen war Ina bei einer Familie, deren Tochter Steffie einem Typen auf den Leim gegangen ist, der mit ihr Fotos und Videos gemacht hat.«

Maren und Bernd schauten ihn entgeistert an.

»Hast du mit dem Mädchen schon gesprochen?«, erkundigte sich Maren. Frank schüttelte den Kopf.

»Ich nicht, aber Ina. Die Eltern wollen am Montag Anzeige erstatten. Sie sind ziemlich fertig. Trotzdem werde ich vielleicht zusammen mit Ina versuchen, mit dem Mädchen zu sprechen. Solche Leute arbeiten in Ringen. Sie weiß, wo dieser Typ mit ihr – wie sie immer sagt – ›gearbeitet‹ hat.«

Maren und Bernd schüttelten fast synchron den Kopf und kippten den Metaxa in sich hinein.

»Wie machen wir denn weiter?«, fragte Bernd.

»Vielleicht kennt Ina ja auch einige von den Kindern?«, warf Maren plötzlich ein.

»Du hast recht«, erwiderte Frank, der bis dahin an diese Möglichkeit noch gar nicht gedacht hatte. »Lasst uns nach Hause fahren. Wenn sich etwas tut, rufen wir uns gegenseitig an. Ich muss erst mal mit Ina sprechen. Wenn wir nichts voneinander hören, sehen wir uns Montag acht Uhr an gleicher Stelle. Sagt ihr Malte und Reinhard Bescheid?«

Maren und Bernd nickten. Dann verstaute Frank den Laptop wieder im Schrank und sie gingen bedrückt und nachdenklich auseinander.

*

Im Laufe des Nachmittags wurde allen Beteiligten bewusst, was sich ihnen da eröffnet hatte. Frank saß noch lange am

Samstagabend mit Block und Stift im Wohnzimmer, dachte nach und machte sich Notizen. Nicht nur, dass sie endlich den Beweis für ihre Vermutungen erhalten hatten, dass Jörg Klettner nicht der Sonnyboy war, für den ihn alle hielten, zusätzlich waren Frank und seine Kollegen überzeugt davon, dass der Mord an Klettner und seiner Freundin mit dem Verbrechen zusammenhing, auf das sie durch den Laptop gestoßen waren. Natürlich war der direkte Zusammenhang zwischen der Kinderpornographie und den Morden noch nicht hergestellt, aber niemand zweifelte daran, dass es ihn gab. Malte, mit dem er vorhin noch telefoniert hatte, war sogar der Meinung, dass sie kurz vor der Aufklärung des Falles standen.

Frank war im Laufe des Nachmittags und Abends Ina sehr nahe gewesen. Auch umgekehrt bemerkte er, dass sich Ina in diesem seltenen Fall von echter Zusammenarbeit sehr wohl fühlte. Beide waren sie, unmittelbar, nachdem Frank aus dem Präsidium gekommen war, nochmal bei den Wiberts gewesen und hatten mit Steffie gesprochen, die immer wieder – von Weinkrämpfen geschüttelt – unterbrechen musste. Als sie wieder nach Hause fuhren, hatten sie die Adresse dieses angeblichen »Profifotografen« namens Robert und eine Beschreibung seiner Wohnung. Außerdem hatte Steffie ihnen genau erzählt, was in der Wohnung vorgefallen war. Das Mädchen schien am Boden zerstört zu sein und schilderte unter Tränen die Vorkommnisse des gestrigen Freitags, als der Mann mit ihr dieses Video gedreht und sie zum Oralsex gezwungen hatte. Frank war zum Speien zumute und er bewunderte an Ina, wie sachlich sie mit der Situation umzugehen verstand. Trotzdem hatte sie im Gespräch mit Steffie sehr engagiert gehandelt und dem Mädchen jederzeit das Gefühl gegeben, von ihr unterstützt zu werden. Wenn Steffie einen ihrer Weinkrämpfe bekam – das war zwei- bis dreimal der Fall – nahm sie sie in den Arm und beruhigte sie, und Frank registrierte erstaunt, dass Steffie dies zuließ.

Schließlich hatte sie zuvor noch nie mit Ina zu tun gehabt – sie war eine Fremde für sie.

Während einer Telefonkonferenz, die Maren, Malte, Reinhard und Frank abgehalten hatten, wurde das weitere Vorgehen abgestimmt. Sie waren sich einig – und Ina war dazu bereit – am Sonntag im Beisein einer Kollegin vom Kommissariat 2 die Bilder im Detail zu sichten und zu katalogisieren. Das würde nicht einfach sein und lange dauern, aber sie versprachen sich davon Aufschlüsse über die Identität der Mädchen. Die Kollegin, die morgen zu ihnen stoßen würde, war eine erfahrene Beamtin, die schon seit fast zehn Jahren diese Art von Straftaten bearbeitete, schon Einiges gesehen hatte und über sehr gute Kontakte zum LKA verfügte. Von Jörg Klettner hatte sie übrigens in diesem Zusammenhang noch nichts gehört. Natürlich war dieses Vorgehen nicht astrein, aber es erschien ihnen notwendig, um am Montag die entsprechenden Maßnahmen ergreifen zu können. Rolf würde sich sofort am Montag um die entsprechenden Genehmigungen und den Papierkram kümmern. Sowohl Frank als auch Ina hatten vorhin schon jeweils einen ersten Bericht über die Geschehnisse des Samstags geschrieben.

Frank erhob sich und brachte sein Weinglas in die Küche. Es war etwa ein Uhr, als er schließlich einschlief.

Sonntag 14. April 2002

Als sie am Sonntagmorgen aufwachten, fühlten sich sowohl Ina als auch Frank wahrlich nicht ausgeschlafen. Sie blieben noch etwa eine halbe Stunde beieinanderliegen und neckten sich des Öfteren mit Vorschlägen, wie sie es wohl anstellen könnten, sich vor dem Verabredeten zu drücken und einen langen Sonntag im Bett zu verbringen. Das Wetter, das sich ihnen beim Blick aus dem Fenster bot, machte derartige Überlegungen praktisch zwingend, denn es war trüb und regnerisch bei etwa zehn Grad. Schließlich schafften sie es aber doch, aus dem Bett zu steigen und sich nach einem Blitzfrühstück auf den Weg zum Präsidium zu machen. Am Tag zuvor hatte man sich darauf geeinigt, sich im Büro von Britta Schäfer zu treffen. Nach getaner Arbeit würde sie dann den Laptop beschlagnahmen und am Montag eine Hausdurchsuchung und den Haftbefehl für diesen »Robert« beantragen. Frank holte den Rechner aus seinem Büro. Als Ina und er das Büro der Kollegin betraten, waren schon alle versammelt. Nach einer kurzen Begrüßung, während der Maren Ina verstohlen beobachtet hatte, dauerte es nicht lange, bis Ina und Britta vor dem eingeschalteten Laptop saßen. Frank saß etwa einen Meter rechts von ihnen vor einem Bürocomputer und machte sich bereit für die Protokollierung dessen, was bald geschehen sollte. Ina war ein wenig blass um die Nase, aber sehr konzentriert.

»Ich schlage vor, dass wir, sobald du es willst, eine Pause machen«, begann Britta an Ina gewandt. »Auf jeden Fall machen wir jede halbe Stunde fünf Minuten Pause.«

Alle nickten. Außerdem verabredeten sie, dass sich Maren, Malte und Frank beim Protokollieren abwechseln sollten. Frank hatte Ina gestern grob darauf eingestellt, was sie heute zu sehen bekommen würde, und Ina hatte unumwunden und verständlicherweise zugegeben, dass sie große Angst hatte.

Sie begannen mit den Videos, bei denen es nur darum ging, die Kinder möglicherweise zu identifizieren oder eindeutige Hinweise auf die anderen beteiligten Personen zu bekommen. Auch auf die Örtlichkeiten, an denen das Unfassbare stattgefunden hatte, könnte es vielleicht Hinweise geben. Nach den ersten drei Videos bat Ina um eine Pause. Die Filme hatten keine Erkenntnisse gebracht, sie aber so aufgewühlt, dass sie von ihrem Platz aufsprang, die Hände vors Gesicht schlug und zu weinen begann. Auch Frank erhob sich von seinem Platz und wollte Ina in den Arm nehmen, was sie aber mit eindeutiger Geste abwehrte. Die anderen im Raum schwiegen bedrückt. Schließlich riss sich Ina zusammen, wischte sich mit den Händen über die Augen und setzte sich wieder auf ihren Platz. Schweigend öffnete sie die nächste Datei, und eine Weile lang hörte man im Raum nichts, außer die Tastaturgeräusche, die Frank verursachte. Als das Gesicht des Mädchens ins Bild kam, dessen nackter Körper bisher nur mit gespreizten Beinen auf dem Bauch liegend zu sehen gewesen war, brach das Entsetzen aus Ina heraus.

»Nein!«, schrie sie und schlug wieder die Hände vors Gesicht. Diesmal fasste sie sich aber sofort. »Das ist Janine! Janine Weber, 12 Jahre alt! Ihre Mutter ist alleinerziehend.«

Das Bild lief weiter, und es folgte ein Schnitt. Jetzt saß das Mädchen offensichtlich auf einem Stuhl in einer Küche.

»Das ist ihre Küche«, fuhr Ina fassungslos fort, »in ihrer eigenen Wohnung! Ich kenne die Wohnung, weil ich Mutter und Kind vor etwa einem Jahr nach der Trennung von ihrem Mann betreut habe!«

Inas Stimme veränderte sich, während sie sprach. War sie vorher noch phasenweise zitternd und unsicher, so hatte sie inzwischen eine fast erschreckende Härte, und Frank meinte, auch eine gehörige Portion Wut herauszuhören. Er zwang sich, Ina nicht anzusehen, und protokollierte wörtlich, was sie sagte. Britta klappte den Monitor ein und stand auf.

»Pause!«, sagte sie, denn die erste halbe Stunde war schon um einige Minuten überschritten. Alle erhoben sich und schienen sich lockern zu müssen, denn jeder drehte entweder den Kopf oder vollführte irgendeine andere an Gymnastik erinnernde Bewegung. Jetzt kam Ina zu Frank und schmiegte sich kurz an ihn. Er umschloss sie gerne mit den Armen, registrierte aber, dass Maren die Szene mit undeutbarem Gesichtsausdruck beobachtete. Nach einem kurzen Moment löste sich Ina aus Franks Armen. Sie sprach Britta an.

»Wenn wir in diesem Tempo weiter machen, sind wir heute Nacht noch nicht fertig.«

»Mag sein«, erwiderte Britta, »unterschätze aber die nervliche Belastung nicht! Was du dir da anschaust, ist schon starker Tobak. Geh mit dem Tempo vor, das du für richtig hältst, aber bei der Pauseneinteilung bleibt es! Auch wir Profis halten die Pausen ein, und wir schauen uns ständig solchen Dreck an!«

Frank nickte Ina bestätigend zu, denn er wusste, dass Britta mit diesen Sachen langjährige Erfahrung hatte. Bei allem Eifer, mit dem Ina jetzt an die Sache heranging, um die Täter zur Strecke zu bringen, durfte sie ihre eigene Psyche, ihre Gesundheit nicht gefährden.

In den letzten Videos erkannte Ina keines der Kinder, und auch Räume konnte sie nicht zuordnen. Allerdings gaben Britta und Ina zu Protokoll, dass fünf der acht Videos offensichtlich in der gleichen Wohnung gedreht worden waren, während die restlichen drei Filme jeweils andere Wohnungen zeigten. Nach dem letzten Video machten sie eine längere Pause. Britta kochte Kaffee und Frank erläuterte Maren am Rechner, wie sie das Protokoll weiter führen sollte, denn sie übernahm diesen Part nun. Nach Tagen nahm er zum ersten Mal wieder die Nähe Marens wahr, denn er stand während der Erklärungen leicht gebeugt hinter ihrem Stuhl. Einmal hatte er auch kurz den Eindruck, dass sie sich während dieser Situation leicht gegen ihn gelehnt hatte. Ina stand mit ihrer Tasse in beiden Händen am Fenster und schaute mit ruhigem Blick in das Grau dieses Aprilsonntags.

Als sie am späten Sonntagabend den Laptop ausschalteten und Britta ihn in einem Safe in ihrem Büro verstaute, hatten sie ein 27-seitiges Protokoll fertiggestellt – ein Protokoll gestohlener Kindheiten und verletzten Lebens. Als sie die Fotos gesichtet hatten, waren sie auf ein Bilderverzeichnis mit der Bezeichnung »Caroline« gestoßen, wobei sich für sie das Rätsel um die leere CD-Hülle aus dem Toyota gelöst hatte. Insgesamt konnte Ina drei Kinder identifizieren, die sie aus ihrer Arbeit heraus in früheren Zusammenhängen kennengelernt hatte. Es handelte sich dabei um das zwölfjährige Mädchen aus dem Video und darüber hinaus um einen elfjährigen Jungen und ein etwa siebenjähriges Mädchen. Zusammen mit Steffie Wibert waren ihnen also vier Kinder bekannt. Für Brittas Abteilung würde es morgen um zwei Dinge gehen. Erstens müssten sie die Eltern und Kinder aufsuchen, notfalls die Kinder auch aus den jeweiligen Schulen holen, und befragen. Zweitens müssten sie unter Vorlage des Laptops und des Protokolls einen Durchsuchungsbeschluss für die Wohnung dieses Robert beantragen und die Durchsuchung auch durchführen. Auch eine eventuelle Verhaftung des Wohnungsinhabers mussten sie vorbereiten.

Frank ging anschließend mit Maren und Malte noch in sein Büro. Ina war mit den Nerven ziemlich am Ende und fuhr nach Hause.

»Was machen wir morgen? Abwarten und Däumchendrehen?«, fragte Malte, kaum dass sie eingetreten waren.

»Sicher nicht! Mir sind heute ein paar Dinge durch den Kopf gegangen. Deshalb habe ich euch noch zu dieser Besprechung gebeten.«

Frank rekapitulierte aus dem Stand die Geschehnisse der letzten zehn Tage und wagte jetzt auch zum ersten Mal eine ganz persönliche These. Jörg Klettners Tod und seine Zugehörigkeit zu einem Kinderporno-Ring hingen seiner Meinung nach eng zusammen. Die Tatsache, dass die pornographischen Dateien auf Klettners Rechner waren, legt den Verdacht nahe, dass auch bei COMPUB möglicherweise etwas über sie bekannt war, denn es konnte sich bei den Dateien unmöglich um das gesamte Archiv handeln. Da die Reaktion von Frau Kemmling bei ihrer Befragung schon so merkwürdig gewesen war, war davon auszugehen, dass sie zumindest etwas wusste und eventuell auf den gesicherten Festplatten bei COMPUB auch noch etwas existierte. Darum mussten sie sich kümmern. Auch der PC-Shop in Kettwig rückte wieder ins Interesse der Ermittlungsgruppe. Auch dort war die Reaktion der jungen Frau Ritter sehr merkwürdig gewesen und gab zumindest zu Spekulationen Anlass. Bis dahin hatte Maren immer genickt und auch Malte schien sich Franks Gedanken anzuschließen.

»Was hat aber Claudia Hülst damit zu tun?«, fragte sie.

»Keine Ahnung! Vielleicht war sie zum falschen Zeitpunkt am falschen Ort.«

»Vielleicht hat sie auch mitgemacht!«, warf Malte ein.

Sie mussten diese Frage offen lassen. Es würde sich in den nächsten Tagen zeigen, wie Claudia Hülst in die Zusammenhänge passte.

Plötzlich sagte Maren: »Ich muss gerade an die Enkelin von Frau Van Dresen denken. Ob sie auch auf diesen Bildern zu sehen ist?«

»Wie meinst du das?«, erwiderte Frank verwundert.

»Nach dem, was uns Frau Van Dresen erzählt hat, kann es doch sein, dass Klettner versucht hat, auch dieses Mädchen zu Fotos zu überreden.«

Die drei verabredeten für den Montag folgendes Vorgehen: Maren sollte Tochter und Enkelin von Frau Van Dresen besuchen, Reinhard und Malte sollten erst COMPUB und dann dem PC-Shop in Kettwig einen weiteren Besuch abstatten und dabei sehr direkt vorgehen. Frank wollte bei der Durchsuchung der Wohnung dabei sein, in der nach Steffies Aussage die Fotos und Videos mit ihr gemacht worden waren.

Als sie sich gegen halb zehn in den privaten Restsonntagabend verabschiedeten, spürte Frank Marens Hand, mit der sie kurz über seinen Rücken gestreichelt hatte. Dann war sie durch die Tür, und er lächelte ihr nach.

Montag 15. April 2002

Im Besitz des Durchsuchungsbeschlusses waren sie um halb neun am Montagmorgen. Etwa eine halbe Stunde später meldete ein bewaffneter Polizist Britta, dass er und sein Kollege bereit seien. Außer Frank, der sofort Brittas Einverständnis für seine Anwesenheit bei der Aktion bekommen hatte, waren noch zwei weitere Kollegen aus ihrer Gruppe anwesend. Es handelte sich bei ihnen um einen jungen Kollegen Ende zwanzig namens Andreas und einen, der etwa in Franks Alter war, namens Fabian. Beide kannte er von vorherigen gemeinsamen Einsätzen. Zu sechst machten sie sich in zwei Wagen auf den Weg. Natürlich war auch Sabine mit ihrem Kollegen Gregor dabei, die in dem Wagen der Spurensicherung folgten.

Wie immer vor derartigen Einsätzen spürte Frank ein heftiges Kribbeln. Sie standen im Hausflur vor der betreffenden Wohnung und es wurde ernst. Auf dem Schild unter der Klingel lasen sie den Namen »Stefan Kleine«. Im Vorfeld hatte man sich versichert, dass das Haus keinen Hinterausgang hatte und dass auch die Wohnung nicht über einen anderen Weg zu verlassen war als durch die Tür, vor der sie jetzt standen. Alle trugen eine kugelsichere Weste. Die beiden bewaffneten Beamten sicherten die Haustür. Andreas und Fabian, die ihre Dienstwaffen gezogen hatten, standen links und rechts von der Wohnungstür.Britta stand unmittelbar vor der Tür und betätigte den Klingelknopf, während sich Frank – auf Anweisung von Britta – im Hintergrund hielt. Sabine und Gregor hielten sich einen Treppenabsatz tiefer auf. Die Türglocke war laut, aber hinter der Tür erfolgte keinerlei Reaktion. Britta klingelte noch einmal, und als auch diesmal nicht geöffnet wurde und hinter der geschlossenen Tür kein Geräusch zu hören war, gab sie Andreas ein Zeichen, der innerhalb von wenigen Sekunden die Tür öffnete. Routiniert sicherten die Beamten die Räume, hatten aber schnell festgestellt, dass sich in der Wohnung tatsächlich niemand aufhielt. Fabian und Andreas steckten ihre Waffen ein und riefen Britta, Frank und den Beamten der Spurensicherung zu, dass die Wohnung sicher war.

Mit großer Konzentration und Ruhe durchsuchten die Beamten die Zimmer. Aus einer Anzahl von Briefen, die in der Küche an einer Pinnwand hingen und in einer Ablage im Flur lagen, konnten sie Stefan Kleine als Mieter der Wohnung identifizieren. Ein Bild, das auf einem Nachtschränkchen stand und einen Mann und ein kleines Mädchen in inniger Umarmung zeigte, nahm Britta an sich und zeigte es Frank.

»Ob er das ist?«, fragte sie.

Frank griff sich das Bild, verließ die Wohnung und schellte bei Kleines unmittelbarem Nachbarn. Der bestätigte ihm, dass es sich bei der Person auf dem Foto um Stefan Kleine handelte. Über sein Handy gab Frank den Namen und eine Beschreibung von Kleine durch und bat Rolf, die Fahndung einzuleiten.

Einen Computer, der in einem kleinen Arbeitszimmer hinter dem Wohnzimmer stand, beschlagnahmten die Beamten. Andreas baute ihn ab, registrierte jedes einzelne Teil auf einem Formblatt und brachte den Rechner zum Wagen. Als Frank sich in der Wohnung umschaute – penibel darauf achtend, dass er Sabine und Gregor nicht in die Quere kam – fiel ihm im Badezimmer eine Lamellentür auf, die ihm an der Stelle unsinnig vorkam. Er zog sie langsam auf und stieß so auf eine weitere Tür, hinter der sich ein kleiner Raum verbarg, der völlig im Dunkel lag. Mit der rechten Hand tastete er nach einem Lichtschalter, fand aber keinen. Plötzlich stand Sabine hinter ihm und zog ihm mit einer Hand am linken Ohr.

»Darfst du das?«

Frank ignorierte Sabines Zurechtweisung.

»Schau dir das an! Hier ist noch ein Raum!«

Sabine griff in ihre Westentasche und förderte eine schmale Taschenlampe in der Größe eines Kugelschreibers daraus hervor. Sie schaltete sie ein und richtete den Lichtstrahl ins Innere des kleinen Raumes. Links hing eine Strippe herab, an der Frank jetzt zog, wodurch eine rote Glühbirne an der Decke eingeschaltet wurde.

»Ein Fotolabor! Eine Dunkelkammer!«, rief Frank.

Sabine zog ihn zurück und drängte sich in den Raum hinein, um ihn sofort zu untersuchen. Nach etwa anderthalb Stunden war der Einsatz beendet. Sie hatten den Computer, die Ausrüstung der Dunkelkammer, zwei Fotokameras, eine digitale Videokamera und einige Fotos sichergestellt. Außerdem beschlagnahmten sie eine Art tragbaren Ordner für CDs, in dem sich – wie in einem Ringbuch – fünfzehn Seiten mit jeweils acht CD-Fächern befanden. Diese »Tasche« war gefüllt mit CDs. Niemand zweifelte daran, dass es sich hierbei um weiteres kinderpornographisches Material handelte. Sie verließen die Wohnung und versiegelten sie. Zusätzlich klebten sie einen amtlichen roten Zettel auf die Tür, der es jedem untersagte, die Wohnung zu betreten. Andreas und Fabian setzten sich in den Wagen und warteten vor dem Haus, um den eventuell heimkehrenden Stefan Kleine festzunehmen.

*

Um Viertel nach elf war Frank wieder im Präsidium. Dort erfuhr er, dass Herr Wibert heute mit seiner Tochter – wie angekündigt und versprochen – Anzeige erstattet hatte. Außerdem war ein Anruf von Malte eingegangen. Frank sollte auf jeden Fall auf ihn und Reinhard warten, sie wären auf dem Rückweg und hätten einige interessante Neuigkeiten. Die Fahndung nach Stefan Kleine war bereits im Gange. Britta hatte Abzüge von dem gefundenen Foto Kleines machen lassen. Das Bild war per Fax an die verschiedenen Dienststellen gegangen. Kleine war bisher nicht auffällig gewesen – er war nicht aktenkundig.

Rolf hatte an diesem Vormittag eine Heidenarbeit gehabt, die er gerade mit einem Bericht an das Landeskriminalamt abschloss. Er saß in Franks Büro, lehnte sich zurück, trank von seinem Kaffee und wartete, dass der Bericht aus dem Drucker kam. In diesem Augenblick kam Maren durch die Tür. Sie warf ihre Jacke auf den erstbesten Stuhl und begann zu reden, bevor sie saß.

»Dieses Ferkel hat es tatsächlich versucht«, platzte es aus ihr heraus.

Frank war klar, dass sie natürlich Jörg Klettner meinte. Anschließend berichtete sie von ihrem Gespräch mit Wibke und Nicole Van Dresen. Wibke war die Tochter, Nicole die Enkelin von Frau Van Dresen. Zuerst hatte Maren nur die Mutter zu Hause angetroffen. Zusammen waren sie dann zu Nicoles Schule gefahren und hatten mit ihr geredet. Jörg Klettner hatte während des Kaffeetrinkens bei ihrer Mutter nicht nur Nicole mit seinen Blicken ausgezogen, sondern auch Wibke Van Dresen auf »eine schmierige Art angebaggert«, wie diese sich ausdrückte. In den meisten dieser Situationen war Claudia Hülst dabei gewesen und musste etwas mitbekommen haben. Maren hatte erfahren, dass Nicole etwa eine Woche nach dem Geburtstags-Kaffeetrinken wieder zu Besuch bei ihrer Großmutter war.

Auf der Treppe begegnete sie Jörg Klettner, der ihr von oben entgegenkam. Sie grüßte ihn.

»Ach, das ist ja die süße Enkelin von der alten Frau«, sagte er grinsend.

»Lassen Sie mich bitte durch«, entgegnete sie freundlich, aber bestimmt, denn er machte sich auf den Stufen so breit, dass sie nicht vorbei konnte, ohne mit ihm auf Tuchfühlung zu gehen.

»Du hast was, Kleine«, machte er weiter, ohne sich zur Seite zu bewegen. »Weißt du das eigentlich?«

Als Nicole nicht antwortete, fuhr er fort: »Ein Freund von mir ist Fotograf. Du solltest mal ein paar Fotos mit ihm machen. Du hast echt das Zeug zum Model.«

Nicole reagierte nicht, denn ihr war der Typ nicht geheuer.

»Lassen Sie mich bitte durch«, wiederholte sie daher etwas energischer.

Klettner ging einen Schritt zur Seite und grinste sie an.

»Das entsprechende Feuer hast du auch«, ließ er aber nicht locker.

Als Nicole sich an ihm vorbeizudrücken versuchte, hob er die linke Hand und berührte dabei wie zufällig ihre Brust. Nicole reagierte reflexartig, hob blitzschnell ihre rechte Hand und schlug zu. Doch Jörg Klettner war schneller und fing ihre Hand mit einem festen Griff ab.

»Ich glaube, du musst mal gefickt werden«, stieß er hervor, ließ sie los und eilte die Treppe hinunter.

Ihrer Großmutter hatte Nicole davon nichts erzählt, ebenso wenig wie ihrer Mutter. Sie hatte sich einfach zu sehr geschämt und Angst, dass ihr womöglich Vorwürfe gemacht worden wären.

Den Bericht gab Maren fast atemlos, und in jedem ihrer Sätze wurde die Abscheu deutlich, die sie diesem Jörg Klettner gegenüber empfand. Für Frank fügte sich die Information als ein weiteres Puzzlestück zum Gesamtbild. Jörg Klettner war aktiver Teil eines Ringes von unbekannter Größe, der sich mit Kinderpornographie beschäftigte. Auf die Frage, was Claudia Hülst damit zu tun gehabt hatte, wussten sie aber noch keine Antwort. Kurz darauf erschienen Malte und Reinhard, und nachdem Rolf und Frank bereits Maren fassungslos gelauscht hatten, folgten sie nun zu dritt fast ungläubig dem Bericht der beiden.

Frau Kemmling war überraschend schnell bereit gewesen, den beiden Beamten gegenüber erschöpfend Auskunft zu erteilen. Sie hatte sich in den Tagen zuvor schon überlegt, ob sie sich nicht von sich aus bei der Polizei noch einmal melden sollte. Wie Malte und Reinhard es auch gespürt hatten, war die Situation, in der sie Frau Kemmling auf die Bezeichnung »Caroline14« angesprochen hatten, der Auslöser für ihre Gewissensbisse gewesen. In der folgenden Stunde sollten Malte und Reinhard echte Neuigkeiten erfahren.

COMPUB stand vor etwa zwei Jahren vor der Situation, aus Wirtschaftlichkeitsgründen Personal abbauen zu müssen. Lange überlegte man, wie das Problem möglichst sozialverträglich gelöst werden könnte. Mitten im Entscheidungsprozess, währenddessen man sich klar darüber wurde, dass es zwei Personen treffen würde, kam es zu einem – wie Frau Kemmling sich ausdrückte – »Zwischenfall« beim Sichern der Festplatten. Der Partner von Jörg Klettner hatte auf seinem Firmenrechner ein verstecktes Verzeichnis angelegt, das »unsichtbar« war. Beim Backup meldete sich aber das Programm und fragte nach, ob die »versteckten Ordner und Dateien« auch gesichert werden sollten. Der Ordner enthielt – so Frau Kemmling – »eindeutig zweideutige Fotos«. Auf Maltes Nachfrage bestätigte sie, dass es sich wohl um pornographische Fotos gehandelt hatte. Dem Mitarbeiter wurde sofort gekündigt. Man einigte sich mit ihm aber darauf, dass dieser »Vorfall« nicht der offizielle Grund für seine Entlassung war. Es handelte sich, so die offizielle Lesart, um eine betriebsbedingte Kündigung. In der Firmenleitung wuchs seitdem der Verdacht, dass auch Jörg Klettner in die Sache verwickelt war. Bei heimlichen Untersuchungen seines Rechners konnte aber nie etwas gefunden werden. Trotzdem wusste man, dass Klettner auch Monate nach der »Freisetzung« seines Partners immer noch engen Kontakt zu ihm hatte. Als man ihn eines Tages zur Rede gestellt hatte, ohne wirkliche Anhaltspunkte zu haben, kam es zur »Trennung in beidseitigem Einvernehmen«. Klettner hatte sich zu den Verdächtigungen nicht geäußert, aber ohne langes Zögern auf den Vorschlag eingelassen, von sich aus zu kündigen. Er hatte ohnehin vor, sich in den nächsten Monaten selbstständig zu machen. Er verließ COMPUB ohne Abfindung, schließlich hatte er ja gekündigt.

»So viel zu seiner Kündigung bei uns«, schloss Frau Kemmling. »Wenn er nicht gekündigt hätte, hätten wir ihn irgendwann gefeuert!«

Der Partner von Jörg Klettner bei COMPUB hieß Stefan Kleine.

Im PC-Shop in Essen-Kettwig hatten Malte und Reinhard Jenny Ritter angetroffen. Auf der Fahrt nach Essen hatten die beiden Beamten über Funk den Fahndungsaufruf bezüglich Stefan Kleine gehört. Aus einer Eingebung heraus hatte Malte Jenny gegenüber nach Kleine gefragt und eine überraschende Antwort erhalten. Stefan Kleine war Jenny gut bekannt. Sie bezeichnete ihn als »guten Freund« ihres Bruders. Er war einen Tag nach der Abreise ihres Bruders zum letzten Mal bei ihnen im Betrieb und hatte sich nach Tobias Ritter erkundigt. Einer oberflächlichen Beschreibung zufolge, um die sie Malte gebeten hatte, trug Kleine einen Vollbart.

Frank griff in seine Jacke und fischte das Foto aus Kleines Wohnung aus der Innentasche. Er reichte es Maren. »Fahr zum Krankenhaus und zeig das Bild Martina Siebert. Ich fresse einen Besen, wenn der nicht den Toyota gefahren hat!«

*

Robert Lachner hatte es nicht eilig. Er schlenderte nach einem guten Essen, zu dem er bei seiner Mutter eingeladen war, die Straße entlang und näherte sich seinem Ziel. Er hatte bereits die Hand in der Hosentasche, um den Hausschlüssel zu ziehen, als er sah, dass die Haustür nicht richtig geschlossen war. Er drückte sie auf und stieg die Treppen hoch. Auf dem zweiten Treppenabsatz durchfuhr ihn ein Schreck. Gleichzeitig hörte er, wie die Haustür unten wieder geöffnet wurde. Er bemühte sich ruhig zu bleiben und ging an der Wohnungstür vorbei. Über sie hinweg spannte sich diagonal gelbes Klebeband und im Vorbeigehen konnte er eben noch erkennen, dass der rote Zettel, der mitten auf der Tür klebte, ein amtliches Siegel war. Unten hörte er die Tür wieder zuschlagen. Es kam aber niemand die Treppe hinauf. Es war unmöglich, in die Wohnung zu gelangen. Er setzte sich einen Augenblick auf eine Stufe und atmete tief durch. Wenn die Polizei in der Wohnung gewesen war, dann hatten sie auch gefunden, was sie nicht finden sollten. In diesem Fall war Stefan Kleine entweder schon verhaftet, oder er würde gesucht werden. Wie, verdammt nochmal, konnte das passieren? Hatte jemand gequatscht? Er erhob sich wieder und ging langsam die Treppe hinunter. Diesmal schaute er etwas genauer hin, als er an Kleines Wohnungstür vorbeiging. Es handelte sich tatsächlich um ein Siegel der Staatsanwaltschaft. Also war die Wohnung polizeilich untersucht worden. War Stefan Kleine zu Hause gewesen und verhaftet worden? Hatte man die Dunkelkammer gefunden? Alle möglichen Gedanken schossen ihm durch den Kopf. Er musste versuchen, Kleine zu erreichen. Als er die Haustür wieder öffnete, wurde ihm der Weg von zwei Männern versperrt.

»Wer sind Sie?«, fragte einer der beiden.

»Wer sind Sie?«, entgegnete er und erschrak, als der Mann ihm seinen Dienstausweis zeigte.

»Kriminalpolizei! Wer sind Sie?«

Lachner nannte seinen Namen.

»Können Sie sich ausweisen?«

Robert Lachner zückte seinen Personalausweis und reichte ihn an die Beamten weiter.

»Was wollten Sie in diesem Haus?«, wollte der jüngere Beamte nun wissen.

»Ich habe einen Freund besuchen wollen. Der ist aber nicht da«, erwiderte Lachner und spürte, dass seine Ruhe zurückgekehrt war.

»Sie waren da drin, nicht wahr?«, fragte er mutig und wies mit dem Daumen Richtung Haustür. »Ich habe die Versiegelung gesehen. Was war los?«

»Wollten Sie zu Herrn Kleine?«, entgegnete der ältere Beamte, ohne auf Lachners Frage einzugehen.

»Zu wem?«, fragte er kühl zurück.

»Ob Sie zu Herrn Kleine wollten!«

»Ist das der Typ, dessen Wohnung Sie dichtgemacht haben?«, erkundigte sich Lachner, bekam aber wieder keine Antwort. »Nein, zu dem wollte ich nicht!«

Währenddessen war der andere Polizist mit dem Ausweis zum Auto gegangen. Er kam zurück und händigte ihn Lachner wieder aus.

»Zu wem wollten Sie?«, ließ Fabian nicht locker.

Lachner stellte sich dumm oder taub oder beides.

»Wie bitte?«

»Wie heißt Ihr Freund, den Sie besuchen wollten?«

In diesem Moment öffnete sich die Haustür und ein junger Mann lief beinahe auf Lachner auf, der keinen Augenblick zögerte und den Mann unter dem Ellenbogen fasste.

»Da bist du ja!«, rief er und zog den jungen Mann mit sich und zwischen den beiden Beamten durch. »Das ist er«, fügte Lachner hinzu. »Kann ich gehen?«

Gleichzeitig ging er mit dem anderen weiter. Dann drehte er sich um und überquerte mit dem jungen Mann – seine Hand immer noch unter dessen Ellenbogen – die Straße. Hinter ihm winkte Fabian ab.

»Lass ihn. Wir wollen Kleine, und das war er definitiv nicht!«

»Haben die Kleine erwischt?«, fragte Lachner, dem die Schweißperlen auf der Stirn standen. Das war gerade nochmal gut gegangen.

»Nein«, erwiderte der andere. »Aber ihr steckt bis zum Hals in der Scheiße, nicht wahr? Auf jeden Fall haben die ziemlich viel aus der Wohnung rausgeschleppt und warten wohl auf deinen Kumpel, wie's aussieht.«

An der Kreuzung bogen sie rechts ab. Lachner ließ den Arm des Mannes los. Mit einer Hand im Rücken schob Robert Lachner den jungen Mann vorwärts und gab ihm so zu verstehen, dass er weiter laufen sollte. Lachner überquerte noch einmal die Straße und lief Richtung Forum. Er nahm sein Handy aus der Tasche und drückte auf die Schnellwahl für Stefan Kleine, der sich nach wenigen Sekunden meldete.

*

Im Polizeipräsidium an der Von-Bock-Straße war an diesem Nachmittag die Hölle los. Auf eine Mittagspause hatten alle verzichtet. Gegen fünf hatte man die beiden Beamten, die das Haus bewachten, in dem Kleine wohnte, von ihrem Posten abgezogen. Britta hatte mit ihrem Team die vier Kinder, die von Ina am Sonntag identifiziert werden konnten, ausgemacht und mit den jeweiligen Eltern bzw. Elternteilen zum Verhör einbestellt. Maren war bei Martina Siebert im Krankenhaus gewesen und hatte ihr das Foto von Kleine gezeigt. Zu fünfundneunzig Prozent war sie sich sicher, dass Stefan Kleine der Fahrer des Toyota gewesen war, der ihren Wagen von der Straße gegen einen Baum gerammt hatte. Merkwürdigerweise hatte keines der Kinder Kleine identifizieren können, allerdings waren Fingerabdrücke aus seiner Wohnung identisch mit solchen, die im Toyota und auf der so lange mysteriös erscheinenden CD-Hülle gefunden worden waren. Die ungenaue Personenbeschreibung, die Steffie Wibert geliefert hatte und der sich die anderen Kinder anschlossen, passte überhaupt nicht auf Stefan Kleine, so dass auf der Hand lag, dass es eine weitere Person gab, die mit Stefan Kleine in der Wohnung lebte oder dort zumindest »arbeitete«. Das machte Sinn, denn Steffie hatte immer von einem »Robert« gesprochen. Auch ein anderes Mädchen, die zwölfjährige Janine, die von ihrem Peiniger sogar geschlagen worden war, sprach von einem »Robert«.

In der Zwischenzeit waren zwei Beamte vom LKA eingetroffen, denen man alle Unterlagen in Kopie ausgehändigt hatte. Auch der Laptop war jetzt im Besitz der beiden LKA-Beamten, ebenso wie der Computer und die Datenträger aus der durchsuchten Wohnung. Die Spuren aus Kleines Wohnung erzählten Geschichten und erbrachten wichtige Beweise. So wurden beispielsweise die Videoaufnahmen mit Steffie im Speicher der Kamera entdeckt, ebenso Fotos in den Digitalkameras und auf dem Rechner. Zu dem Rechner gehörte ein externer Brenner, mit dem offensichtlich CDs und DVDs in recht hoher Auflage produziert wurden. Mit der Untersuchung des Rechners war man noch nicht am Ende, aber man ging davon aus, dass man entweder auf reale oder virtuelle Adressen der »Kunden« von Kleine stoßen würde. Auf Grund von Jenny Ritters neuer Aussage ging man nun auch davon aus, dass Tobias Ritter mit der Geschichte zu tun hatte, denn es war auffällig, dass er sich unmittelbar nach den Morden an Klettner und Hülst auf die Kanaren abgesetzt und engen Kontakt zu Kleine gehabt hatte. Mehrere erfolglose Anrufe in Spanien hielten Frank eine Weile auf, bis er schließlich doch durchkam und seine spanischen Kollegen um Amtshilfe bitten konnte. Man versprach ihm, seine Anfrage an die Inselbehörden weiter zu leiten und dafür zu sorgen, dass Ritter zumindest einem Verhör unterzogen wurde.

Frau Kemmling rief an und teilte mit, dass sie im Archiv der Personalabteilung eine Akte mit Foto von Stefan Kleine gefunden hatten. Sie war gerne bereit, die Akte der Polizei zur Verfügung zu stellen. Das Foto war von wesentlich besserer Qualität als das von Kleines Nachtschränkchen und auch wesentlich jünger. Also wurde dieses Foto für die Fahndung nach Kleine in die Welt hinaus geschickt.

Frank konnte sich nicht erinnern, seit er in diesem Job steckte, jemals einen solchen Tag erlebt zu haben. Ohne Pause hatten sie seit acht Uhr hochkonzentriert und oft bis in die Haarspitzen emotional aufgeladen gearbeitet, und als er gegen zwanzig Uhr den letzten Bericht aus dem Drucker zog, saßen Maren und Malte zusammengesunken auf den Besucherstühlen in Franks Büro und waren ebenso platt wie er. Es war sehr ruhig im Präsidium. Frank ließ sich auf seinen Stuhl fallen, schob den Bericht in den vor ihm liegenden Hefter, steckte sich eine Zigarette an und nahm einen tiefen Zug. Als sich sein Blick mit dem von Maren traf, sagte sie: »Wir brauchen eine Festnahme!«

»Da hast du recht«, erwiderte Frank. »Aber heute nicht mehr. Ich will jetzt meinen Kopf freikriegen. Ich kann nicht mehr. Ich will nach Hause!«

Malte nickte. »Das war heftig heute. Wenn ihr mich fragt, ein wenig zu heftig! Das hält man auf Dauer ja nicht aus!«

»Stellt euch vor«, nahm Maren den Faden auf, »wir haben Kollegen, die sich mit so einem Dreck ständig beschäftigen. Ich habe mich heute oft gefragt, was ich als Mutter mit einem solchen Schwein wohl tun würde.«

»Und was würdest du tun?«

Maren zögerte und zuckte dann mit den Schultern.

»Ich weiß es nicht. Manchmal denke ich ….«, sie machte mit Zeige- und Mittelfinger die berühmte Scheren-Geste, »aber letztlich bin ich keine dieser Mütter oder Väter. Wenn ich mir die Eltern so ansehe, die heute mit den Kindern hier waren, glaube ich, dass sie noch gar nicht so richtig begriffen haben, was eigentlich passiert ist.«

»Ich war ja heute bei diesen Kollegen«, wandte Malte jetzt ein und wischte sich mit der Hand über die Augen. »Einer hat mir am Computer was gezeigt. Er ist ins Internet gegangen und hat eine sogenannte ›Suchmaschine‹ geöffnet. Dann hat er auf ›Bilder‹ geklickt und in ein Suchfeld ›Lolita‹ eingegeben. Ihr könnt euch nicht vorstellen, was da alles angezeigt wurde. Innerhalb einer Zehntelsekunde hat die Suchmaschine über 100.000 Bilder gefunden. Diese Welt stimmt nicht mehr.«

»Das ist in den Zeiten des Internets, im so hoch gelobten Informationszeitalter, ein echter Markt geworden.«

Maren schüttelte den Kopf.

»Wir führen einen Kampf gegen Windmühlen!«

Frank wurde energisch.

»Jetzt ist aber mal gut! Ich möchte nicht am Ende eines solchen Tages noch in Weltuntergangsstimmung verfallen. Wenn wir morgen Erfolg haben, sind einige von diesen Schweinen und ihre Machwerke schnell aus dem Verkehr gezogen!«

»Aber den Kindern können wir nicht zurückgeben, was sie verloren haben!«, bemerkte Maren.

Frank ging auf die Äußerung nicht mehr ein.

»Lasst uns ein Bier trinken!«

Maren und Malte nickten zustimmend.

Als sie später im LOKal saßen – Malte hatte an der Theke einen Bekannten getroffen und stand mit einem Bier in der Hand neben ihm – blickte Maren über den Rand ihres Glases Frank an. Ihm wurde fast schwindelig.

Dienstag 16. April 2002

Das Flugzeug nach Arrecife sollte um 10:45 Uhr abheben. Stefan Kleine hatte die Nacht im Gewühl der Düsseldorfer Altstadt – der längsten Theke der Welt – verbracht. Jetzt saß er in einem Café, das schon geöffnet hatte, und frühstückte. Sein Glück konnte er immer noch nicht fassen.

Als er gestern nach einem kurzen Einkauf auf der Schloßstraße nach Hause zurückkehren wollte, fuhr ihm der Schreck gewaltig in die Glieder. Er war in die Althofstraße eingebogen und sah zwei Männer aus dem Haus kommen, die Kartons und seinen Computer in einem schwarzen Van verstauten. Er blieb auf der gegenüberliegenden Straßenseite, verlangsamte seinen Schritt, war aber äußerlich so kühl, dass er an seiner Haustür vorbeiging, wobei er aus den Augenwinkeln das Treiben beobachtete. Ab und zu schaute er auch unverhohlen zu dem Wagen hinüber, wie es ein unbeteiligter Passant halt auch tun würde. Ganz offensichtlich räumte man Sachen aus seiner Wohnung, und als er an der Tür vorbei war, konnte er durch die geöffnete Tür blicken und sah einen weiteren – allerdings bewaffneten – Mann im Hausflur stehen. Damit war für ihn klar, dass sich die Polizei in seiner Wohnung aufhielt und diese ausräumte. Er konnte von Glück sagen, dass er beim Bäcker hatte warten müssen. Wenn er früher zurückgekommen wäre, hätte man ihn wahrscheinlich in der Wohnung angetroffen. Trotzdem erschrak er jetzt wieder. Wie konnte die Polizei auf seine Spur gekommen sein? Hatten sie Robert Lachner erwischt? Hatte der vielleicht irgendwelchen unvorsichtigen Blödsinn gemacht? Das alles konnte er überhaupt nicht einschätzen.

Klar war, dass er verschwinden musste, denn natürlich würde die Polizei jetzt nach ihm suchen. Er musste schnell handeln. Er war zum Bahnhof gegangen und mit dem erstbesten Zug nach Duisburg gefahren, wo er bei Shirley, einer englischen Freundin, erstmal untergetaucht war. Er hatte sein Handy eingeschaltet und lange überlegt, ob er Lachner anrufen sollte, sich dann aber dazu entschlossen zu warten. Er hatte natürlich auch Shirley warnen müssen, denn mit Sicherheit war die Polizei in der Lage, seinen E-Mail-Verkehr zu verfolgen und die Empfänger und Absender seiner elektronischen Post zu identifizieren.

Über Shirleys Internetverbindung schickten sie eine verschlüsselte Botschaft an ihre Kunden. Es war nicht damit zu rechnen, dass die Polizei seinen Rechner schon geknackt hatte. Also bestand eine recht große Chance, dass eine Vielzahl von Kunden rechtzeitig gewarnt werden konnte. Der Warnruf würde sich kettenbriefartig sekundenschnell durchs Internet verbreiten. Es blieb zu hoffen, dass alle rechtzeitig ihre Rechner bereinigen konnten. Anschließend suchten sie eine schnelle Flugmöglichkeit. Der Zufall kam ihnen entgegen. Sie konnten für Dienstagmorgen zwei Flüge nach Lanzarote buchen. Diese waren am Montagabend storniert worden, so dass er sie für wenig Geld haben konnte. Schließlich hatte er Shirleys Festplatten physikalisch gelöscht. Auch die Datenträger wurden zerstört und auf mehrere Mülltonnen in der Umgebung verteilt. Gegen Mittag meldete sich dann plötzlich Lachner über das Handy. Lachner sah keine Notwendigkeit, zu fliehen. Er hatte nie an seinem eigenen Computer »gearbeitet«. Er hatte ja Kleines Rechner unbegrenzt nutzen können und auf ihm keine Spuren hinterlassen, die auf Lachner hindeuten konnten. Seine DVDs und VCDs hatte er auf die gleiche Art wie Shirley vernichtet. Er war überzeugt davon, dass selbst sein Name und seine Adresse ihm nicht gefährlich werden konnten. Selbst wenn eines der Kinder geredet haben sollte, konnte es nur Hinweise auf Kleines Wohnung gegeben haben, denn nur dort waren die Aufnahmen gemacht worden. Ab und zu, aber ganz selten, hatte er auch Shirleys Wohnung genutzt. Sein vollständiger

Name war ebenfalls keinem der Kinder bekannt. Lachner sah allerdings ein, dass Kleine verschwinden musste, schien aber etwas verärgert, als Kleine ihm nicht mitteilen wollte, wohin er sich abzusetzen gedachte.

Kleine schaute auf die Uhr. Es war neun, und langsam musste Shirley mal auftauchen. Unruhig wurde Kleine aber nicht, denn er hatte sich fest vorgenommen, dass er sich um Viertel nach neun Richtung Flughafen auf den Weg machen würde. Er konnte es sich nicht leisten, seine Chance zur Flucht wegen Shirley zu verspielen. Zwar war die zwanzigjährige englische Studentin aus der Nähe von Portsmouth eine echte Granate und für ihn die Verbindung auf die Insel, aber das war jetzt sowieso erstmal vorbei. Es war eine recht lockere Beziehung von beiden Seiten.

Er rief den Kellner. Kurz nachdem er bezahlt hatte, tauchte Shirley auf, buchstäblich in letzter Minute. Im Gegensatz zu ihm trug sie eine Reisetasche. Nach einem flüchtigen Begrüßungskuss liefen sie zum nächsten Taxistand. Es war nicht sehr weit bis zum Flughafen – in zehn Minuten würden sie da sein. Sie mussten jetzt sehr vorsichtig sein, wenn sie am Flughafen ankamen und auch darauf gefasst sein, vielleicht überstürzt fliehen zu müssen. In seinem Portemonnaie hatte er ständig ein kleines, aber scharfes Taschenmesser. An die Mitnahme sonstiger Waffen war nicht zu denken. Die wären bei der Kontrolle sofort entdeckt worden.

Sie waren nun am Flughafen und fuhren vor dem Abflug-Terminal vor. Kleine und Shirley stiegen aus. Er gab dem Fahrer einen Zehn-Euro-Schein und betrat mit Shirley die Halle. Er blickte sich um. Nicht allzu weit entfernt befand sich der Schalter von »Air Berlin«, wo er die Tickets abholen sollte. Etwa zwanzig Meter weiter rechts nahm er zwei Grenzschutzbeamte wahr, die recht gelöst, aber mit Maschinenpistolen bewaffnet, durch die Halle schlenderten. Er fasste Shirley am Unterarm und zog sie leicht mit sich in

Richtung des Schalters. Die große Anzeigetafel in der Halle verriet ihm, dass es 9:30 Uhr war. Hinter dem Schalter saß eine blonde junge Frau, die ihm bereits aus einer Entfernung von fast zehn Metern zulächelte. Bei ihr angekommen grüßte er freundlich. Shirley stand unmittelbar neben ihm.

»Ich hatte gestern zwei Flüge nach Lanzarote gebucht. Man sagte mir, die Tickets würden hier hinterlegt«, machte er der jungen Frau sein Anliegen klar.

»Dann wird das wohl auch so sein. Verraten Sie mir Ihren Namen?«

»Stefan Kleine und Shirley Simmons«, antwortete er lässig.

Er blickte der jungen Frau gerade in den Ausschnitt und konnte so den sich fast unmerklich verändernden Gesichtsausdruck nicht wahrnehmen. Die Frau griff in eine Ablage und förderte nach kurzem Blättern zwei Tickets zutage, die sie vor sich hinlegte. Kleine streckte schon die Hand aus, um die Tickets in Empfang zu nehmen.

»Darf ich Ihren Ausweis bitte sehen?«, fragte die junge Frau.

In ihrem Blick lag Ernsthaftigkeit, aber Kleine sah ihr mit überraschtem Lächeln und immer noch ausgestreckter Hand ins Gesicht. Er zog die Hand zurück und griff zu seiner Gesäßtasche, in der sein Portemonnaie mit Scheckkarte und Ausweis verstaut war.

»Meinen Ausweis? Warum denn das?«

Alle Antennen, die er besaß, hatte Stefan Kleine jetzt ausgefahren. Aus den Augenwinkeln beobachtete er die nähere Umgebung und stellte dabei fest, dass Shirley unruhig wurde.

»Die Tickets sind hinterlegt worden, und wir wollen sicher sein, dass sie demjenigen ausgehändigt werden, der sie auch gebucht hat«, entgegnete die junge Frau, die jetzt wieder ausgesuchte Höflichkeit ausstrahlte. Sie wirkte sehr gelassen und sicher. »Sie können sich nicht vorstellen, wie häufig es vorkommt, dass Leute auf diese Art versuchen, an billige Flüge zu kommen.«

Du hörst die Flöhe husten, dachte sich Kleine, während er den Personalausweis aus seinem Portemonnaie angelte. Einer plötzlichen Eingebung folgend griff er in das Kleingeldfach und ließ das kleine Messer in seine Faust gleiten. Die junge Frau hinter dem Schalter schaute für seinen Geschmack etwas zu lange auf den Ausweis und legte ihn dann auf die Tickets vor sich. Sie stand auf. Nichts Freundliches war mehr in ihrem Blick. In seinen Augenwinkeln registrierte er eine schwache Bewegung. Er klappte das Messer in seiner Hand auf. Er hob den Kopf und sah einen jungen Mann neben seiner englischen Freundin stehen. Auch hinter ihm stand ein Mann. Die junge Frau hinter dem Schalter machte sich aus dem Staub.

»Stefan Kleine?«, fragte der Mann hinter ihm.

Ohne auch nur den Versuch zu machen, zu sehen, wer ihn da ansprach und warum, fuhr Kleine seinen linken Ellenbogen aus und rammte den Mann zur Seite. Dann packte er Shirley und fuhr mit dem aufgeklappten Messer, das er in der rechten Hand hielt, zu ihrem Hals. Shirley schrie auf. Der Mann links von ihr hatte blitzschnell eine Waffe gezogen. Kleine machte einen schnellen Schritt rückwärts, wodurch auch der zweite Beamte in Kleines Blickfeld rückte. Er hatte sich wieder aufgerappelt und hielt seine Pistole im Anschlag auf Kleine gerichtet.

»Weg!«, brüllte Kleinert. »Die Pistolen weg!«

Um sie herum registrierte er eiliges Laufen. Die noch nicht allzu zahlreichen Flughafenbesucher und Fluggäste sahen zu, dass sie sich in Sicherheit brachten. Langsam wollten die beiden Beamten ihre Waffen zurück in das Schulterholster stecken.

»Auf den Boden! Die Waffen auf den Boden! Oder ich steche die Kleine ab!«, schrie Kleine und er schien wildentschlossen.

Wie in Zeitlupe gingen die beiden Beamten in die Knie und legten ihre Waffen auf den Boden der Flughafenhalle. Kleine hörte spitze Schreie und andere Rufe, die von den Menschen stammten, die immer noch zusahen, dass sie davonkamen. Der Beamte, den er gerade mit einem Ellenbogencheck zu Boden befördert hatte, hob beschwichtigend die Hand.

»Machen Sie keine Dummheiten«, sagte er ruhig. »Sie haben überhaupt keine Chance. Sie machen alles nur noch schlimmer, wenn Sie das Mädchen nicht gehen lassen.«

»Halt das Maul!«, schrie Kleine ihn an.

Er hatte sich – Shirley fest umklammernd und das Messer an ihrem Hals – immer weiter nach hinten bewegt. Der jüngere der beiden Polizisten, der anfangs neben Shirley gestanden hatte, rückte langsam nach.

»Bleibt stehen!«, brüllte Kleine und die Beamten gehorchten sofort.

Die Halle war nun im Umkreis von hundert Metern um ihn herum leer. In der Ferne sah er Leute stehen, die sich die Szene anschauten.

»Niemand folgt mir!«, schleuderte er den Beamten entgegen, während er sich, Shirley mit sich zerrend, rückwärts Richtung Ausgang bewegte.

Kurz vor der Drehtür blieb er stehen und blickte sich nach allen Seiten um. Er löste den Klammergriff um Shirleys Bauch und stieß sie mit der linken Hand kräftig von sich. Sie schlug mit einem Schrei auf dem Hallenboden auf. Aus der Ferne hörte er lautes Gekreische. Blitzschnell drehte er sich um und verschwand durch die Drehtür. Als er nach draußen kam, sah er einen schwarzen Aktenkoffer auf sich zukommen. Ein stechender Schmerz in der Nasenwurzel war seine vorletzte bewusste Wahrnehmung, bevor er merkte, dass sämtliche Lichter um ihn herum, inklusive Sonne, gleichzeitig ausgeschaltet wurden.

*

Das Ermittlungsteam saß in Franks Büro zusammen, als der Anruf mit der Nachricht von Kleines Verhaftung einging.

»Wirklich?«, rief Frank mit dem Hörer am Ohr und sprang auf. Einen Moment lauschte er. »Okay. Wir kommen ihn abholen … Nasenbeinbruch? … Sehr gut! … Gebt dem Mann eine Belohnung! … Gut, bis gleich!«

Er legte auf und griff seine Jacke.

»Malte, kommst du mit?«, fragte er mit einem breiten Grinsen. »Wir holen Kleine vom Flughafen ab!«

Malte war begeistert. »Aber gerne!«

Frank erzählte seinen Kollegen schnell, was geschehen war.

»… und dann hat der junge Mann durch die Glastür gesehen, wie Kleine das Mädchen umstieß. Er hat ihn am Ausgang in Empfang genommen und ihm seinen Aktenkoffer auf die Nase gezimmert. Jetzt hat der Arme einen Nasenbeinbruch, ist aber medizinisch versorgt worden. Anstatt sich aus dem Staub zu machen, ist die ›Geisel‹ wie eine Wilde auf Kleine losgegangen und hat ihm nochmal eins in die Schnauze gehauen. Jetzt hat er auch noch eine aufgeplatzte Lippe. Dann stellte sich heraus, dass diese Frau zu ihm gehörte und mit ihm nach Lanzarote türmen wollte!«

Während seines Berichtes mussten er und die anderen das eine oder andere Mal lachen.

»Lanzarote – wie seltsam!«, sagte Maren. »Ist da nicht auch dieser Tobias Ritter?«

»Stimmt! Ruf doch mal bei unseren Kollegen in Spanien an, ob die in Sachen Ritter schon weiter gekommen sind!«

Als er mit Malte die Treppe hinunter lief, sagte er: »Wir müssen einen Käfigwagen nehmen, damit die sich während der Fahrt nicht wieder an die Gurgel gehen.«

Malte nickte. Sie holten sich aus dem Bereitschaftsraum einen entsprechenden Wagenschlüssel und begaben sich zum

Parkplatz. Vierzig Minuten später betraten sie die Räume des Bundesgrenzschutzes im Düsseldorfer Flughafen. Ein Beamter hatte sie am Eingang abgeholt und hierher begleitet. Er händigte Frank zwei verschweißte Plastiktüten aus, in denen sich die Gegenstände befanden, die man Kleine und Shirley abgenommen hatte.

»Was wollt ihr von diesem Idioten?«, fragte der Beamte.

»Möglicherweise Doppelmord und auf jeden Fall Kinderpornographie!«

Der Grenzschutzbeamte pfiff durch die Zähne.

»Vielleicht hätte man die Kleine nicht zurückhalten sollen«, grinste er. »Die hätte sich bestimmt in dem Schwein festgebissen.«

Er führte die beiden durch einen engen Gang hindurch in einen riesigen Raum, der in zwölf ungleiche Zellen aufgeteilt war. Vorher hatten sie aus diesem Raum schon lautstarkes Gezeter vernommen.

»Du bis ein Swein!«, erklang es britisch akzentuiert aus der ersten Zelle, was aus der letzten hinten rechts mit einem müden »Halt's Maul!« beantwortet wurde.

Der Beamte öffnete die Zelle, in deren Mitte Shirley stand.

»Hände auf den Rücken!«, befahl er in einem Ton, dem die junge Frau sofort Folge leistete.

Kurz darauf schlossen sich Handschellen um ihre Handgelenke. Der Grenzschutzbeamte drehte ab und verließ die Zelle. Er bedeutete Frank, die Engländerin zu übernehmen, und forderte Malte auf, ihm zu folgen.

»Mein Name ist Wallert, Kriminalpolizei. Wir werden Sie nach Mülheim bringen«, sprach er sie an und wunderte sich über den freundlichen Blick, mit dem sie ihn ansah.

»Du bis sus«, sagte sie und blitzte ihn an. Dann beugte sie ihren Oberkörper tief nach unten und wedelte mit ihren hinter dem Rücken gefesselten Händen hin und her. »Das muss doch nich«, bettelte sie.

Durch ihre tiefe Verbeugung lud sie Frank zu einem tiefen Blick in den Ausschnitt ihrer Bluse ein.

»Doch, das muss«, erwiderte er trocken und trat hinter sie.

Shirley richtete sich wieder auf und Frank schob sie sanft zur Zellentür hinaus. Am anderen Ende des Ganges kam gerade Malte mit seinem Schützling aus einer Zelle. Der Mann trug auf Grund seiner Verletzung eine Gesichtsmaske, hatte aber auch die Hände auf dem Rücken und Handschellen an seinen Handgelenken.

»Geh mit ihr vor!«, rief Malte seinem Kollegen zu.

Frank fasste Shirley am Oberarm und führte sie aus dem Trakt hinaus durch den schmalen Gang ins Büro. Malte und Kleine, sowie ihr Kollege vom Grenzschutz folgten ihnen. Kleine machte einen sehr ruhigen und gefassten Eindruck. Seine britische Freundin ignorierte ihn und machte keine Anstalten mehr, ihn ihren Zorn spüren zu lassen. Kleine machte wirklich einen jämmerlichen Eindruck, der durch die geschwollene und offensichtlich genähte Oberlippe noch verstärkt wurde. Sie verabschiedeten sich von dem Grenzschutzkollegen und dankten ihm. Den Wagen hatten sie unmittelbar vor dem Eingang mit rotierendem Blaulicht stehen lassen. Fahrer und Beifahrer saßen in dem Auto, durch eine Metallgitterwand von den hinteren Plätzen getrennt.

Frank schob Shirley auf den Beifahrersitz, während Malte mit Kleine hinten Platz nahm. Als Frank eingestiegen war, griff er um Shirley herum nach ihrem Sicherheitsgurt. Plötzlich zuckte er zusammen, denn er war Shirleys Gesicht dabei so nahe gekommen, dass sie die Gelegenheit genutzt hatte, ihm ins Ohr zu pusten. Sie feixte ihn frech an, als er den Gurt um sie legte und einrasten ließ. Kurz darauf schaltete Frank das Blaulicht aus und fuhr los. Kleine schwieg, Malte sagte nichts, Shirley starrte vor sich hin, und so sah auch Frank keinen Anlass, für Unterhaltung sorgen zu müssen. Eben dachte er daran, dass sie noch vor vier Tagen deprimiert darüber waren, dass sie keinen Schritt vorwärtskamen. Jetzt hatten sie eine wichtige Festnahme und möglicherweise den Schlüssel zu den Morden in den Händen.

»Habt ihr Lachner auch?«, fragte Shirley plötzlich.

Sie hielt den Kopf gesenkt und hatte sehr leise gesprochen, so dass Frank einen Moment glaubte, nicht richtig verstanden zu haben.

»Bitte? Wen?«, fragte er nach.

»Robert Lachner«, wiederholte sie, immer noch sehr leise, aber deutlich verständlich, und jetzt hatte sie sich um sehr deutliche, fast akzentfreie Aussprache bemüht.

»Nein. Warum? Wer soll das sein?«, erkundigte sich Frank, ebenfalls leise.

Offensichtlich wollte Shirley nicht, dass Kleine von dem Gespräch etwas mitbekam.

»Freund von Stefan. Wenn wir verhaftet sind, muss er nicht frei sein«, flüsterte sie nahezu.

Muss Rache süß sein, dachte Frank und lächelte vor sich hin.

*

Auf dem Schulhof herrschte scheinbar Chaos. Während in der einen Ecke einige Jungs aus der Fünf Fußball spielten und dabei einen Lärm für Hundert veranstalteten, tobten einige andere Schülerinnen und Schüler scheinbar sinnlos über den Hof und spielten irgendeine Variante von »Fangen«. Es war Pause. An vielen Stellen auf dem Hof standen größere und kleinere Gruppen von Kindern und Jugendlichen zusammen. Sie unterhielten sich, scherzten und lachten. Die Bänke waren besetzt, und ein paar Schüler in der Ecke vor der Cafeteria rauchten verbotenerweise. Eine Aufsicht war nicht zu sehen. So konnten die Schüler entspannt bleiben.Steffie stand abseits vom fröhlichen Treiben an die Wand des Altbaus gelehnt. Sie war blass. In das Betrachten ihrer Schuhspitzen versunken merkte sie gar nicht, dass sich Rainer Kirchhoff näherte.

»Hallo, Steffie.«

Sie schaute auf. »Tag, Herr Kirchhoff.«

»Du bist alleine?«

»Scheint so.«

»Möchtest du alleine sein?«

Steffie zuckte mit den Schultern.

»Soll ich gehen?«

Sie schüttelte den Kopf. Rainer stellte sich neben sie.

»Wir haben noch zehn Minuten. Du kannst reden, wenn du willst. Ich habe Zeit.«

Rainer Kirchhoff registrierte ein leises Nicken von Steffie.

»Zehn Minuten sind nicht viel.«

»Es ist aber ein Anfang.«

Es breitete sich Schweigen zwischen beiden aus. Wie aus großer Entfernung nahm Steffie den Pausenlärm wahr. Der Lehrer sah ein, dass er beginnen musste.

»Wo sind denn Trixi und Sabrina?«

Schulterzucken. Immer noch hielt Steffie den Blick gesenkt. »Die wollen mit mir nichts mehr zu tun haben.«

Steffie hob den Kopf und Rainer Kirchhoff erschrak über ihr Gesicht.

»Haben sie dir das gesagt?«

Steffie nickte und sah ihn weiter an.

»Sabrina hat mich Nutte genannt.«

Ein Zittern ging um Steffies Lippen, als würde sie jeden Augenblick anfangen zu weinen. Rainer Kirchhoff legte Steffie den rechten Arm um die Schultern und zog sie leicht an sich heran.

»Steffie, das hat sie doch nicht so gemeint …«

»Doch!« Steffie presste dieses Wort aus sich heraus. »Ihr Vater will heute zu Herrn Weißberg gehen. Er möchte, dass Sabrina nicht mehr mit mir in eine Klasse geht.«

»Das wird keinen Sinn haben. Herr Weißberg macht sowas nicht.«

»Das ist mir egal. Aber Sabrina will es!«

Rainer Kirchhoff verstand. »Und Trixi?«

»Keine Ahnung. Wenn ich sie anspreche, dreht sie sich um und geht weg. Sie spricht nicht mit mir.« In Steffies Worte hatte sich ein Schluchzen gemischt. Der Lehrer spürte ein Zittern ihrer Schultern und wusste, dass Steffie gleich weinen würde. Er sah sie an. Eine vorwitzige Träne hatte sich auf Steffies Nasenspitze verirrt. Er wischte sie mit dem linken Zeigefinger weg und nickte vor sich hin.

»Ich habe Fabian vorhin bei dir gesehen.«

»Ach, Fabian. Der hat mich gefragt, wie viel ich dabei verdient habe.«

»Ich würde dir gerne sagen, dass das vorbeigeht, Steffie. Es kann aber auch sein, dass du dir neue Freunde suchen musst, wenn du es wieder kannst.«

Der Gong beendete die Pause. Jetzt hatten die Schüler noch fünf Minuten, bis in den Klassen- und Fachräumen die dritte Unterrichtsstunde begann.

»Sollen wir nachher weiterreden?« Steffie nickte. »Ich bin in der zweiten Pause in meinem Raum. Wirst du kommen?«

Wieder nickte sie. Rainer Kirchhoff wuschelte mit einer Hand durch ihre Haare. Dann löste er sich von der Wand des Schulgebäudes und ging. Steffie verfolgte ihn mit ihrem Blick. Als er verschwunden war, drehte sie sich um und presste ihre Stirn gegen die alte Hauswand. Ein lautes Schluchzen entrang sich ihrer Brust und die Tränen flossen. Schüler eilten an ihr vorbei. Niemand sprach sie an.

*

Nachdem sie Shirley Simmons und Stefan Kleine im Präsidium abgeliefert hatten, bat Frank Rolf, die Adresse von

Robert Lachner herauszufinden. Er selbst wollte kurz nach Hause fahren. Der gestrige Abend war lang geworden, und der Tag war ja auch nicht von schlechten Eltern gewesen. Er fühlte sich ausgelaugt und hoffte, durch ein kurzes Intermezzo in den eigenen vier Wänden wieder auftanken zu können. Für heute Nachmittag waren die Verhöre von Kleine und Simmons angesetzt. Britta würde mit ihm zusammen Kleine befragen, während Maren und Fabian sich um Shirley Simmons kümmern sollten. Beide hatten auf einen Rechtsbeistand verzichtet. Kleine war ohnehin überführt und die Engländerin schien sich schon darauf zu freuen, Kleine so richtig »in die Pfanne zu hauen«.

Es war dreizehn Uhr und Frank wunderte sich, dass er Ina zu Hause antraf. Sie hatte offensichtlich eine ähnliche Idee wie er gehabt und kam ihm – eingewickelt in ein großes Badehandtuch – mit nassen Haaren entgegen, als er in den Flur trat. Sie begrüßten sich mit einer kurzen Umarmung und einem flüchtigen Kuss.

»Ich muss mich beeilen«, sagte sie und rauschte in die Küche.

»Ich habe auch nicht viel Zeit. Ich muss zum Verhör.«

Sie reagierte nicht, sondern eilte wieder an ihm vorbei Richtung Schlafzimmer. Plötzlich wurde ihm bewusst, dass hier etwas anders als sonst ablief. Ihr Umgang miteinander war in den letzten Tagen sehr versachlicht gewesen. Während Ina im Schlafzimmer das Handtuch von sich warf und nun vor dem Schrank stand, um ihm frische Wäsche zu entnehmen, zog er sich aus. Noch vor einer Woche hätte Ina zumindest versucht, ihn zu irritieren und beider Zeitpläne durch eindeutige Avancen durcheinanderzubringen. Jetzt ignorierte sie ihn förmlich. Auch in den letzten drei Tagen war ihr Kontakt eher »geschäftlicher«, beruflicher Art und spiegelte nicht wie sonst die zwischen ihnen bestehende Zuneigung und Wärme wieder. Er stieg unter die Dusche und genoss den warmen

Wasserstrahl auf seiner Haut. Seine Gedanken wirbelten weiter durch seinen Kopf. Am Samstag und Sonntag war es zwischen Ina und ihm nur um Steffie und die Wiberts bzw. um den Laptop gegangen. Auch am Sonntag hatten sie keine privaten Berührungspunkte. Am gestrigen Abend war er gegen Mitternacht nach Hause gekommen – spät, aber nicht ungewöhnlich spät. Ina lag zu diesem Zeitpunkt bereits schlafend im Bett, was normalerweise niemals vorkam. Beide hatten bisher immer aufeinander gewartet, wenn einer von ihnen abends unterwegs war und vorher den anderen nicht informiert hatte, dass es sehr spät werden würde. Frank hatte dann noch alleine in der Küche gesessen, ein Glas Wein getrunken und – während er eine Zigarette rauchte – die Zeitung durchgeblättert. Das war normalerweise ihr gemeinsames Abschlussprogramm für einen langen Arbeitstag.

Er beendete das Duschen, indem er das heiße Wasser abdrehte und für Sekunden unter dem kalten Strahl stehenblieb. Dann trocknete er sich ab und kleidete sich im Schlafzimmer neu ein. Während er seine Uhr ums Handgelenk legte, ging er in die Küche. Ina hatte Kaffee gekocht, und für eine Tasse würde die Zeit noch reichen. In der Küchentür begegneten sie sich. Ina hatte bereits ihre Jacke an. Ohne ihn richtig anzusehen, sagte sie: »Ich muss los. Tschüss.«

Sie küsste ihn auf die Wange und schob sich an Frank vorbei. Er drehte sich zu ihr um und fragte: »Sehen wir uns heute Abend?«

Während sie durch die Wohnungstür schlüpfte, rief sie: »Weiß ich noch nicht. Wir werden sehen!«

Die Tür schlug zu. Kopfschüttelnd verzichtete er auf den Kaffee. Er konnte im Büro einen trinken. Er öffnete den Kühlschrank, nahm sich eine Scheibe Schinken und steckte sie in den Mund. Kauend ging er ins Bad, um sich die Haare wenigstens anzuföhnen. Fünf Minuten später verließ er seine Wohnung und kehrte ins Präsidium zurück.

*

Im Büro war bereits Kaffee gekocht worden, aber im Raum hielt sich niemand auf. Er goss seinen Becher voll und nahm an seinem Schreibtisch Platz. In einer Viertelstunde würden sie mit den Verhören beginnen. Die Tür öffnete sich und Malte trat ein.

»Wo hast du eigentlich den Namen Robert Lachner her?«, fragte er und ließ sich auf einen Stuhl fallen.

»Den hat mir ein englisches Vögelchen gezwitschert. Warum fragst du?«

»Weil Britta ihn kennt«, klärte Malte ihn auf. »Ein Zahnarzt hatte ihn mal angezeigt, weil er ihm angeblich solche Schweinefotos angeboten hat. Lachner konnte aber nichts nachgewiesen werden. Er hat alles geleugnet und hatte nichts in seiner Wohnung.«

»Dann haben wir ja auch die Adresse, oder?«

Malte wedelte mit einem Zettel, den er in der Hand hielt.

»Habe ich gerade von Britta gekriegt. Ich fahre gleich mit Reinhard hin.«

Frank stand auf, da es Zeit war, zu Britta zu gehen. »Nehmt einen Funkwagen. Ich gehe davon aus, dass die Engländerin noch Näheres erzählt. Sie lauert nur darauf, Kleine einen einzuschenken. Lasst euch Zeit, falls ihr Lachner antrefft. Vielleicht könnt ihr ihn dann gleich festnehmen und mitbringen.«

Als Frank die Tür öffnete, stieß er fast mit Maren zusammen, die gerade eintreten wollte. Er nahm sie bei den Schultern, drehte sie um ihre eigene Achse und sagte: »Abteilung kehrt!« Lächelnd führte Maren die ausgestreckte Hand zur Schläfe und antwortete: »Zu Befehl!« Sie gingen hintereinander den Flur entlang, und als Malte zur Treppe hin abbog, rief er ihnen nach: »Viel Erfolg!«

»Euch auch!«, erwiderte Frank, bevor er auf dem kurzen Stück zu Brittas Zimmer Maren über Lachner informierte.

»Hakt da also bitte bei der kleinen Engländerin nach«, schloss er und öffnete die Tür zu Brittas Büro.

*

Kleine saß an dem Tisch im Vernehmungszimmer und wirkte völlig unbeteiligt. Während Britta ihm gegenüber am Tisch Platz genommen hatte, saß Frank etwas abseits versetzt hinter ihr und hatte sich vorgenommen, erstmal nur zuzuhören, obwohl Britta ihm für die Vernehmung freie Hand gewährt hatte.

»Wir nehmen das Gespräch auf, Herr Kleine«, begann Britta, was dieser mit einem Schulterzucken quittierte.

Britta schaltete das Aufnahmegerät ein und sagte in das Mikrofon, das aus der Mitte des Tisches ragte: »Start Verhör Stefan Kleine, Dienstag, sechzehnter April zweitausend-undzwei … vierzehnuhrdreißig. Herr Kleine, Sie haben das Recht auf einen Rechtsbeistand. Bleiben Sie dabei, ohne Anwalt das Gespräch mit uns zu führen?«

Kleine hob den Kopf und schaute Britta an. Er nickte.

»Würden Sie bitte etwas sagen, Herr Kleine! Wir zeichnen das Gespräch auf, und ein Nicken kann man nicht hören!«

Kleine hatte den Kopf wieder gesenkt und blickte auf seine Hände.

»Nein, ich will keinen Anwalt«, sagte er jetzt klar und deutlich.

»Ich will Ihnen ehrlich sagen, was wir bis jetzt wissen, Herr Kleine.«

Britta begann mit einem etwa zehnminütigen Vortrag, in dem sie Kleine die Ermittlungsergebnisse der letzten Tage offen präsentierte. Dann schwieg sie. Nach einer schier endlosen Schweigephase, die weder Britta noch Frank zu beenden gedachten, hob Kleine wieder den Kopf, richtete seinen Oberkörper auf und legte die Unterarme auf den Tisch.

»Interessant«, sagte er. »Wenn Sie etwas von mir wissen wollen, sollten Sie mir Fragen stellen, oder glauben Sie, dass ich Ihren Vortrag jetzt kommentiere?«

»Ich habe Ihnen gesagt, was wir wissen«, entgegnete Britta und wurde energisch. »Wir brauchen Ihren Kommentar nicht. Ihnen sollte klar sein, dass Sie bis zum Hals in der Scheiße stecken! Sie haben jetzt die Möglichkeit zu kooperieren, was Ihre Lage verbessern könnte. Ich finde, Sie sollten uns zuerst einmal erzählen, was Sie mit Jörg Klettner zu tun hatten.«

Kleine zögerte etwas, wandte aber den Blick nicht von Britta ab. Schließlich sagte er: Okay. Ich erzähle Ihnen jetzt eine Geschichte, aber meinen Sie nicht, ich könnte vorher einen Kaffee bekommen?«

*

Shirley Simmons blickte Maren an und lachte. »Sie sind Polizistin? Das hätte ich nie gedacht!«

»Sie sind die Freundin eines Kinderschänders? Das hätte *ich* nicht gedacht«, erwiderte Maren schlagfertig, und sofort explodierte die Engländerin.

»Ich bin doch nicht die Freundin von diesem Schwein. Ich habe ihn mal gefickt, diesen alten Sack, aber mein Freund ist er nicht. Hat er das gesagt?«

Maren reagierte nicht. Fabian hatte Maren beim Verhör von Shirley das Vorrecht eingeräumt, also nahm sie am Tisch Platz und Fabian hielt sich im Hintergrund. Sie wies Shirley darauf hin, dass das Gespräch aufgezeichnet würde. Auch Simmons verzichtete auf einen Anwalt.

»Kann ich eine Zigarette kriegen?«, fragte Shirley.

Maren blickte Fabian an. Der nickte und zog eine Schachtel aus der Brusttasche seines Hemdes. Fabian gab ihr Feuer und stellte einen Aschenbecher vor sie auf den Tisch. Dankbar zwinkerte Shirley ihm zu und nahm einen tiefen Zug.

»Fragen Sie«, sagte sie zu Maren gewandt. »Ich sage Ihnen, was Sie wissen wollen.«

Maren war überrascht.

»Wer ist Robert Lachner?«

Ohne zu zögern antwortete die junge Engländerin.

»Er ist ein Freund und Partner von Stefan. Normalerweise hat er die Aufnahmen gemacht und kopiert.«

*

Reinhard und Malte standen vor der schweren Eingangstür eines Altbaus in Speldorf. Den Polizeiwagen hatten sie vorausschauend um die Ecke geparkt. »R. Lachner« stand auf dem Schild neben dem Klingelknopf, den Malte in diesem Augenblick drückte. Eine Gegensprechanlage gab es in diesem Haus nicht. Tatsächlich wurde nach einer Weile der Türöffner betätigt, der mit einem schnarrenden Geräusch ertönte. Malte drückte die Eingangstür auf, und die Beamten betraten einen dunklen Hausflur, in dem eine durchgebogene und abgewetzte Holztreppe mit kunstvoll gestaltetem Handlauf nach oben führte. Auf dem dritten Treppenabsatz standen sie allerdings vor zwei geschlossenen Türen, von denen die Linke offensichtlich zur Wohnung von Robert Lachner gehörte, denn sein Name stand auf einem Messingchild an der Tür. Noch einmal drückte Malte auf den Klingelknopf. Hinter der Tür waren deutlich Geräusche zu vernehmen. Schließlich wurde geöffnet und die Beamten sahen sich einem etwa vierzigjährigen Mann gegenüber, der sie herausfordernd ansah.

»Ja, bitte?«, sagte er und blickte von Malte zu Reinhard und zurück. Die Beamten hatten ihre Dienstausweise gezückt und hielten sie dem Mann vor die Nase.

»Wir sind von der Kriminalpolizei. Sind Sie Robert Lachner?«, erwiderte Malte.

»Ja. Habe ich was angestellt?«, versuchte Lachner zu scherzen. Seinem Gesicht war anzusehen, dass ihm eigentlich nicht zum Scherzen zumute war. Er schien auf etwas zu lauern.

»Wir würden Ihnen gerne ein paar Fragen stellen. Es dauert nicht lange.«

Lachner schien zu zögern, sagte dann aber: »Okay, kommen Sie rein.«

Lachner trat zur Seite und machte eine einladende Handbewegung ins Innere der Wohnung. Reinhard betrat hinter Malte einen schmalen Flur.

»Geradeaus bitte, ins Wohnzimmer«, forderte Lachner sie auf.

Die beiden Beamten nickten und liefen los. Plötzlich bemerkte Malte hinter sich eine schnelle Bewegung und fuhr herum. Lachner hatte einen Satz nach vorne gemacht, huschte blitzschnell durch die Tür und schlug diese zu.

»Scheiße!«, entfuhr es Malte, als er nachsetzte.

Er riss die Tür auf. Mit zwei Sätzen war er auf der Treppe und sah Lachner, der bereits einiges an Boden gewonnen hatte, die Treppe hinunterhetzen. Er vollführte eine Flanke über das Treppengeländer und nahm Lachner auf diese Weise etwas von seinem Vorsprung ab.

»Bleiben Sie stehen!«, rief er ihm nach und rannte weiter. Unten hörte er bereits die Haustür schlagen. Als er auf dem untersten Treppenabsatz angelangt war, wurde eine Wohnungstür geöffnet. Eine ältere Frau trat in den Flur und bedachte Malte mit einem vorwurfsvollen Blick. Er streckte den rechten Arm aus und schob im Vorbeihetzen die Frau zurück in die Wohnung. Vom Schrei der völlig überraschten Frau begleitet, erreichte er die Haustür und riss sie auf. Draußen blickte er nach rechts und links. Er sah Lachner um die Ecke laufen, genau in die Richtung, in der ihr Polizeiwagen stand. Malte sprintete los, vernahm hinter sich das erneute Schlagen der Haustür und wusste, dass Reinhard ihm folgte.

*

Kleine klagte über Kopfschmerzen. Auch die Lippe tat ihm weh.

»Wollen Sie eine Pause machen?«, fragte Britta. Sie konnte nicht leugnen, dass sie schwaches Mitgefühl für Kleine verspürte. Er schüttelte den Kopf.

»Wenn ich noch einen Kaffee bekommen könnte?«, bat er.

Britta nickte Frank zu, und der erhob sich, um den Kaffee zu holen. Als er wieder zurückkehrte, stellte er den Becher vor Kleine hin, der sich brav bedankte.

»Als man bei COMPUB dann die Bilder auf meinem Rechner gefunden hatte, kam es zum ersten Mal zu einem heftigen Streit zwischen Klettner und mir.«

»Warum? Sie konnten doch eigentlich froh darüber sein, dass die Geschäftsleitung Sie nicht angezeigt hat.«

»Darum ging es nicht. Ich hatte mit Jörg verabredet, dass er die Daten vor der Sicherung auf CD brennt und dann löscht. Er hat es nicht getan und mir die Suppe eingebrockt.«

Frank wurde langsam ungeduldig. Er stand auf und lief im Raum auf und ab.

»Herr Kleine, ich möchte von Ihnen gerne eine Frage beantwortet haben, die mir schon die ganze Zeit auf der Zunge brennt«, wandte er sich jetzt an den Mann mit der Gesichtsmaske. »Warum haben Sie Frau Siebert mit Ihrem Wagen angegriffen?«

»Ach das!«, winkte Kleine ab. »Angegriffen kann man das doch wohl nicht nennen! Ich wollte sie ein bisschen erschrecken, mehr nicht. Dass die Frau nicht Auto fahren kann, konnte ich ja nicht wissen.«

»Jetzt hören Sie aber mal auf!«, fuhr Frank ihn an. »Sie haben Frau Siebert von hinten gerammt und ihren Unfall verursacht! Die Frau ist schwer verletzt!«

»Das tut mir ja auch leid. Das wollte ich nicht.«

»Und warum das Ganze?«

»Das weiß ich nicht«, antwortete Kleine und sah Frank dabei offen an. »Ein Kollege hat mich angerufen und mir gesagt, dass ich die Frau ein bisschen ärgern solle. Warum, kann ich Ihnen nicht sagen.«

»Wer war der Kollege?«, erkundigte sich Frank und aus der Art, wie er das tat, wurde deutlich, dass er verhältnismäßig ungeduldig war.

»Ritter. Tobias Ritter«, antwortete Kleine und lehnte sich in seinem Stuhl zurück.

*

»Warum warst du heute wieder nicht in der Schule?«

Frau Wiberts Stimme klang schneidend. Sie sah ihre Tochter mit einem Blick an, der Wut und Unverständnis offenbarte. Steffi saß am Küchentisch. Ihr Gesicht war leer. Sie hatte geschlafen, ihre Augen waren klein und lagen tief in ihren Höhlen. Ihre Haare hingen in ihr Gesicht, und an einigen Stellen standen sie wild von ihrem Kopf ab.

»Ich war in der Schule.«

Die Stimme der Frau wurde schrill. »Nein, warst du nicht! Lüg mich nicht an! Warum sollte Herr Kirchhoff denn sonst sowas behaupten?«

Steffie legte ihren schweren Kopf auf ihre Arme, die sie auf dem Tisch verschränkt hatte.

»Ich habe doch in der Pause mit ihm geredet.«

»Ich denke, du bist zu dem Gespräch nicht gekommen?«

Steffie hob den Kopf wieder.

»Du hörst nicht zu. Warum hörst du nicht zu?« Es klang resigniert. Frau Wibert setzte sich zu Steffie an den Tisch.

»Pass mal auf! Ich lasse mir von dir nicht jeden Tag neue Lügen auftischen! Du brauchst dich nicht zu wundern, wenn niemand mehr was mit dir zu tun haben will!«

Steffie stand auf und sah ihre Mutter an, die ihrem Blick aber auswich. Frau Wibert sah auf die Uhr. Steffie wandte sich ab und verließ die Küche.

»Ja, geh nur! Du kannst es nicht haben, wenn man dir die Wahrheit sagt!« Steffie begann wieder zu weinen. Für ihre Mutter war das Gespräch beendet.

*

Das Gespräch mit Shirley Simmons war nach einer halben Stunde beendet. Maren und Fabian hatten einiges von ihr erfahren. Shirley Simmons war eine Studentin, die in Duisburg Germanistik studierte. Kleine hatte sie kennengelernt, als er sie bei einem Fest in der Duisburger Innenstadt ansprach. Sie unterhielten eine sehr lockere Beziehung miteinander, in der es durchaus vorkam, dass man sich wochenlang nicht sah oder sprach. Die »Geschäfte« von Kleine hatten sie erst nicht interessiert, dann sah sie aber, dass sie auf diese Weise ihre schwierigen finanziellen Verhältnisse enorm verbessern konnte. Sie hat die Bilder über ihren schnellen DSL-Anschluss nach Großbritannien geschickt, wo sie ein Jugendfreund aus Portsmouth weiter verbreitete.

Shirley hatte auf Nachfrage von Maren Kleines Kontakte zu Jörg Klettner und Tobias Ritter bestätigt. Außerdem hatte sie ihr die Namen von fünf weiteren Männern genannt, denen sie regelmäßig im Auftrag von Kleine Fotos geschickt hatte. Kleine hatte einen Schlüssel zu Shirleys Wohnung. Ihr war aber nicht klar, dass er ihre Wohnung genutzt hatte, um Fotos und Videos zu machen. Als Maren sie danach fragte, geriet sie förmlich aus dem Häuschen und bedachte Kleine in seiner Abwesenheit mit englischen Beleidigungen, die Maren verlegen machten, obwohl sie sie nicht verstand.

Maren hatte das Aufnahmegerät abgeschaltet, und Fabian reichte Shirley noch eine Zigarette. Es war zehn nach drei, als sie den Vernehmungsraum verließen, vor dem immer noch ein uniformierter Kollege stand. Fabian wies ihn an, seine Position zu halten.

*

Malte erreichte den Polizeiwagen kurz vor Reinhard. Beide sprangen in den Wagen, und sofort setzte sich das Auto mit durchdrehenden Reifen, Blaulicht und Sirene in Bewegung. Malte wendete, obwohl er sich auf einer Einbahnstraße befand, und raste in die Richtung, in der er gerade noch Lachner mit weit ausholenden Schritten verschwinden sah. Der Polizeiwagen raste auf das Ende der Straße zu und erreichte es genau in dem Augenblick, als Lachner im Laufschritt die Straße überqueren wollte.

»Lass mich raus!«, rief Reinhard, woraufhin Malte scharf bremste.

Im gleichen Moment stieß Reinhard die Beifahrertür auf und sprang aus dem Wagen. Plötzlich ertönte ein weiteres Kreischen von Bremsen, gefolgt von einem dumpfen Schlag. Malte musste mit ansehen, wie Lachner – getroffen vom Kotflügel eines BMW – zuerst auf die Motorhaube des Wagens schlug und dann in einem weiten Bogen auf die Straße geschleudert wurde, wo er reglos liegen blieb. Malte setzte den Polizeiwagen in Bewegung, fuhr dicht neben den auf der Straße liegenden Lachner und stellte den Wagen quer über die Fahrbahn. Dann stieg er aus. Unter Lachners Kopf vergrößerte sich eine Blutlache zusehends.

*

»Ja«, sagte Kleine. »Das war Tobias Ritter. Als ich nachher gelesen habe, dass die Frau neben Claudia gewohnt hat, habe ich mich natürlich schon gewundert!«

Britta sah Kleine abwartend an, und auch Frank hatte nicht vor, eine überflüssige Frage zu stellen.

»Naja, wir haben uns am Mittwoch vor Ostern ziemlich heftig gestritten. Alle wussten, dass Jörg was mit der Hülst hatte, und seit klar war, dass sie bei Jörg in die Firma einsteigen würde, sprach Klettner immer häufiger davon, dass er vielleicht aussteigen wollte.«

»Weshalb gab es darum Streit?«

»Tobias hatte mitbekommen, was Klettner bei COMPUB angerichtet hat. Ich erzählte ihm damals davon, und ich bin bis heute der Meinung, dass Klettner nicht einfach nur vergessen hat, die Dateien zu löschen.«

»Das ist doch Unsinn«, sagte Frank. »Wenn er das absichtlich gemacht hätte, wäre womöglich der ganze Ring aufgeflogen.«

Kleine schüttelte den Kopf.

»Nein, Klettner wusste sehr genau, dass die Kemmling das nicht an die große Glocke hängen würde. Was glauben Sie, was mit COMPUB passiert wäre, wenn die öffentlich in Zusammenhang mit Kinderpornos gebracht worden wären? Das kann sich keine Firma dieser Art leisten! Nein. Ich bin sicher, dass Klettner mich abschießen wollte.«

»Und? Warum dieser Streit?«

»Wie gesagt, Tobias hatte das alles noch im Kopf – genau wie ich. Ritter hat Sicherheiten gefordert. Er wollte von Klettner etwas, was es ihm unmöglich machte, den Ring auffliegen zu lassen.«

»Was hätte das sein können?«, erkundigte sich Frank ahnungslos.

Kleine und Britta tauschten einen Blick, bevor Britta an seiner Stelle antwortete.

»In diesen Kreisen gibt es eigentlich nur eine Möglichkeit«, erklärte sie. »Mit Leuten, die aussteigen wollen, wird ein Video produziert, in dem der Aussteiger mit einem Opfer zu sehen und zu identifizieren ist. Das wird ihn dann davon abhalten, den Ring zu verraten.«

Kleine nickte, während Frank ihn ungläubig anstarrte.

»Genau«, bestätigte er. »Ritter wollte, dass Klettner für uns so ein Video macht. Jörg hat sich geweigert, also gab es ziemlich heftigen Streit.«

Plötzlich wurde die Tür geöffnet und Rolf winkte Frank heraus. Es schien wichtig zu sein. Vor der Tür begann Rolf, mit aufgeregter Stimme zu sprechen.

»Die Spanier haben gerade angerufen. Ritter ist nicht mehr auf Lanzarote. Er ist vor einer Stunde gestartet und befindet sich auf dem Rückflug nach Düsseldorf.«

»Na dann kümmert euch um ihn. Bringt ihn her«, entgegnete Frank.

Dem Blick von Rolf nach zu urteilen war da aber noch etwas, und Frank sollte sich nicht getäuscht haben.

»Malte hat angerufen«, fuhr Rolf übergangslos fort. »Lachner ist bei einem Fluchtversuch vor ein Auto gelaufen und schwer verunglückt. Er hat schlimme Kopfverletzungen, lebt aber wohl. Die beiden sind bei Lachner im Krankenhaus.«

»Scheiße!«, entfuhr es Frank. »Ruf Malte zurück. Es reicht, wenn einer im Krankenhaus bleibt. Wie sieht's bei Maren aus?«

»Maren ist fertig mit der Engländerin.«

»Malte soll sich mit Maren um Ritter kümmern. Vielleicht kriegen sie in Kettwig ein aktuelles Foto. Gib dem Flughafen Bescheid. Der Grenzschutz soll notfalls das Flugzeug aufhalten und die Passagiere erst aussteigen lassen, wenn Maren und Malte da sind.«

Rolf nickte und machte auf dem Absatz kehrt.

»Wie läuft's bei euch?«, erkundigte Rolf sich noch.

»Kleine ist gesprächig, aber es dauert noch ein bisschen.«

Rolf hob die Hand und war kurz darauf um die Ecke verschwunden.

*

Tobias Ritter schaute aus dem Fenster und sah nichts als Wolken. Eigentlich hatte er gehofft, wieder einen Blick auf den Felsen von Gibraltar werfen zu können. Von der Zeit her mussten sie jetzt den Flug an der afrikanischen Küste entlang beendet und spanisches Festland erreicht haben. Der Film, der gerade lief, interessierte Ritter nicht: Ein smarter, amerikanischer Jüngling wurde eben dem Vater seiner hübschen Freundin vorgestellt, ohne zu ahnen, dass es sich bei diesem um einen Mafia-Paten handelte.

Die Tage auf Lanzarote hatten Ritter nicht wirklich zur Ruhe kommen lassen. Außer seiner Schwester Jenny wusste niemand, wo er sich aufhielt, und nach dem Zwischenfall mit Klettner würde sicherlich recht große Aufregung in der Szene herrschen. Er wusste auch nicht, was aus dieser Frau geworden war. Er musste zurück. Heute Morgen war ihm der Zufall zu Hilfe gekommen. Ein Informatiker, den er am gestrigen Abend kennengelernt hatte, war bereit gewesen, mit ihm den Flug zu tauschen. Ursprünglich hatte Ritter erst am Donnerstag zurückfliegen wollen.

Er lehnte sich zurück und winkte der Flugbegleiterin, die auch sofort kam. Er bestellte sich ein Bier und steckte sich eine Zigarette an.

*

»Hast du denn mit Steffie nochmal sprechen können?«, fragte Ina und schaute ihrem Gegenüber direkt in die Augen.

Rainer Kirchhoff nahm einen Schluck von seinem Kaffee und nickte.

»Ja«, antwortete er. »Heute, in der ersten Pause. Sie wirkte sehr unglücklich und hat mir erzählt, dass sich alle von ihr abwenden. Trixi und Sabrina wollen nichts mehr mit ihr zu tun haben, und auch ihre heimliche Liebe Fabian ist ziemlich gemein zu ihr gewesen.«

»Ach du meine Güte! Hast du ihr helfen können?«

»Ich weiß nicht. Die Zeit war knapp. Eigentlich wollte sie in der zweiten Pause zu mir kommen. Sie war aber nicht da. Ich hätte sie holen können, aber zu mir zwingen wollte ich sie dann auch nicht.«

Ina hatte heute Mittag dem Lehrer das »Du« angeboten. Sie hatten sich in der Schule getroffen. Kirchhoff war mit dem Unterricht fertig und Ina hatte eigentlich ihren freien Nachmittag. Also verabredete man sich zum gemeinsamen Essen und war jetzt im Stadtcafé gelandet. Ina hatte ihre Einschätzung, die sie von dem Lehrer beim ersten Aufeinandertreffen gewonnen hatte, völlig revidieren müssen. Nicht nur, dass der Mann in ihren Augen sehr attraktiv war, auch seine Einstellung zu seinem Beruf und den Kindern und Jugendlichen gefiel ihr. Sein Lächeln, das er ihr dann und wann geschenkt hatte, irritierte sie auf eine gewisse Weise. Sie drängelte nicht, das Treffen zu beenden und hatte auch bei ihm nicht den Eindruck, dass irgendetwas – oder jemand – ihn nach Hause zog.

»Hast du Kinder?«, fragte er plötzlich.

Ina stutzte. Dann entschied sie, dass sie, wenn sie schon persönlich würden, auch direkt werden konnte.

»Nein«, antwortete sie, »du?«

Rainer schüttelte den Kopf.

»Ich hatte mal eins. Einen kleinen Sohn. Er ist tot.«

»Oh, das tut mir leid! Ich hätte nicht fragen sollen«, sagte sie und war geschockt. Das hatte sie nicht erwarten können.

»Ist schon okay. Ich habe ja angefangen. Es gehört zu meinem Leben und ist schon sechs Jahre her«, versuchte er, der Situation die Schwere zu nehmen. »Wir haben das beide damals nicht verkraftet und uns in Folge dieses Verlustet getrennt. Aber es ist wirklich lange her und vorbei.«

»Sollen wir mal bezahlen?«, fragte Ina, der die Situation etwas unheimlich wurde.

»Natürlich«, entgegnete Kirchhoff und griff zu seiner Gesäßtasche, um das Portemonnaie zu zücken. »Du wirst sicher zu Hause erwartet.«

Ina musste lächeln.

»Das glaube ich nicht«, erwiderte sie.

*

Frank reichte es. Er war es leid, sich mit diesem Kleine weiter auf dieser Ebene zu unterhalten. Fast konnte man den Eindruck gewinnen, dass Kleine eigentlich ein Opfer war. Es war zwanzig nach vier. Er wollte jetzt endlich Antworten auf die drängenden Fragen.

»Herr Kleine, wir sitzen hier nicht nur wegen Ihres Kinderpornorings. Sie hätten allen Grund gehabt, sich an Klettner rächen zu wollen.«

Kleine schaute auf. Aufrichtiges Staunen spiegelte sich in seinem Gesicht. »Wollen Sie damit andeuten, ich hätte Klettner umgebracht?«

»Andeuten trifft es nicht. Klettner war für Sie eine Bedrohung. Er hat Sie aus Ihrem Job katapultiert und drohte, den Ring zu sprengen. Also haben Sie ihn aus dem Weg geräumt.«

Kleine wurde unsicher und rutschte auf seinem Stuhl hin und her. »Das meinen Sie nicht ernst! Ich könnte keinem Menschen etwas zuleide tun.«

Frank lachte trocken auf. Er stand jetzt unmittelbar vor dem Tisch, an dem Britta und Kleine saßen, sodass Kleine zu ihm aufschauen musste. »Einem Mann wie Ihnen traue ich grundsätzlich alles zu. Meinen Sie im Ernst, Sie hätten den Kindern nichts angetan?«

»Die Kinder …«, wiederholte Kleine. In seiner Stimme schwang fast Verachtung mit. »Diese Kinder, wie Sie sagen, waren so scharf auf das Geld, die hätten alles mitgemacht. Gucken Sie sich doch die kleinen Schlampen mal an!«

»Halten Sie den Mund!«, brüllte Frank plötzlich. »Kommen Sie endlich zur Sache, bevor ich Ihnen auf den Tisch kotze!«

Frank drehte sich weg und machte ein paar Schritte vom Tisch weg. Dann drehte er sich wieder zu Kleine um, der ihm jetzt breit entgegen grinste.

»Sie stehen unter Mordverdacht! Sie haben möglicherweise zwei Menschen ermordet und sitzen hier grinsend vor uns!«

Kleines Grinsen erstarb und fiel in sich zusammen.

»Ich habe niemanden ermordet! So etwas könnte ich gar nicht tun!«

»Wie haben Sie von Klettners Tod erfahren?«, mischte sich jetzt Britta wieder ein.

»Das habe ich in der Zeitung gelesen.«

»Wann und in welcher Zeitung?«

»Das weiß ich nicht mehr genau. Donnerstag oder Freitag. Ich bekomme nicht regelmäßig die Zeitung. Manchmal kaufe ich mir die NRZ, manchmal die WAZ.«

»Denken Sie nach. Ich brauche das genauer. So lange ist das noch nicht her! Und überlegen Sie sich genau, ob Sie lügen oder uns die Wahrheit sagen!«

Kleine schien ehrlich nachzudenken, bevor er sich demonstrativ Britta zuwandte.

»Ich weiß es nicht! Ich kann Ihnen auch nicht sagen, welche Zeitung ich am Samstag gelesen habe.«

»Wann und wie hat Ihnen Ritter den Auftrag gegeben, Frau Siebert zu erschrecken?«, fragte Frank weiter.

»Das war am Freitag. Ich bin von Ritters Anruf geweckt worden, und da hat er mir gesagt, ich solle diese Frau ein bisschen einschüchtern.«

»Was hat Ritter Ihnen außerdem gesagt?«

»Nichts. Das war ein ganz kurzes Gespräch. Ich bin morgens nicht zum Telefonieren aufgelegt.«

»Haben Sie nicht gefragt, warum er das von Ihnen verlangte?«, schoss Frank die nächste Frage ab.

»Doch, aber er meinte, es wäre nicht nötig, das zu wissen. Ich habe ihn gefragt, ob das mit Klettner zu tun hat. Da hat er aufgelegt.«

Frank stutzte und auch Britta schien gemerkt zu haben, dass an dieser Antwort etwas nicht stimmte. Einen Augenblick schwiegen alle. Kleines Blick wanderte von Britta zu Frank und wieder zurück. Er schien in ihren Gesichtern erforschen zu wollen, was er möglicherweise falsch gemacht hatte.

*

Ein Stück des Weges waren Ina und Rainer Kirchhoff gemeinsam gegangen. Es war fünf Uhr, und wenn Ina ehrlich war, hatte sie überhaupt keine Lust, jetzt nach Hause zu gehen und den Abend alleine zu beginnen. Dieser Mann beeindruckte sie in mehrfacher Hinsicht. Er hatte einiges in ihr angestoßen, und am Ende ihres Kaffeetrinkens war zwischen ihnen eine unerwartete Vertrautheit entstanden, was sie verunsicherte. Er hatte natürlich auf ihren letzten Satz, mit dem sie angedeutet hatte, dass niemand zu Hause auf sie wartete, reagiert. Sie schlenderten über die Schloßstraße. Keiner von beiden schien es eilig zu haben. Als sie auf der »Platte« angekommen waren, wandte sich Rainer Ina zu und streckte ihr die Hand entgegen.

»Ich danke dir. Es war ein sehr angenehmer Nachmittag«, sagte er und schaute Ina an.

Sie ergriff seine Hand und hielt sie fest. Eine Weile standen die beiden so zwischen an ihnen vorbei eilenden Menschen.

»Du kannst auch mit zu mir kommen. Ich will meine Tasche nach Hause bringen und mich umziehen. Wir können uns ein Abendprogramm vornehmen.«

Ina nickte.

*

Maren und Malte fuhren schweigend, aber mit einem Höllentempo über die A52 Richtung Düsseldorf. Es war Viertel nach fünf, und es würde sehr knapp werden. Natürlich hatte Malte mit dem Grenzschutz am Flughafen telefoniert und die entsprechenden Bitten vorgetragen. Laut den Informationen der Flugsicherheit war für den Flug 5611 der Lufthansa keine Verspätung zu erwarten. Im Gegenteil, vermutlich würde die Maschine auf Grund der herrschenden Windrichtung sogar etwas früher aufsetzen.

In Kettwig hatte man eine aufgelöste Jenny Ritter zurückgelassen. Malte hatte ihr nur das Nötigste erzählt, was sie völlig aus der Fassung brachte. Dennoch gab sie bereitwillig ein Foto ihres Bruders her, das etwa drei Monate alt und damit sehr aktuell war. Malte hatte ihr verboten, sich am Computer ihres Bruders zu schaffen zu machen, worauf sie eifrig und mit vom Weinen geröteten Augen nickte. Sie schien ehrlich schockiert von den Zusammenhängen, in denen sich ihr Bruder offensichtlich bewegte.

Ein Blick auf die Uhr im Wagen verriet Malte, dass es Zeit war, das Letzte aus dem Wagen herauszuholen. Er schaltete Blaulicht und Sirene ein und trat das Gaspedal durch.

*

Tobias Ritter wurde wach, weil er eine Berührung am linken Unterarm spürte. Sein Sitznachbar machte ihn darauf aufmerksam, dass er sich anzuschnallen hatte. Das Flugzeug war bereits in den Sinkflug übergegangen. Ritter zog seinen Gurt fest und spürte das unangenehme Gefühl in der Magengegend, das ihn immer befiel, wenn er in einem Flugzeug sitzend zur Landung ansetzte. Er atmete tief durch, während sein Nachbar ihn mit sorgenvoll gefurchter Stirn ansah. Einige Minuten später hatte das Flugzeug die Wolkendecke durchstoßen, und Ritter konnte Autos und sogar Menschen erkennen, die sich auf den grauen Bändern bewegten, die sich unter ihm dahinschlängelten. Bei einem Blick über die rechte Tragfläche sah er die Landebahn, die sich schnell näherte. Ebenso schnell wurden die Häuser und Straßen, Autos und Menschen größer, und plötzlich waren es nur noch wenige Meter, die zwischen dem Flugzeug und dem schwarzglänzenden Asphalt der Landebahn lagen. Mit einem ohrenbetäubenden Aufheulen der Düsen setzte das Flugzeug auf und wurde so stark abgebremst, dass es Ritter – wie von einer unbekannten Macht bewegt – nach vorne zog. Kurz darauf rollte das Flugzeug langsam aus, hielt dann kurz an, um schließlich einem rot-weiß gemusterten Flughafenfahrzeug zu folgen, das es auf die endgültige Halteposition geleiten sollte. Wieder atmete Ritter tief durch und löste seinen Gurt. Das Wetter in Düsseldorf war bescheiden. Es regnete und die Bordanzeige verriet den Fluggästen, dass eine Außentemperatur von zehn Grad herrschte. Das Flugzeug stand nun, und Ritter konnte sehen, wie das Gate langsam ausgefahren wurde und sich immer näher an die Ausstiegsluke heranschob. In den Reihen vor ihm waren bereits etliche Menschen aufgestanden, die die Klappen über ihren Köpfen geöffnet hatten und in den Handgepäckfächern ihre Taschen und Jacken zusammensuchten. Er konnte noch sitzen bleiben, denn auch seine Nachbarn machten noch keine Anstalten aufzustehen. Plötzlich ertönte die Stimme des Piloten über die Bordlautsprecher: »Liebe Fluggäste, bitte bleiben Sie noch an Ihren Plätzen. Wir haben ein kleines technisches Problem an der Ausstiegsluke. Es wird in wenigen Minuten gelöst sein. Bitte setzen Sie sich und warten Sie, bis Sie von unseren Flugbegleiterinnen aufgefordert werden, das Flugzeug zu verlassen.«

Brav setzten sich die Leute wieder, die sich bereits erhoben hatten.

Naja, dachte Ritter, *solange das technische Problem am Boden auftritt, geht es ja noch.*

*

Maren und Malte jagten, begleitet von zwei Grenzschutzbeamten, durch die Flughafenhalle. Viele Flughafenbesucher stoben zur Seite und schauten ihnen erschreckt hinterher. Die Maschine, in der Ritter saß, war vor einer Viertelstunde gelandet, und man hatte sich einen technischen Defekt an der Ausstiegsluke einfallen lassen, um das Aussteigen der Passagiere zu verzögern. Sie hatten das Gate erreicht und standen unmittelbar vor der geschlossenen Luke, an der sie auf einen Flughafenangestellten trafen, der mit Schweißperlen auf der Stirn und einem Sprechfunkgerät in der Hand auf sie wartete. Etwas außer Atem nickte Malte einem der Grenzschutzbeamten zu, der sich nun an den Mann mit dem Sprechfunkgerät wandte.

»Sie können öffnen!«

Der Mann nuschelte etwas in sein Sprechfunkgerät. Kurz darauf öffnete sich – wie von Geisterhand bewegt – die Luke. Hinter der Öffnung erschienen die fragenden Gesichter zweier Flugbegleiterinnen, die Malte gleich zu sich heranwinkte. Er hielt ihnen ein Foto von Ritter unter die Nase.

»Wir wollen diesen Mann haben«, flüsterte er – immer noch etwas atemlos. »In welchem Teil der Maschine sitzt er?«

»Der sitzt ziemlich weit hinten«, informierte ihn die ältere der beiden hübschen Frauen, die für seinen Geschmack etwas zu stark geschminkt waren. »Wird das Ganze gefährlich?«

»Wahrscheinlich nicht. Verabschieden Sie wie gewohnt die Passagiere. Wir bleiben hier stehen, und Sie geben mir ein Zeichen, wenn Ritter kommt.«

Er schob Maren auf die rechte Seite des Ausgangs, und sofort ordnete sich der zweite Grenzschutzbeamte ihr zu.

Malte gab den Flugbegleiterinnen mit einem Nicken zu verstehen, dass sie bereit waren. Die beiden begaben sich zurück ins Flugzeug, zogen den Vorhang zum Fluggastbereich auf und verkündeten mit lauter Stimme, dass die Luke jetzt geöffnet sei und man mit dem Aussteigen beginnen konnte. Die Passagiere, die durch die Ausstiegsluke traten, registrierten die vier Beamten mit einem neugierigen Blick, schienen sich aber nicht weiter zu wundern. Etwa fünfzig Menschen hatten das Flugzeug bereits verlassen, als beide Flugbegleiterinnen Blickkontakt mit Malte aufnahmen und eine von beiden ihm fast unmerklich zunickte. Eine junge Frau, die einen etwa siebenjährigen Jungen an der Hand hielt, trat gerade durch die Öffnung, als Malte Tobias Ritter erkannte. Mit einem kleinen Handkoffer trat er vor die erste Flugbegleiterin, die ihn mit einem freundlichen Lächeln bedachte und ihn verabschiedete. Dann sah Malte, dass sie ihre Hand ausstreckte und so die Fluggäste aufhielt, die hinter Ritter nachdrängten. Tobias Ritter, ein etwas untersetzter Mittdreißiger mit dichtem Haar und braungebranntem Gesicht, trat durch die Ausstiegsluke und sah sich einem uniformierten Grenzschutzbeamten gegenüber. Er riss verwundert die Augen auf, als er sich von den vier Beamten umstellt sah.

»Herr Tobias Ritter?«, fragte Malte und hielt ihm seinen Ausweis entgegen.

Ritter verstand und nickte.

»Sie sind festgenommen. Machen Sie keine Schwierigkeiten und kommen Sie mit uns mit. Wir bringen Sie jetzt nach Mülheim. Ist das klar?«, informierte Malte ihn, ohne den Blick von Ritters Gesicht abzuwenden.

Ritter antwortete ihm ohne Zögern und hielt Maltes Blick stand. »Ja, was liegt an?«

Malte fasste ihn beim Arm, und die vier Beamten machten sich mit Ritter auf den Weg. Hinter ihnen verließen die nächsten Fluggäste die Maschine.

*

Frank beendete das Schweigen. »Sie haben sich also entschlossen, uns eine Lüge aufzutischen!« Kleine schaute ihn fragend an. »Halten Sie uns für blöd? Ritter ist seit Donnerstag auf Lanzarote. Lesen Sie vor dem Aufwachen Zeitung? Sie haben vorhin gesagt, Sie hätten Ritter gefragt, ob der Auftrag, den er Ihnen angeblich erteilte, mit dem Mord an Klettner zu tun hat. Wie konnten Sie aus der Zeitung von dem Mord an Klettner wissen, wenn Sie sie noch gar nicht gelesen hatten?«

Kleine wurde jetzt klar, dass er sich in einer unvorteilhaften Lage befand und zuckte mit den Schultern, wobei er seine Erkenntnis hinter einer Maske der Überheblichkeit verbarg.

»Dann habe ich mich wohl vertan«, grinste er Frank an. Der machte einen schnellen Schritt auf Kleine zu, der glaubte, dass Frank sich an ihm vergreifen wollte. Er zuckte zurück und tatsächlich sprang auch Britta auf und griff Frank am Arm.

»Sie arroganter Hurensohn!«, zischte Frank. »Wenn Sie uns hier verarschen wollen, werden Sie merken, dass Sie über kurz oder lang den Kürzeren ziehen.«

»Donnerwetter«, gab Kleine zurück. »Sie sind ja ein ganz Harter!« Der Sarkasmus in seiner Stimme war unüberhörbar. Britta und Frank wechselten einen kurzen Blick. Mit einem schnellen Griff zog Frank Kleine den Kaffeebecher vor der Nase weg.

»Sie können uns rufen, wenn Sie uns etwas zu sagen haben«, sagte Britta mit fester Stimme. Sie fasste Frank beim Arm, und beide verließen den Raum.

*

16.4.2002

Ich bin traurig und fühle mich beschissen wie noch nie. Trixi spricht nicht mit mir. Sabrina hasst mich, nennt mich eine Nutte und will nicht mit mir in einer Klasse sein. Fabian macht sich lustig über mich. Heute hat meine Mutter zum ersten Mal seit Samstag wieder mit mir gesprochen, aber sie hat nur rumgeätzt und hört mir nicht zu. Mein Vater ist nur traurig und macht mir ein schlechtes Gewissen.

Ich habe heute in der Pause mit Kirche gesprochen. Der hört mir zu. Er wollte sich auch später mit mir unterhalten. Ich habe »ja« gesagt, bin aber dann nicht hingegangen. Immerhin hat er mich zum Weinen gebracht. Ich habe geheult, bis ich nicht mehr konnte. Als ich dann in die Mathestunde gekommen bin, war ich zehn Minuten zu spät, aber Herr Hellenbusch hat keinen Ton gesagt. Sonst macht der für eine Minute schon die Welle.

Als ich nach Hause kam, war Ma da und hat mich sofort angebölkt. Kirche hat angerufen, weil ich nicht bei ihm war. Ma hat wieder nichts gecheckt und geglaubt, ich wär nicht in der Schule gewesen. War ihr aber wohl egal. Sie hat mich fertiggemacht, und dann war gut. Ich weiß nicht mehr, was ich machen soll!

Gestern war ich mit meinem Vater bei den Bullen. Die wollten alles genau wissen. Eine Bullin hat gesagt, mir wären schlimme Dinge passiert. Das fand ich irgendwie blöd. Robert war nett – nur am Freitag nicht. Ich wollte nicht, dass er mich da anfasst. Die Frau hat gesagt, dass Robert ein Verbrecher ist. Warum? Er war nett zu mir. Er wollte mich zum Model machen. Alles ist so scheiße plötzlich. Ich bin so traurig!

Steffie

*

Ina saß in Kirchhoffs Wohnzimmer auf einem Stuhl und kam sich plötzlich etwas verloren vor. Was machte sie hier? Wollte sie wirklich mit diesem Mann anbändeln? Wollte sie sich aus dem Nichts heraus von Frank abwenden und sich auf ein Abenteuer mit diesem Lehrer einlassen? Sicher, zwischen Frank und ihr war noch nicht wieder alles bereinigt. Ihre Krise aus der letzten Woche hatte sie immer wieder zwischendurch ans Grübeln gebracht. Miteinander zu reden war fast unmöglich gewesen, da sowohl Frank als auch Ina auf Grund der neuen Entwicklungen beruflich stark eingebunden gewesen waren. Was war es, das Ina an Rainer derartig fesselte?

Ja, er war als Mann sehr attraktiv, aber es gab viele attraktive Männer, auf die sie den einen oder anderen Blick verschwendete, ohne in solche Situationen zu geraten. Hinter seiner Männlichkeit wurde eine von ihr bei Männern selten registrierte Feinfühligkeit und auch Verletzlichkeit spürbar. Er konnte zuhören und ihr das Gefühl geben, dass er sie ernst nahm, wie sie war. Er lachte nicht über ihre Gedanken, es sei denn, sie legte es darauf an. Aber wenn er lachte, lachte er nicht über sie. Bei Frank hatte sie schon öfter in bestimmten Situationen das Gefühl gehabt, dass er auf sie herabblickte. Aus dem Selbstverständnis seines Berufes heraus erlaubte er sich das Urteil, sie halte sich meist mit »Gejammere« auf, anstatt zu handeln. Sie hatte bei Rainer nicht das Gefühl, dass er sie beurteilte, wenn sie redete. Aber reichte dies alles als Erklärung für das aus, was gerade passierte?

Sie schaute sich um. Ohne weiter nachzudenken, nahm sie ihre Jacke und durchquerte mit schnellen Schritten das Wohnzimmer. War das jetzt eine Flucht? Gerade wollte sie die Tür zur Küche passieren, als diese aufging und Rainer mit Schürze und Kochlöffel in der Hand vor ihr stand. Er strahlte sie an.

»Was hast du vor? Willst du gehen?«

Ina merkte, dass ihr die Situation sehr unangenehm war.

»Das hatte ich gerade vor«, antwortete sie wahrheitsgemäß.

Kirchhoff breitete die Arme aus und zog die Schultern hoch.

»Ich melde mich«, brachte Ina noch über die Lippen, bevor sie aus der Tür war.

*

Frank saß in seinem Büro und nahm gerade einen kräftigen Schluck aus der Wasserflasche, als das Telefon klingelte. Schnell griff er zum Hörer und hatte Rolf am anderen Ende der Leitung. Von ihm erfuhr er, dass Ritter festgenommen und mit Maren und Malte bereits auf dem Weg nach Mülheim war. Aus dem Krankenhaus gab es keine neuen Nachrichten bezüglich Robert Lachner. Dieser lag auf der Intensivstation und war in übler Verfassung. Mehrere Rippenbrüche und schwere Kopfverletzungen waren der Grund für eine sehr pessimistische Prognose der Ärzte. Reinhard war mittlerweile vom Krankenhaus abgezogen worden und ging Rolf zur Hand, der mit dem Papierkram überfordert war, denn auch die Bandaufnahmen der Verhöre mit Shirley und Kleine mussten zu Papier gebracht werden.

Kleine hatte sich noch nicht wieder gemeldet. Frank und Britta waren übereingekommen, frühestens um 18:30 Uhr wieder zu ihm zu gehen und ihn so lange im Vernehmungszimmer, das von einem Uniformierten bewacht wurde, schmoren zu lassen.

Es war kurz nach halb sechs und er überlegte kurz, ob er mal zu Hause anrufen sollte. Ina war heute Mittag merkwürdig gewesen, und ihn interessierte, ob sie zu Hause war oder nicht. Er kam nicht dazu, eine Entscheidung zu treffen, denn die Tür ging auf und Maren kam in das Büro gestürmt.

»Es ist vorbei!«, jubelte sie. »Ritter hat uns im Wagen erzählt, wie alles gelaufen ist. Alles passt zusammen.«

Frank musste lachen, denn Maren platzte fast vor Stolz. Als Nächster betrat Malte den Raum. Auch er machte ein ziemlich zufriedenes Gesicht.

»Wenn du mit diesem Schwein reden willst, dann kannst du das jetzt tun. Er hat uns schon während der Fahrt zugetextet und wartet nebenan. Reinhard ist bei ihm.«

*

Kleine wurde es langsam mulmig. Nun saß er schon seit einer Stunde an diesem Tisch. Niemand schien Anstalten zu machen, ihn aus dem Zimmer zu holen oder weiter mit ihm zu reden. Er war hungrig, durstig, seine Nase und Lippe schmerzten, und nach dem, was er heute alles mitgemacht hatte, kam auch schleichend eine lähmende Müdigkeit über ihn. Er legte den Kopf auf den Tisch und schloss die Augen. Das Klopfen in seinem Schädel ließ etwas nach. Sollte er aufstehen und sich etwas bewegen? Er könnte ja auch mal vor die Tür sehen. Wer weiß, ob da überhaupt noch jemand war. Er hob seinen Kopf von der Tischplatte und stand langsam auf. Er streckte sich und bog seinen Rücken durch. Seine Steifheit löste sich etwas, als er einige Schritte auf die Tür zu machte. Er fuhr zusammen, als sie plötzlich aufgestoßen wurde und Frank in der Tür stand.

»Setzen Sie sich wieder!«, befahl er.

Kleine blickte Frank einen Moment verblüfft an, dann drehte er sich um und ging zum Tisch zurück, wo er sich auf seinen Stuhl setzte. Hinter Frank betrat ein weiterer Mann den Raum, den Kleine als denjenigen erkannte, der ihn mit Wallert vom Flughafen abgeholt hatte. Malte schloss die Tür hinter sich.

»Kleine, Sie sind erledigt«, warf Frank ihm hin, als er am Tisch Platz genommen hatte. Kleines fragenden Blick registrierend fuhr er fort: »Wir haben Ritter eben festgenommen. Er hat uns alles erzählt.«

Kleine störte das triumphale Gehabe, das dieser Polizist sowohl in seinem Blick als auch in seiner Stimme unverhohlen an den Tag legte. Wieso hatten sie Ritter? Der wollte doch erst übermorgen wiederkommen! Er schaute verunsichert von Frank zu Malte. Darauf konnte er sich keinen Reim machen. Er witterte eine Finte, beschloss abzuwarten, was da noch kommen würde, und setzte – wenn das unter der Maske überhaupt erkennbar war – einen möglichst gleichgültigen Blick auf.

»Sie sagen nichts?«

Kleine zuckte mit den Schultern.

»Was soll ich sagen? Ich warte, dass Sie weitererzählen. Sie können es ja offensichtlich kaum abwarten, mir zu erzählen, was Ritter angeblich gesagt hat!«

Unerwartet antwortete ihm jetzt der andere Polizist, der – wie heute Vormittag – sehr grimmig dreinschaute.

»Pass mal auf, du Scheißer! Dir scheint deine Lage noch nicht klar zu sein. Wenn der Tag vorbei ist, wirst du in Untersuchungshaft sitzen. In ein paar Wochen wirst du vor Gericht stehen und wegen ...« – er zählte an den Fingern ab – »... Mordes an Jörg Klettner, Mordes an Claudia Hülst, versuchten Mordes an Martina Siebert, Brandstiftung sowie Herstellung und Verbreitung von Kinderpornographie verurteilt!«

Jetzt stand Malte ganz dicht vor Kleine, beugte sich zu ihm hinunter und zischte ihm ins höchstens fünfzehn Zentimeter entfernte Gesicht: »Hast du eine Ahnung, was die Typen im Knast mit einem machen, der sich von Kindern einen hat runterholen lassen?«

»Du stinkst aus dem Hals!«, schleuderte Kleine Malte entgegen.

Mit einem kurzen Zucken des Kopfes traf Malte die Maske, die Kleine zum Schutz seiner Nase trug. Kleine schrie auf und ließ seinen Kopf auf die Tischplatte sinken. Ihm wurde vor Schmerz übel und er spürte, wie ihm die Tränen unter der Maske über das Gesicht liefen. Malte hatte sich umgedreht und war in die Ecke des Raumes getreten, die der Tür am nächsten war. Von dort konnte er Kleine im Blick behalten. Mit verschränkten Armen wirkte er wie ein Palastwächter des Orients, der wildentschlossen war, niemanden zu seinem Herrscher vordringen zu lassen. Kleine erholte sich langsam wieder und hatte jetzt den verschwommenen Blick seiner tränenden Augen auf Frank gerichtet.

»Herr Kleine! Tobias Ritter sitzt in meinem Büro. Er ist heute frühzeitig von Lanzarote zurückgekehrt, und unsere Kollegen in Spanien waren so freundlich, uns das mitzuteilen.«Kleine reagierte immer noch nicht, so dass Frank unbeirrt fortfuhr. »Herr Ritter ist – im Gegensatz zu Ihnen – sehr kooperativ. Er hat uns in der Zeit, in der Sie hier alleine waren, haarklein erzählt, was geschehen ist. Wir wissen, dass Sie nach dem Streit mit Klettner so wütend waren, dass Sie Klettner gedroht haben, ihn umzubringen. Wir wissen, dass Sie am Mittwochnachmittag bei Ritter waren und ihm gesagt haben, dass Sie die beiden getötet haben, woraufhin er sich entschlossen hat, auf Lanzarote abzutauchen.«

Frank hielt inne und sah, dass Kleine während seiner Worte immer blasser geworden war. Selbst seine Gesichtsmaske schien die farbliche Veränderung mitzumachen.

Kleines Stimme zitterte, als er hervorstieß: »Das Schwein!«

*

Rolf und Maren saßen im gleichen Büro an verschiedenen Rechnern. Beide hatten einen Stöpsel im Ohr, aus denen sie das hörten, was sie zu Papier bringen mussten: die Aufnahmen von den Verhören, die an diesem Nachmittag stattgefunden hatten und die noch nicht beendet waren.

»Scheiße!« Maren riss sich den Stöpsel aus dem Ohr. Rolf schaute verwundert von seiner Tastatur auf und nahm ebenfalls den Ohrhörer heraus. »Der lügt wie gedruckt!«

Das Telefon klingelte, und Rolf nahm den Hörer ab.

»Wer?«, fragte er ungläubig nach, nachdem er sich gemeldet hatte. »Frau Siebert! Wie geht es Ihnen?«

Maren blickte wie gebannt auf Rolf, der mit dem Hörer am Ohr lauschte, was Frau Siebert ihm zu sagen hatte.

*

Frank und Malte hatten Kleine erneut in dem Vernehmungsraum alleine gelassen und betraten gerade das Zimmer, in dem sich Ritter mit Reinhard aufhielt. Ritter saß mit ausgestreckten Beinen auf einem Schemel und lehnte mit dem Rücken an der Wand, während Reinhard neben der Tür stand und einen recht gelangweilten Eindruck machte.

»Na endlich«, sagte er erleichtert. »Kann ich jetzt gehen? Kümmert ihr euch jetzt um die Sau?«

Frank nickte und merkte, wie Ritter erbost in Richtung Reinhard schaute. Der verließ den Raum, und Frank und Malte nahmen die gleichen Positionen ein, die sie eben bei Kleine eingenommen hatten.

»Was soll man dazu sagen …«, begann Frank und machte mit seinen Händen eine Geste, die Ratlosigkeit ausdrücken sollte. »Herr Kleine will das nicht akzeptieren, was Sie uns da erzählt haben. Er behauptet hartnäckig, nichts mit den Morden zu tun zu haben und dass Sie ihn beauftragt hätten, Frau Siebert Angst zu machen.«

Frank ließ diese Äußerungen erst mal so stehen, und Ritter reagierte sofort.

»Klar! Der will seine Haut teuer verkaufen! Das kann ich verstehen. Aber es war genauso, wie ich es Ihnen erzählt habe.«

Selbstgefällig strich er sich mit der Hand übers Kinn, als prangte dort ein ansehnlicher Vollbart.

»Herr Ritter«, ergriff Malte das Wort, »warum – um alles in der Welt – sollten wir einem Ferkel wie Ihnen glauben? Sie sind vom ekelhaftesten Menschenschlag, den ich mir überhaupt vorstellen kann. Warum sollte ich Ihnen und nicht Herrn Kleine glauben, der nicht weniger ekelhaft oder ekelhafter ist als Sie?«

Ritter ließ jetzt ein breites Grinsen auf seinem Gesicht sehen.

»Vielleicht, weil Sie keine anderen Beweise haben?«

Er verschränkte beide Hände hinter seinem Kopf. Malte erwiderte Ritters Blick und lachte trocken auf.

»Sehen Sie, da könnten Sie sich ja auch gewaltig irren!«

Ritters Gesichtsausdruck stürzte in sich zusammen. Er sagte aber nichts und zuckte nur in unveränderter Sitzhaltung mit den Schultern.

Ohne Vorwarnung flog plötzlich die Tür auf und Reinhard stand davor.

»Komm mal bitte raus!«, sagte er zu Frank und wedelte ihn mit der rechten Hand vor die Tür.

Frank gehorchte und ließ Ritter mit Malte alleine. Reinhard hielt sich nicht lange mit Vorreden auf.

»Frau Siebert hat gerade angerufen. Ihr ist eingefallen, was der Grund für den Auto-Anschlag auf sie gewesen sein könnte.«

Jetzt machte Reinhard eine kunstvolle Pause. Seine Worte verfehlten ihre Wirkung auf Frank nicht. Er stand mit offenem Mund und einem Gesicht voller Staunen vor Reinhard und wartete auf eine Fortsetzung, die auch sofort folgen sollte.

Er erzählte Frank, dass Martina Siebert im Krankenhaus Besuch von Frau Van Dresen bekommen hatte. Als sie sie sah, fiel ihr sofort ein, was sie vergessen hatte. Am Samstag vor den Morden war Martina Siebert vor ihrem Haus und brachte Müll hinaus. In diesem Augenblick sah sie Frau Van Dresen aus dem Haus kommen, die eine Umzugskiste in den Händen hielt. An dem Lieferwagen angekommen wurde Frau Van Dresen von einem Mann angesprochen, der ihr den Karton auf die Ladefläche schob und mit dem sie kurz sprach. Sie hatte gesehen, dass die Frau einige Male den Kopf schüttelte, bevor der Mann sich auf der gleichen Straßenseite entfernte. Am folgenden Dienstag, als sie sich auf den Weg zu ihrer Freundin nach Duisburg machen wollte, hatte sie den gleichen Mann vor dem Haus gesehen, sich aber keine weiteren Gedanken gemacht, sondern war in ihren Wagen gestiegen und losgefahren. Sie wisse nicht, ob der Mann in das Haus hineingegangen war. Es handelte sich bei ihm auf keinen Fall um Stefan Kleine. Die Beschreibung, die Frau Siebert geliefert hatte, passte allerdings auf Tobias Ritter.

Frank schlug Reinhard auf die Schulter, drehte sich auf dem Absatz um und betrat wieder den Raum, in dem Ritter und Malte warteten, ohne zu wissen, worauf. Malte spielte gerade gelangweilt an seinen Fingernägeln. Frank schlug die Tür zu und setzte sich wieder auf den Stuhl gegenüber von Ritter. Der hob den Kopf und schaute Frank voller Erwartung an.

»Sie, Herr Ritter, waren derjenige, der in der leeren Wohnung gegenüber von Claudia Hülst gehaust hat. Sie haben sich am Mittwochmorgen Zugang zu Frau Hültsts Wohnung verschafft und haben erst Jörg Klettner und dann Claudia Hülst umgebracht!«

Malte erstarrte und richtete seinen Blick offenen Mundes auf Frank. Ritter schwieg erst. Es verstrichen einige Sekunden.

»Ich will jetzt nichts mehr sagen. Ich bin müde und hungrig. Morgen möchte ich meinen Anwalt sprechen.«

Zweite Aprilhälfte 2002 bis Ende Mai 2002

Der Durchbruch war geschafft, der Fall gelöst. Zwar zogen sich die restlichen Ermittlungen noch bis in den nächsten Monat hinein, aber Mitte Mai waren die Ermittlungsergebnisse schließlich so lückenlos, dass für die Staatsanwaltschaft eine Anklageerhebung nur eine Frage der Zeit war. Bei der Dichte der Verbrechen, mit der man sich hier konfrontiert sah, konnte dies allerdings noch etwas dauern. Im Anschluss an die Befragungen von Ritter und Kleine hatte sich das LKA massiv eingeschaltet, was aber zu erwarten gewesen war, denn schließlich hatte der Kinderporno-Ring über Jahre hinweg ungestört gearbeitet, so dass Material ungeheuren Ausmaßes in die Welt verschickt worden war. Man ermittelte bundesweit nicht weniger als 1372 Adressen, die das Material empfangen hatten – vom Arbeitslosen über Ärzte bis hin zu Lehrern, Anwälten und Geistlichen reichte die Palette der »Geschäftsfreunde« von Kleine und Ritter – diese Bezeichnung verwendeten die beiden mit Vorliebe. An einem Mittwoch – am 8. Mai – fanden bundesweit Hausdurchsuchungen statt, bei denen die Polizeikräfte fast zweitausend Computer beschlagnahmten und 114 Verhaftungen vornahmen. Über 26.000 pornographische Fotos und etwa 800 gleichartige Filme mit Kindern gelangten in den Besitz der Landeskriminalämter, wurden von ihnen ausgewertet und archiviert. 52 Staatsanwaltschaften in fast allen Gegenden der Republik leiteten Ermittlungsverfahren ein. Frank und seine Kolleginnen und Kollegen konnten mit Recht behaupten, einen nicht unwichtigen Beitrag zu dieser Entwicklung geleistet zu haben.

Was war nun geschehen an jenem Mittwochmorgen Anfang April, an dem erste Spuren des Frühlings das Ruhrgebiet nach einem nicht enden wollenden Winter zum Leben erweckt, aber einem jungen Paar aus Mülheim – Claudia Hülst und Jörg Klettner – den Tod gebracht hatten?

Der Streit zwischen Klettner, Kleine und Ritter war eskaliert. Tatsächlich wollte Jörg Klettner ohne die geforderte Sicherheit – das Abdrehen eines Kinderpornovideos, in dem er identifizierbar war – aus dem Ring aussteigen. Kleine reagierte darauf panisch und war überzeugt davon, dass Klettner den Ring auffliegen lassen wollte. Mit seiner Hysterie steckte er Ritter an, der folglich von Klettner ein weiteres Gespräch verlangte, das im absoluten Chaos endete. Dieses Gespräch fand genau eine Woche vor der Ermordung der beiden statt. Klettner weigerte sich weiterhin, seinen beiden Komplizen die Sicherheit zu geben, die sie sich wünschten, versprach ihnen aber mehrmals, kein Interesse am Auffliegen des Rings zu haben. Er wollte einfach nur Schluss mit den »Geschäften« machen und sich auf seine Firma konzentrieren. Im Verlauf des Gesprächs kam es fast zur Schlägerei. Kleine hatte Klettner angegriffen und versucht, ihm einen schweren Kristallaschenbecher über den Schädel zu schlagen. Jörg Klettner konnte ihm aber ausweichen, und Ritter hatte seine liebe Mühe, Kleine zur Räson zu bringen. Klettner hatte daraufhin fluchtartig Ritters Wohnung verlassen. Ritter war ihm in gewissem Abstand bis zur Langenfeldstraße, zu Claudia Hülst gefolgt, dann aber umgekehrt und hatte Kleine nach Hause gefahren, der sich gar nicht mehr beruhigen wollte. Am nächsten Morgen war Ritter wieder zur Wohnung von Claudia Hülst gefahren und hatte Jörg Klettners Wagen vor dem Haus stehen sehen. Er schellte an, da er noch einen Versuch machen wollte, mit Klettner zu reden. Als aber niemand öffnete, war er wieder nach Hause gefahren. Kleine wurde von Tag zu Tag nervöser und beschwor Ritter, dass man etwas unternehmen müsse. Am Ostersamstag fuhr Ritter wieder in die Langenfeldstraße. Die Haustür stand offen, und als er schon mit dem Gedanken spielte, das Haus zu betreten, hörte er ein Keuchen auf der Treppe. Er zog sich wieder vom Eingang zurück und beobachtete Frau Van Dresen, wie sie kleinere Gegenstände und Umzugskartons aus dem Haus trug. Er ging schließlich auf sie zu und erfuhr, dass sie im Begriff war auszuziehen. Während des Gesprächs nahm er eine Frau an der Mülltonne des Nachbarhauses wahr, die neugierig zu ihnen herüberblickte. Er bot Frau Van Dresen an, ihr behilflich zu sein, was sie aber rigoros ablehnte. Sie sei sowieso fertig, sagte sie. Die Wohnung sei leer und es gebe nichts zu helfen. Am Dienstag vor dem Mord hatte Ritter zufällig Jörg Klettner auf der Leineweberstraße getroffen. Wieder kam es zum Streit, der mit einem Ausbruch von Klettner endete.

»Leck mich!«, hatte er getobt, so dass sich die Leute auf der Straße kopfschüttelnd nach den beiden umdrehten. »Lass mich mit der Scheiße zufrieden! Vielleicht habe ich ja schon alles ausgeplaudert! Wart's ab!«

Damit hatte er Ritter stehen lassen und war gegangen. Nun war auch Ritter sicher, dass er etwas unternehmen musste. Er konnte nicht zulassen, dass Klettner den Ring gefährdete, und fasste den Entschluss, Klettner aus dem Weg zu räumen. Tobias Ritter erinnerte sich an die leere Wohnung in der Langenfeldstraße. Fremde Türen zu öffnen war für ihn eine Kleinigkeit. Also verschaffte er sich Zutritt zu der Van Dresen-Wohnung. Im Wagen hatte er noch eine Luftmatratze, die er mitnahm.

Am nächsten Morgen stand er lange vor der Tür von Claudia Hülst, bevor er mit geschickten Fingern, die in schwarzen Lederhandschuhen steckten, das Schloss öffnete, was keine echte Herausforderung war. Er schloss lautlos die Tür hinter sich und schlich den Flur entlang auf sein eigenes Spiegelbild zu. Aus dem Schlafzimmer vernahm er ein Schnarchen. Jörg Klettner lag im Bett und schlief, aber er war allein. Das konnte nicht sein. Ritter wusste, dass auch Claudia Hülst da sein musste. Hinter der Badezimmertür hörte er das Plätschern der Dusche. Er atmete auf und wandte sich nach rechts. Sein Blick fiel in die Küche und auf einen Messerblock, der rechts hinter der Tür auf der Arbeitsplatte stand. Er griff zu. In seiner rechten Hand hielt er ein großes Messer. Als er wieder an der Badezimmertür vorbeiging, hörte er, wie das Plätschern des Wassers verstummte. Er eilte ins Schlafzimmer und ging auf die Seite des Bettes, auf der Klettner schlief. Er beugte sich über ihn und handelte dann blitzschnell. Mit einer gezielten Bewegung und großem Druck führte er die Schneide des Messers über Klettners Hals. Blut spritzte in den Raum. Klettners Hand, die eben noch auf der Bettdecke in Höhe seines Bauchnabels gelegen hatte, fuhr nach oben und versuchte etwas zu greifen. Alles wurde begleitet von einem lauten Röcheln und Gurgeln, in dessen Rhythmus das Blut aus Klettners Hals schoss. Fasziniert hielt er den Blick auf Klettner gerichtet und sah, wie dessen Beine unkontrolliert zuckten. Das Blut spritzte jetzt nicht mehr, sondern floss in einem pulsierenden Strom aus Klettners Hals. Mit einer wütenden Bewegung holte Ritter aus und stieß seinem zuckenden Opfer das Messer durch die Bettdecke tief in den Unterleib. Jetzt schien sich der sterbende Jörg Klettner aufrichten zu wollen, doch von einer Sekunde zur anderen erstarben alle Bewegungen. Als das Leben gänzlich aus Jörg Klettner wich, meinte Ritter, ein Zischen zu hören.

Dann zog er sich in die äußerste Ecke des Zimmers zurück. Deutlich hatte er das Schlagen einer Tür vernommen und musste annehmen, dass Claudia Hülst ins Schlafzimmer zurückkehrte. Stattdessen hörte er ihre Schritte, wie sie sich entfernten. Er verharrte noch einige Sekunden an der Wand links von der Schlafzimmertür, bevor er einen Blick durch die Türöffnung wagte. In etwa zehn Metern Entfernung sah er Claudia Hülst mit dem Rücken zu ihm auf dem Balkon stehen. Ihre Haare waren nass, und sie trug einen weißen Bademantel, der eine Handbreit über dem Knie endete. Schade, dachte Ritter, als er sich fast auf Zehenspitzen ins Wohnzimmer schlich. Plötzlich schellte das Telefon und er fuhr zusammen, als hätte ihn der Schlag getroffen. Die Frau auf dem Balkon zuckte kurz, veränderte aber ihre Haltung nicht. Er lief zielstrebig weiter. Als er Claudia Hülst erreicht hatte, vollführte er zwei Bewegungen gleichzeitig. Mit dem linken Arm umfasste er Claudias Taille und mit dem Messer in seiner rechten Hand schnitt er ihr die Kehle durch. Als sie über die Brüstung gestürzt war, drehte er sich um und schaute an sich herab. Er konnte kein Blut an seiner Kleidung sehen, wohl aber an dem Handschuh der Hand, die das Messer geführt hatte. Er lief zurück in den Flur. So ruhig er bis jetzt gewesen war, so sehr klapperten jetzt seine Zähne, und er zitterte am ganzen Leib. Trotzdem war er sehr konzentriert und ließ seine Blicke umherschweifen, doch er konnte nirgendwo verräterische – womöglich blutige – Fußspuren entdecken. Auf einer Ablage im Flur sah er Klettners Wagenschlüssel, die er an sich nahm. Er öffnete die Wohnungstür, penibel darauf achtend, dass kein Bluttropfen vom Messer zu Boden fiel. Er schlüpfte hinaus und zog die Tür mit der gleichen Hand wieder zu. Die Tür gegenüber war nur angelehnt. Er verschwand in der Wohnung und warf das Messer in die Spüle. In einer Ecke des Wohnzimmers fand er eine Plastiktüte. Mit der linken Hand streifte er den rechten Handschuh ab, anschließend mit der rechten den linken. Mit dem relativ sauberen griff er das Messer und stopfte beide Handschuhe und das Messer in die Plastiktüte. Dann lief er aus der Wohnung.

Fast verspürte er so etwas wie Panik. Um ihn herum schien ein merkwürdiges Rauschen zu sein, und als er die Haustür öffnete, rechnete er damit, dass ihm genau in diesem Augenblick jemand begegnen würde. Das Gegenteil war der Fall. Die Straße war, soweit er sie überblicken konnte, menschenleer. Den Wagen hatte er zwei Straßen weiter geparkt. Kurz bevor er ihn erreichte, bückte er sich und stopfte die Tüte mit den Handschuhen und dem Messer in einen Gully. Er stieg ein und fuhr nach Hause. Als er im Laufe des Mittwochs zur

Ruhe gekommen war, kümmerte er sich um einen Spontanurlaub. Das hatte er schon öfter getan, also ging er davon aus, dass das niemanden verwundern würde. Am Mittwochnachmittag hatte er Kleine getroffen und ihm von der Sache erzählt. Stefan hatte ihm versichert, sich um alles zu kümmern. Als er ihm von der Nachbarin an der Mülltonne erzählt hatte, beruhigte ihn Kleine und versprach, sich auch darum zu kümmern.

Claudia Hülst hatte tatsächlich nichts mit dem Ring zu tun. Sie musste sterben, weil sie zum falschen Zeitpunkt aus dem Badezimmer gekommen war. Wäre sie wenige Minuten länger unter der Dusche geblieben, hätte Ritter ihr nichts getan – so versicherte er den ihn vernehmenden Beamten. Am Ende waren sowohl Kleine als auch Ritter in allen Einzelheiten geständig.

Robert Lachner starb am 23. April im Krankenhaus an seinen schweren Verletzungen, ohne das Bewusstsein noch einmal wiedererlangt zu haben.

Montag 12. August 2002

An diesem Montag im August schien bereits morgens die Sonne von einem wolkenlosen Himmel. Seit mehreren Tagen hatte sich der Sommer in Deutschland festgesetzt und trieb das Thermometer fast täglich auf neue Rekordwerte. Eine drückende Hitze lag schon jetzt über der Stadt. Die Eröffnung des Prozesses war auf 10:30 Uhr festgelegt. Noch wäre etwas Zeit, um einen Kaffee zu trinken. Frank und Maren saßen in Franks Büro – er hinter dem Schreibtisch, sie davor. Maren hatte ihre Beine ohne sich zu genieren auf die Schreibtischplatte gestützt, obwohl sie ein recht kurzes Sommerkleid trug. Frank störte es nicht.

»Was meinst du, wie lange der Prozess dauern wird?«, fragte sie über den Rand ihrer Kaffeetasse hinweg.

Frank zuckte mit den Schultern. »Wer weiß? Es wird ja eine ganze Reihe von Verfahren geben. Heute startet der Mordprozess gegen Ritter. Wenn der nicht plötzlich andere Dinge behauptet, kann das in einer Woche erledigt sein.«

Marens nächste Frage ließ nicht lange auf sich warten. »Meinst du, es müssen einige von den Kindern aussagen?« Beinahe wirkte sie bei der Frage erschrocken, als sei sie ihr gerade erst in den Sinn gekommen.

»Ich glaube nicht!«, beruhigte Frank sie und – wenn er ehrlich war – auch sich selbst. »Lachner ist tot, und gegen Tote werden keine Prozesse geführt. Kleine, Ritter und die Engländerin haben die Ware vertrieben. Damit haben die Kinder nichts zu tun.«

Maren nickte, nahm ihre Beine vom Schreibtisch und stellte ihre Tasse hart darauf ab. Sie stand auf und schaute Frank wieder mit einem Blick an, aus dem er gleichzeitig Wut, Trauer und Kampfeslust las. »Ich hoffe, dass die Schweine für lange Zeit aus dem Verkehr gezogen werden. Ich wünsche ihnen die Pest an den Hals!«

Als Frank sie da so stehen sah, hätte er sie am liebsten in den Arm genommen. Er stand auf, ging um den Schreibtisch herum und tat, was er eben noch gedacht hatte. Er drückte sie leicht an sich und küsste sie auf das Haar. Er spürte ihren Körper unter dem dünnen Stoff des Kleides und befand es plötzlich für besser, sie wieder loszulassen. Sie lachte ihn an.

»Wir sollten gehen«, sagte er.

Maren nickte.

Um Viertel nach zehn erreichten sie das Gericht, dessen Gänge schon dicht gefüllt waren. Selbst in den steinernen Fluren des altehrwürdigen Gebäudes hatte sich die Hitze der vergangenen Tage gestaut und lag drückend über den Menschen, die dort warteten. Die Türen zum Gerichtssaal wurden geöffnet und ein Gerichtsdiener ließ die Leute ein. Natürlich waren es wieder die Presseleute, die den größten Tumult verursachten, obwohl sie wussten, dass jeder von ihnen einen zugewiesenen Platz bekommen würde. Im gleichen Maße, in dem sich der Verhandlungssaal füllte, leerte sich der Gang vor ihm. Frank und Maren standen noch am Aschenbecher etwa fünf Meter von der Tür entfernt, als Frank plötzlich ein Mann auffiel, den er zu kennen glaubte. Er stand unmittelbar an der Ecke, wo der Gang einen rechtwinkligen Knick nach rechts machte, und starrte wie abwesend vor sich hin. Frank stieß Maren an und deutete mit einem Nicken in seine Richtung.

»Wer ist das?«

Maren schaute in die Richtung des Mannes, zuckte aber kurz darauf mit den Schultern.

»Keine Ahnung. Wer soll das sein?«

Frank fühlte sich plötzlich unwohl. Irgendetwas ging mit dem Mann vor sich. Er stand weiterhin an der Ecke, ziemlich dicht an der Wand, und bewegte sich nicht, sondern starrte vor sich hin.

»Den kenne ich«, zischte Frank. »Woher bloß?«

»Na und? Dann kennst du ihn eben, was soll’s«, wurde es Maren nun zu bunt.

Frank schien sie nicht zu hören. Er warf seine Zigarette in den Aschenbecher.

»Was will der da? Warum geht er nicht rein?«

»Warum gehen wir nicht rein?«, entgegnete Maren ungeduldig und schaute Frank fragend an.

»Okay«, sagte Frank und schien das Interesse an dem Mann verloren zu haben.

Er fasste Maren am Arm und zog sie mit sich zur geöffneten Tür des Gerichtssaales. Als er gerade durch die Tür gehen wollte, nahm er in den Augenwinkeln eine plötzliche und hektische Bewegung wahr. Gleichzeitig hörte er Schritte und aufgeregtes Rufen. Er schob Maren zur Seite und sah, dass der Mann an der Ecke plötzlich zum Leben erwacht war. Um die Ecke bogen zwei Uniformierte, die in ihrer Mitte Stefan Kleine führten. Um diese kleine Gruppe herum tänzelten Fotografen.

»Das ist Wibert!«, keuchte Frank plötzlich. »Herr Wibert!«, rief er und rannte auf die Szene zu.

Steffies Vater schoss herum und griff dabei mit einer schnellen Bewegung in sein Hemd. Seine Hand fuhr kurz darauf pfeilschnell nach vorne. Die Beamten schrien auf. Die Fotografen spritzten erschreckt nach allen Seiten davon. Als Frank fast bei Wibert angelangt war, sah er ein Messer im Hals von Kleine stecken. Jetzt spielten sich in Sekunden mehrere Dinge ab. Kleine sackte am Arm des einen Beamten zusammen, der laut um Hilfe rief. Der andere Beamte hatte Herrn Wibert irgendwo zu fassen bekommen und schleuderte ihn von sich. Frank wollte ihn greifen, als er an ihm vorbeiflog, langte aber knapp daneben. Er sah, wie der Vater von Steffie Wibert mit dem Hinterkopf gegen die steinerne Ecke schlug, und hörte ein Krachen, als wenn eine Kokosnuss zerbrach. Wibert schlug auf dem Boden auf und zuckte mit den Armen. Ein unfassbares Stöhnen entrang sich seiner Kehle. Frank stand wie erstarrt. Er hörte nichts mehr, sah nur noch, wie sich die Münder der Beamten immer wieder öffneten und schlossen, sah ihre schreckverzerrten Gesichter und das Aufflackern von Blitzlichtern. Wie in Trance drehte er sich um und sah etwa zwei Meter vor sich Maren stehen. Auch ihr Gesicht war angst- und schreckerfüllt. Sie schien ihm etwas zuzurufen, was er aber nicht hörte. Wie durch eine dicke Watteschicht hindurch vernahm er ein Gemisch von Geräuschen. Den ersten Fotografen, den er zu fassen bekam, schrie er an, aber er hörte seinen eigenen Schrei nicht. Wieder drehte er sich um und starrte auf Wibert, dann auf Kleine, dessen Mund weit aufgerissen war, ebenso wie seine leblosen Augen. Noch immer hockte einer der Beamten neben ihm und schien etwas zu rufen. Frank ging langsam neben Ingo Wibert in die Knie. Der hatte seine Augen leicht geöffnet, aber man konnte sehen, dass kaum noch Leben in ihnen war. Dünne Rinnsale von Blut kamen aus Nase und Ohren, und immer noch zuckte seine Hand im Todeskampf. Er wollte seine Lippen bewegen, als ob er etwas zu sagen beabsichtigte. Langsam drangen die Geräusche, die ihn umgaben, wieder zu Frank durch.

»Sprechen Sie nicht!«

Er flüsterte es Wibert zu und hoffte gleichzeitig, dass dieser endlich den Mund aufmachte und den Bann brach. Links neben sich merkte er, dass sich jemand an Kleine zu schaffen machte. Er drehte seinen Kopf nach links und erkannte einen Sanitäter. Die Beamten hatten sich offensichtlich wieder gefasst und versuchten, die Schaulustigen, die eine große Traube um die Szene gebildet hatten, wieder auf Abstand zu bringen. Ein Röcheln lenkte Franks Aufmerksamkeit wieder auf Ingo Wibert, der seine Augen jetzt etwas weiter geöffnet hatte. Er schien Frank anzusehen. Dann öffnete er den Mund und Frank konnte ihn hören. Erst war es ein blutig-blasiges

Flüstern und dann Ingo Wiberts Stimme, deutlich vernehmbar, oder bildete sich Frank das nur ein? Frank formte mit seinen Lippen, was er zu hören geglaubt hatte, immer und immer wieder. Er drehte sich um. Maren stand noch hinter ihm. Langsam erhob er sich und lief auf sie zu. Und nahm sie in den Arm. Und presste sein Gesicht in ihr Haar. Und formte die Worte mit seinen Lippen. Und flüsterte sie vor sich hin, nahe an Marens Ohr: »Steffie ist tot.«

ENDE